Claudia Bardelang

Schwarz ist der Schnee

Der dritte Fall für Johann Briamonte

Kriminalroman

Kampa

Für den Blick hinter die Verlagskulissen:
www.kampaverlag.ch / newsletter

www.kampaverlag.ch
Lektorat: René Stein
Satz: Tristan Walkhoefer, Leipzig
Gesetzt aus der Stempel Garamond LT / 240130
Druck und Bindung: Friedrich Pustet, Regensburg
Auch als E-Book erhältlich
ISBN 978 3 311 12088 9

Für Evi und Walter

I

Das Licht war anders.

Die Geräusche auch. Gedämpft.

Briamonte richtete sich auf und setzte die nackten Füße auf die eiskalten Bodendielen.

Von unten hörte er, wie die Klappe des Kachelofens geöffnet wurde und das Rumpeln großer Holzscheite, die in den Brennraum flogen. Kristina war schon aufgestanden.

Briamonte trat ans Fenster und öffnete es. Pulvriger Neuschnee rieselte von den Fenstersprossen auf seine Füße, und er roch den ganz eigenen Geruch nach Neuschnee und Holzfeuer. Alles war weiß, der braune Matsch im Garten unter einer makellosen Decke verschwunden. Es schneite immer noch, und die Stille, die sich mit dem Schnee auf die Landschaft herabgesenkt hatte, war allumfassend. Jedes Geräusch wurde verschluckt. Diese friedliche Lautlosigkeit hatte er seit zwanzig Jahren nicht mehr »gehört«. In Frankfurt waren die Winter nasskalt, matschig und schmutzig gewesen, friedlich schon gar nicht. In dem Moment hörte er die Haustür und dann den Hund, der übermütig kläffend um die Ecke in den Garten gesprungen kam, nach den Schneeflocken schnappte und sich wälzte, beäugt von den beiden Ziegen, die abwartend in der Stalltür standen.

Briamonte schloss lächelnd das Fenster. Genau so hatte er sich das vorgestellt, den ersten Winter im eigenen Haus. Er stieg die knarrende, steile Treppe hinunter in die Stube und folgte dem Kaffeeduft in die Küche, wo Kristina eben einen Espresso in zwei Tassen goss. Die beiden halbwüchsigen Kater lagen, sich putzend, auf dem Flickenteppich beim Ofen.

Briamonte verharrte einen Augenblick im Türrahmen und betrachtete die friedliche Szene. Er war so ein Glückspilz!

Als hätte sie seinen Blick gespürt, drehte sie sich um: »Guten Morgen, mein Finsterling ... wie hast du geschlafen? Hast du den Schnee gesehen?«

Briamonte ließ seinen Blick über ihre lachenden Augen, ihr langes Haar, den dicken Wollpullover über dem karierten Flanellpyjama und die Strohschuhe wandern, die sie von seiner Mutter zu Weihnachten bekommen hatte. Er nahm ihr das Kännchen aus der Hand, stellte es auf den Herd zurück und umarmte sie fest, ohne auf ihre Frage zu antworten.

Nach dem Frühstück sah er nach den Ziegen, warf ein paar Schneebälle für den Hund, schleppte drei Körbe Holzscheite ins Haus und ging dann mit der Schneeschaufel vor die Tür, während der graue Himmel Stunde um Stunde große Schneeflocken lautlos herabrieseln ließ.

2

In Dachsberg, wenige Kilometer entfernt, saß an diesem Sonntagmorgen die Familie Wenk am Frühstückstisch. Bettina Wenk, fürsorgliche Gattin und Mutter, guillotinierte mit zusammengekniffenem Mund ihr Frühstücksei – ihr Mann Jochen las Zeitung, die beiden Söhne Lukas und Noah daddelten am Handy. Der Platz ihres Schwiegervaters war schon verwaist, wie immer hatte er eine Riesensauerei hinterlassen.

»Warum darf Opa schon gehen und wir nicht?«, fragte Lukas, der Ältere von beiden, maulig. »Ich bin auch fertig!«

»Weil sich das nicht gehört!«, erwiderte seine Mutter giftiger, als sie wollte. »Abgesehen davon … ist es *so* viel verlangt, wenigstens am Sonntag gemeinsam zu frühstücken? Ohne Diskussionen?!«

»Aber Opa geht das gemeinsame Frühstück hart am Arsch vorbei!«, wandte Noah ein. »Mir übrigens auch! Wir reden ja sowieso nicht miteinander, also was soll das dann?«

»*Noah!* Jochen! Sag doch du auch mal was!«

Jochen Wenk faltete seufzend die Zeitung zusammen. »Lass sie doch gehen«, meinte er friedfertig und wandte sich an seine beiden feixenden Söhne: »Aber ihr nehmt euch die Schneeschaufel und den Besen, dann schippt ihr den Hof und Mamas Auto frei. Sie muss nachher zur Arbeit.«

»Aber Papa!«

»Keine Widerrede!«

Als die beiden Jungen abgezogen waren, blieben die Eheleute schweigend am Tisch zurück. Die alte Schwarzwälder Standuhr tickte laut in die Stille, und der Kachelofen bullerte.

»Warum fällst du mir immer in den Rücken?!«

»Bettina! Nicht das schon wieder! Sie sind Teenager und haben nun mal keine Lust mehr, mit ihren Eltern gemeinsam zu frühstücken.«

»Ich hab auch auf viele Dinge keine Lust und muss sie trotzdem machen! Und dein Vater …«

»Bettina! Bitte lass es! Das führt zu nichts!«

»Warum lässt du ihm sein Verhalten durchgehen? Ich verstehe das nicht!«

»Du vergisst, dass wir unter *seinem* Dach leben.«

»Nein«, sie lachte freudlos auf, »wie könnte ich das vergessen, wo ich doch jeden Tag daran erinnert werde! Aber das entbindet ihn nicht von einem Minimum an Anstand und Rücksichtnahme! Und überhaupt … wann fragst du ihn noch mal, ob er dir den Hof überschreibt? Mach ihm klar, dass wir dann keine Erbschaftssteuer zahlen müssten und endlich umbauen und Ferienwohnungen vermieten könnten, so wie alle anderen hier im Dorf!«

»Bettina!« Er atmete einmal tief ein und wieder aus. »Ich hab dir gesagt, ich frage ihn, wenn der richtige Zeitpunkt gekommen ist!«

»Und wann *ist* der richtige Zeitpunkt? Du weißt, wie krank er ist! Jochen …«, sie kam um den Tisch herum, setzte sich neben ihren Mann und legte ihre Hand bittend auf seinen Arm. »Ich kann nicht mehr! Meine Batterien sind leer … Noch sind wir jung genug, um uns selbstständig zu machen! Das haben wir doch schon so oft durchgesprochen!«

»*Du* hast das durchgesprochen!«

»Das ist nicht fair!«, wehrte sie sich. »Du bist bei Engelmann auch nicht mehr zufrieden, das hast du selbst …«

»Ja, aber das heißt doch nicht, dass ich gleich meine sichere Existenz aufgebe und mich auf ein unkalkulierbares Wagnis wie eine Familienpension einlasse! Das habe ich dir schon hundertmal gesagt! Können wir mit dem Thema nicht aufhören? Ich frage ihn, wenn die Zeit da ist. Punkt! Ende der Diskussion!«

Bettina Wenk schloss resigniert die Augen. Sie hatte es so satt! Sie wohnten mietfrei auf dem großen Hof, was ihnen einen gewissen finanziellen Spielraum ließ, aber sie haderte seit Langem mit ihrem Job bei einem ambulanten Pflegedienst, der ihr schwere Arbeit zu den unmöglichsten Zeiten abverlangte, ganz zu schweigen von den Bedingungen, die von Jahr zu Jahr mühsamer wurden: Viel zu wenig Zeit für ein freundliches Gespräch und etwas menschliche Zuwendung, fordernde Angehörige und demente, teils bösartige Patienten. Deshalb träumte sie von einer Familienpension mit Fahrradverleih und einem kleinen Café. Der Schwarzwald war zu jeder Jahreszeit so attraktiv, dass es sicherlich kein Problem wäre, die Ferienwohnungen gewinnbringend zu vermieten. Vielleicht könnte man auch die Stallungen wieder instand setzen lassen und ein paar Tiere anschaffen – Urlaub auf dem Bauernhof – oder Übernachtungen im Heu anbieten, wie es einige andere Höfe bereits machten. Ideen hatte sie viele, die sich sicher realisieren ließen – der Hof ihres Schwiegervaters war riesig und hatte eine einzigartige Lage, auf einer Hochebene, inmitten von Weiden und Streuobstwiesen, mit unverstelltem Blick auf die Alpen. Die rund zehn Hektar Land wären sicherlich ebenfalls gut nutzbar, vielleicht als Weideland, als Standort für ein paar Campingfässer oder auch Wohnmobile. Mit dem Hof als Sicherheit wäre die Bank bereit, einen Kredit zu gewähren, mit dem sich der Umbau realisieren ließe. Das hatte sie schon in Erfahrung gebracht. Jochen war gelernter Zimmermann und konnte viel selbst machen, sie hatte ein Händchen für Einrichtung. Aber warum nur mauerte der Alte so vehement? Sie selbst hatte erst kürzlich einen neuen Vorstoß gewagt und versucht, ihrem Schwiegervater ihre Geschäftsidee schmackhaft zu machen, aber sie war übel abgeblitzt. Zugegeben, ihr Verhältnis war nie gut gewesen, aber hatte er sie derart beleidigen müssen? Was war schlimm daran, etwas aus seinem Leben machen zu wollen? Für ihn würde sich doch gar nicht viel ändern?

Nachdem ihr Mann die Stube verlassen hatte, begann sie den Tisch abzuräumen. Selbst *das* blieb immer an ihr hängen, obwohl sie voll berufstätig war. Sie war so frustriert und wütend, dass ihr die Tränen kamen. Wie war es so weit gekommen, dass sie so sehr in der Sackgasse gelandet war? Mit einem Job, der ihr keinen Spaß machte und sie restlos auslaugte, einem antriebslosen Ehemann, zwei aufmüpfigen, faulen Söhnen, die sich wie Paschas aufführten, und einem bösartigen Schwiegervater? Und jetzt auch noch der Winter, vor dem sie sich immer grauste: miese Straßenverhältnisse, tief verschneite Zufahrtswege und vereiste Windschutzscheiben. Eine der Tassen rutschte ihr aus der Hand und zersprang in unzählige Scherben, die in alle Ecken schlitterten. Verdammt! Schluss damit!

3

Nach dem Mittagessen saß Briamonte im noch provisorischen Büro und versuchte, sich mit dem Gedanken anzufreunden, dass er morgen wieder zur Arbeit musste. Die drei Monate unbezahlten Urlaubs waren wie im Flug vergangen, und er verspürte wenig Lust darauf, wieder nach Waldshut-Tiengen zu fahren und seinen Polizistenalltag wiederaufzunehmen. Der Plan, sein Haus fertig zu machen, war zwar einigermaßen aufgegangen, aber in puncto beruflicher Zukunft war er nicht wirklich weitergekommen. Immerhin hatte er etliche Listen mit Für und Wider erstellt und so manchen Nachmittag damit verbracht, mit Kristina alle möglichen Optionen durchzusprechen, aber er war – ganz Meister der Prokrastination, wie ihn Kristina spöttisch nannte – immer wieder ausgewichen, wenn es ans Eingemachte ging, und hatte lieber an den Fliesen im Gästebad und der Küche weitergewerkelt, weshalb er letzte Woche verkündet hatte, dass er doch Polizist bleiben würde. Kristina hatte ihm einen Blick zugeworfen, den er lieber nicht hatte interpretieren wollen, und war kommentarlos im Garten zu den Ziegen verschwunden.

Seufzend räumte er seinen Schreibtisch auf, sah dem Tanz der Schneeflocken vor dem Fenster zu, heftete alte Rechnungen ab und spitzte einen Stift nach dem anderen, latent unzufrieden mit sich selbst. Zu seiner Unlust kam noch dazu, dass sein engster Mitarbeiter, Nepomuk Schopferer, bald seinerseits drei Monate weg sein würde. Elternzeit. Ein Fakt, der Briamonte zusätzlich schlechte Laune verursachte, obwohl er seinem Kollegen und dessen Frau von Herzen das neue Glück gönnte. Er drehte die Kurbel der Spitzmaschine und lauschte dem raspelnden Geräusch, als das Telefon klingelte. Ein Kollege aus Frankfurt, mit dem er immer noch in Kontakt stand.

»Kalle, altes Haus! Ein gutes Neues wünsche ich! Was gibt's? Wann kommst du uns endlich besuchen?«

Doch Kriminalhauptkommissar Karl Neumann war nicht nach Plaudern. Er hatte schlechte Neuigkeiten. Briamontes Gesicht verdüsterte sich so rasch, wie es sich aufgehellt hatte, während er dem Kollegen lauschte. »Verdammt! … Und du denkst wirklich, dass ich der Nächste sein könnte?!«

Nachdem er aufgelegt hatte, starrte er wie versteinert auf die wirbelnden Flocken vor dem Fenster. Seine Eingeweide waren verknotet. Ein Richter war heute Vormittag vor seinem Haus in Wiesbaden erschossen worden, der Täter war flüchtig. Das Pikante daran: Es war genau der Richter, der vergangene Woche Petar Hristov wegen zweifachen Mordes zu einer lebenslangen Haftstrafe verurteilt hatte. Der Petar Hristov, den er noch höchstpersönlich dem Haftrichter vorgeführt hatte, bevor er seine Siebensachen gepackt hatte und nach Menzenschwand verschwunden war. Hristov, einziger Sohn von Briamontes Intimfeind, dem gebürtigen Bulgaren Dimitar Hristov, Geschäftsmann und Clan-Chef. Dem hochintelligenten, hochkriminellen und absolut skrupellosen Mann, dem Briamonte in all den

Jahren intensivster Ermittlungen nichts hatte nachweisen können, weshalb Briamonte sich letztendlich auf dessen Sohn konzentriert hatte, der weniger schlau zu Werke ging. Mit Erfolg. Lebenslänglich und anschließende Sicherheitsverwahrung, wegen der Schwere der Tat und der nachgewiesenen psychischen Störung des jungen Mannes. Revision abgelehnt. Ein schwerer Schlag für den Alten, der siegesgewiss verkündet hatte, dass der Freispruch seines Sohnes so sicher sei wie das Amen in der Kirche. Da hatte sich der treu sorgende Papa wohl geirrt. Gottlob gab es noch Zeugen, die sich nicht einschüchtern oder bezahlen ließen, dachte Briamonte einen Moment lang beeindruckt, doch jetzt war der Richter tot, und sowohl gegen die Zeugen als auch gegen ihn hatte es eine ernst zu nehmende Drohung gegeben, wie ein V-Mann dem Kollegen Neumann berichtet hatte. Briamonte stand wohl nun offiziell auf der Abschussliste des auf Rache sinnenden Vaters. Drohungen waren in seinem vorherigen Leben beinahe an der Tagesordnung gewesen, als Leiter des Fachkommissariats für deliktübergreifende, organisierte Kriminalität, aber diese Sache war etwas anderes. Briamonte schnaufte. Dass sich Petar Hristov, der kleine Dummkopf, auch umbringen musste! Ausgerechnet! Briamonte atmete gegen den harten Klumpen in seinem Magen an und rieb sich das verspannte Genick. Die ganze Sache hatte er erfolgreich verdrängt. So eine Scheiße! Dass diese Drohung ernst zu nehmen war, daran zweifelte Briamonte keine Sekunde. Und jetzt?! Er wusste, was das zu bedeuten hatte. Hristov wurde zwar abgehört und rund um die Uhr vom MEK überwacht, doch er machte sich nichts vor. Die Maßnahmen waren gegen ein Kaliber wie Hristov kaum mehr als eine Alibiveranstaltung und störten den Alten vermutlich nur geringfügig in der Ausübung seiner kriminellen Geschäfte. Um vor Hristovs Schergen ganz sicher zu sein, müsste er sich umgehend versetzen lassen und im Idealfall noch eine neue Identität annehmen. Zwar würde er auch Personenschutz bekommen, aber wie lange? *So ein Mist!* Er konnte doch nicht alles stehen und liegen lassen? Nicht jetzt! Jetzt, wo er anfing, sich heimisch und wohl zu fühlen! Und Kristina?! Würde sie so ein Zeugenschutzprogramm überhaupt mitmachen, nach allem, was letztes Jahr passiert war? Jetzt, wo sie den Polizeidienst quittiert und eine neue Aufgabe gefunden hatte? Aber was gab es für eine Alternative? Er musste dringend mit jemandem reden, bevor er Kristina einweihen konnte. Aber mit wem?

4

Als Briamonte am späten Nachmittag zum dritten Mal den Weg von der Haustüre zum Gartentor und den Gehweg an der Straße freischaufelte, war er so in Gedanken versunken, dass er den Wagen erst bemerkte, als er unmittelbar neben ihm haltmachte. Ein mattschwarzer Geländewagen mit Stern und Frankfurter Kennzeichen. Er erschrak zu Tode und wollte gerade über den Zaun in Deckung springen, als er erkannte, wer ausstieg.

»Anne?!« Vor Erleichterung bekam er weiche Knie.

»Hallo, Joe«, gurrte sie und küsste ihn sanft auf beide Wangen. »Gut siehst du aus!«

»Was machst du hier?« Briamonte war überrascht. Mit ihr hatte er nicht gerechnet. »Woher weißt du, wo ich wohne?«

»Ich war bei deiner Mutter.«

»Aha.« Er musterte sie ungeniert. Sie sah gut aus, seriös, die blonden Haare deutlich kürzer als früher.

»Willst du mich nicht hereinbitten?«

»Äh … ich … wir …« Er geriet tatsächlich ins Stottern,

während Gismo, von der unbekannten Stimme angelockt, ans Gartentor kam und deutlich vernehmlich knurrte. *»Gismo! Aus!«*

Briamonte ging voraus und klopfte sich die Stiefel an der Haustür ab: »Kristina! Wir haben Besuch …« Dann nahm er Anne die Daunenjacke ab und hängte sie an die improvisierte Garderobe in der Diele.

»Das also ist dein Haus …« Sie sah sich neugierig um. »Interessant …«

Briamonte fühlte sich merkwürdig befangen. Er führte Anne in die Stube, wo er sie bat, Platz zu nehmen.

»*Kristina?*«

»Ich bin oben …«

»Kommst du mal runter? Wir haben Besuch …« Er verwies Gismo scharf auf seinen Platz, der ihnen leise knurrend gefolgt war, und versuchte sein Unbehagen zu überspielen: »Magst du etwas trinken? Einen Tee?«

»Gerne einen Grüntee, wenn du so etwas hast.« Sie sagte absichtlich *du* und nicht *ihr,* doch Briamonte war zu verwirrt, um das zu bemerken. In dem Augenblick kam Kristina die Treppe herunter.

»Kristina, das ist Anne …«

Kristina erfasste in einem Augenblick die merkwürdige Stimmung, und ihr strahlendes Lächeln erstarb: »Ach …«

»Du weißt … meine …«

»Ich weiß. Deine Ex-Freundin. Hallo, Anne.« Sie hielt ihr unterkühlt die Hand hin, woraufhin Anne sich erhob und Kristina übertrieben überschwänglich umarmte: »Du bist also Kristina! Freut mich, dich kennenzulernen!«

Kristina wand sich aus der ungebetenen Umarmung und drehte sich dann zu Briamonte um: »Hilfst du mir einen Moment in der Küche?«

Sie verließen die Stube, und während der Wasserkocher rauschte, fauchte sie: »Was will sie hier?«

»Äh … uns besuchen …«

»Das glaubst du?«

»Natürlich! Was sonst?«

»Das kann ich dir sagen … die gute Dame führt etwas im Schilde!«

»Kristina! Jetzt aber!« Briamonte lachte belustigt. »Du hast sie genau zwei Minuten gesehen! Was sollte sie im Schilde führen?«

»Ich kenne diese Sorte Frauen nur zu gut! Du vergisst, dass ich Polizistin bin, außer Dienst zwar, mein Instinkt aber nicht. Sie ist hier, weil sie dich zurückhaben will!«

»Denkst du nicht, dass du ein bisschen übertreibst?« Briamonte legte versöhnlich seinen Arm um sie: »Erstens bist du meine große und einzige Liebe, und zweitens sind Anne und ich seit über zwei Jahren getrennt. Sie interessiert mich überhaupt nicht mehr.«

»Aber *du* interessierst *sie*!«

»Komm schon! Du siehst Gespenster! Lass uns gemeinsam Tee trinken, ein bisschen plaudern, und dann wird sie sich wieder auf den Heimweg machen. Wir beide werden dann wie geplant Essen gehen und später ausprobieren, wie sich das Schaffell vor dem Kachelofen anfühlt. Was meinst du?« Er hob vielsagend die Augenbrauen, und sie lenkte ein: »Also gut! Ich werde die vollendete Gastgeberin sein. Versprochen. Aber wehe …«

Die nächste Stunde war dann eine ziemlich verkrampfte Veranstaltung. Während es draußen stockdunkel wurde, redete Anne ohne Unterlass. Sie erzählte, dass sie im Sommer das zweite Staatsexamen mit summa cum laude abgeschlossen habe, Junior-Partnerin in einer renommierten Kanzlei in Frankfurt geworden sei, in Kronau eine schöne Wohnung habe und – *erinnerst du dich noch an unsere kleine Strandhütte auf den Seychellen?* – mittlerweile für den Hochsee-Segelschein büffelte. Als sie alles losgeworden war, lächelte sie Kristina an. »Und was machst *du* so?«

Kristina, die die ganze Zeit stumm in einem der Sessel gesessen und die leere Tasse in den Händen gedreht hatte, hätte ihr am liebsten geantwortet, dass sie sich mit ihrem Kaschmir-Twinset, ihrer Kelly Bag und ihrem ganzen »Ich bin ja so toll und so wichtig«-Getue zum Teufel scheren solle, aber sie machte gute Miene zum bösen Spiel und erwiderte: »Ich habe vor drei Monaten den Polizeidienst quittiert und fange morgen ein Freiwilliges Soziales Jahr beim Förster an. Ganz und gar langweilig und ganz und gar uncool.« Sie warf Briamonte einen ungeduldigen Blick zu – *es reicht jetzt, mach, dass sie geht* – und versuchte, sich ihre Irritation nicht anmerken zu lassen. Diese *unglaublich perfekte* Frau und ihr aufgesetzt freundliches Gehabe ließen sie einen unheimlichen Moment lang an sich selbst und an ihrer Beziehung zweifeln. Sie stand wie neben sich und betrachtete sich von außen. Wie gut kannte sie diesen Mann, der *mit so einer* acht Jahre lang liiert gewesen war?! Die ganze Situation war merkwürdig. Und unangenehm! Sie musste das Teekränzchen beenden, und zwar sofort! Kristina erhob sich abrupt aus ihrem Sessel: »Ich will nicht unhöflich sein, aber Johann … du weißt, dass wir bald …« Sie tippte auf ihr Handgelenk und sah ihn eindringlich an.

»Ach ja, du hast recht … Wie spät ist es?«

Anne verstand den Wink und erhob sich. »Ich will nicht weiter stören, das war ja auch ein ziemlich spontaner Überfall … Aber Joe, du kennst nicht zufällig ein nettes Hotel oder eine Pension, wo ich noch ein Zimmer bekommen könnte? Es ist alles ausgebucht, damit habe ich nicht gerechnet. Und bei dem Wetter will ich nicht mehr nach Hause fahren …«

Kristina entgleisten die Gesichtszüge, aber ihr warnender Blick kam zu spät.

»Wenn du möchtest, kannst du heute Nacht hierbleiben. Das Sofa kann man ausklappen … Vielleicht magst du ja auch mit uns essen gehen? Wir haben im Roten Fuchsen reserviert. Den kennst du doch auch noch!«

Während sie das Haus verließen, bedachte Kristina Briamonte mit einem vernichtenden Blick, aber er zuckte nur ratlos die Schultern, der so viel sagte wie: *Was soll ich machen? Es ist dunkel und schneit wie verrückt.*

5

Zur selben Zeit, als Briamonte mit Kristina und Anne das Haus verließ, fuhr Bettina Wenk zu ihrer letzten Patientin von heute. Es schneite noch immer stark. Sie versuchte angestrengt, durch die tanzenden Flocken im Lichtkegel der Scheinwerfer hindurch die orangeroten Schneestangen nicht aus den Augen zu verlieren, die den Fahrbahnrand markierten. Das Lenkrad fest umklammert, pflügte sie mit ihrem kleinen Suzuki Allrad Jeep die kleine Straße zu dem Hof hoch.

Heute Abend war auch die Tochter ihrer Patientin da, Steffi Allgeier, die Wirtin des Dorfgasthofs, mit der sie befreundet war.

»Steffi! Schön dich zu sehen! Ist was mit deiner Mutter?«

»Nein, nein, alles wie immer. Vielleicht hast du nachher noch Lust auf einen Grog? Ich warte in der Küche.«

Nachdem sie die Seniorin versorgt und ins Bett gebracht hatte, kam sie in die Küche und ließ sich mit einem Seufzer auf die Eckbank fallen. Sie merkte sofort, dass ihre Freundin etwas auf dem Herzen hatte, und sah sie fragend an.

»Ich muss dir etwas sagen, was du sicher gerne wüsstest …«, fing Steffi an, stellte zwei dampfende Becher hin und zog sich einen Stuhl heran. Bettina Wenk seufzte. Oje, was kam jetzt?!

»Du weißt doch sicher, dass dein Schwiegervater jeden Abend bei uns im Auerhahn sitzt …«, fing ihre Freundin an, während Bettina Wenk mit gerunzelten Augenbrauen lauschte. Ihr Schwiegervater also.

»Jaaa«, antwortete sie gedehnt, »was ist mit ihm?«

»Also, ich kann es nicht mit Bestimmtheit sagen, ich belausche meine Gäste ja nicht, aber ich fürchte, dass die Herrenrunde in letzter Zeit um Geld spielt …«

»Poker, ich weiß.«

»Ja. Und bis vor Kurzem ging es, soviel ich mitbekommen habe, nur um Kleckerbeträge …« Sie machte eine kurze Pause, nahm einen Schluck Grog und beugte sich dann eindringlich vor. »Aber seit der Schätzle immer häufiger mit dabei ist, hab ich mittlerweile den Verdacht, dass die beiden irgendetwas am Laufen haben. Dein Schwiegervater und der Schätzle.«

»Was meinst du mit ›am Laufen‹?«

»Na ja … irgendetwas, was Ungutes … Ich sag ja, es ist nur ein Gefühl, aber ich weiß von Jürgen, dass es der Schätzle schon lange auf euren Hof abgesehen hat. Ich denke, du solltest das wissen, für den Fall, dass der Alte alles verkaufen will …«

»Wie lange geht das schon so?«

Steffi musste kurz überlegen. »Also, das ging schon kurz nach Silvester los … etwa drei bis vier Wochen …«

Bettina Wenk wurde flau. Volker Schätzle, einst ihr jugendlicher Verehrer, heute skrupelloser Immobilienmakler und erfolgreicher Geschäftsmann. Das verhieß nichts Gutes. Wenn der so Vielbeschäftigte sich wochenlang zu der Stammtischrunde zum Kartenspielen gesellte, tat er das sicher nicht aus bloßer Menschenfreundlichkeit oder um sich die Zeit zu vertreiben.

»Was soll ich tun?«

»Das kann ich dir nicht sagen, du kennst deinen Schwiegervater am besten. Ich dachte nur, ich sag's dir. Wäre doch zu blöd, wenn der Alte den Hof verticken oder gar verzocken würde, oder? Dann könntet ihr euch eure Umbaupläne endgültig abschminken …«

Aufgewühlt fuhr Bettina Wenk anschließend nach Hause. Als sie in die Einfahrt einbog, wusste sie gar nicht, wie sie hergekommen war. Es schneite noch immer. Große Flocken umwirbelten das Licht der Straßenlaterne. Im Vorhäuschen klopfte sie die Schuhe aus und hängte erschöpft Jacke, Schal und Mütze an die Garderobe. In der Küche brannte Licht. Nanu? Sonntagabends war sie immer alleine. Ihr Mann und die Söhne waren bei der Probe des Musikvereins, und ihr Schwiegervater war jeden Abend im Auerhahn.

»Ach du?!«

»Hm …« Ihr Schwiegervater saß am Küchentisch, vor sich den großen Topf mit dem Rest der Suppe von gestern. Wieso war er nicht im Wirtshaus? Und warum zur Hölle konnte er sich keinen Teller nehmen, wie normale, zivilisierte Menschen auch?!

»Du bist nicht im Auerhahn?«

»Wie du siehst, bin ich hier …«, erwiderte er ätzend. »Darf ich nicht?«

Angewidert betrachtete sie den alten Mann, der, mit aufgestützten Ellbogen und weit heruntergebeugtem Kopf, unappetitlich laut schlürfend die Suppe aß. Sein zu langes Haar klebte ungewaschen am Kopf, das Hemd mit dem speckigen Kragen war weit aufgeknöpft und gab den Blick auf seine knochige, gelblichfahle Hühnerbrust unter dem Unterhemd frei. Die schmutzstarrenden Hosenträger hingen rechts und links an den abgeschabten Cordhosen herunter, während seine Füße in schmutzigen

Clogs aus Gummi steckten. Er sah aus und roch wie ein Penner. Heiße Wut wallte in ihr auf. Wieso schaffte es der alte Widerling nicht, ein Minimum an Körperpflege zu betreiben, Herrgott noch mal? Er lebte doch nicht alleine hier! Ein klein bisschen Rücksicht wäre doch nicht zu viel verlangt?! Frische Hemden und neue Hosen hatte er verdammt noch mal genug! Gekauft, gewaschen und gebügelt von ihr höchstpersönlich!

»Was glotzt du so?« Er blickte auf, und ein Stück Suppennudel hing an seinem stoppeligen Kinn.

Plötzlich hakte etwas bei ihr aus. »Was hast du mit Volker Schätzle zu schaffen?«, fragte sie laut.

Der alte Mann tat, als hätte er sie nicht gehört, und beugte sich wieder über den Topf: »Das geht dich einen Scheiß an!«

»*Wie bitte*?!«

»Du hast mich schon gehört …«

»Wie redest du mit mir?!«

»So, wie es mir passt, und so, wie du es verdienst, du Schlampe!« Das letzte Wort war nur gemurmelt, aber sie hatte verstanden. Mit einem Schritt war sie hinter ihm und drückte seinen Kopf in die Suppe.

Er wehrte sich erstaunlich heftig, aber sie war stark. Mit aller Kraft hielt sie ihn unten, bis er mit seiner rechten Hand ihren Arm zu fassen bekam und sie ihn loslassen musste. Mit einem grässlichen Geräusch atmete er ein, um im nächsten Augenblick, entsetzlich hustend und in akuter Atemnot, wild um sich schlagend zu Boden zu gehen. Der Stuhl fiel um, und der Topf krachte scheppernd auf den Steinboden. Seine Schwiegertochter beobachtete vor Grauen geschüttelt und fasziniert zugleich den Todeskampf des alten Mannes, der endlos lang dauerte, wobei er unerträglich röchelte und sich heftig wand. Bis er schließlich still wurde. Schwer atmend betrachtete sie die blauviolette, grauenhaft verzerrte und so sehr verhasste Fratze des Alten, bevor sie die Küche verließ, um sich ein Bad einzulassen. Einen Moment lang überlegte sie, wie sie es am besten anstellen sollte, damit nicht ihre Söhne den Großvater entdecken würden, dann hatte sie die Lösung: Fünf Minuten in der Wanne sollten genügen. Dann könnte sie ihren toten Schwiegervater ›finden‹, ›Erste Hilfe‹ leisten und schließlich vollkommen aufgelöst den Notruf wählen.

6

Das Abendessen im »Füchsle« war für Kristina genau so, wie sie befürchtet hatte. Natürlich wurde Anne von den Wirtsleuten wiedererkannt und freundlich begrüßt, und natürlich bestritt sie die ganze Unterhaltung mit Anekdoten aus den gemeinsamen acht Jahren mit Kommissar Briamonte, der in Frankfurt so ein angesehenes ›hohes Tier‹ gewesen war. Ob es ihm nichts ausmache, hier im letzten Kuhdorf in der Bedeutungslosigkeit verschwunden zu sein? Ob er seine Pläne, eines Tages Polizeipräsident zu werden, wirklich aufgegeben habe? Kristina schwieg die meiste Zeit über und beobachtete ihren Lebensgefährten, der sich von einer ihr ganz und gar unbekannten Seite zeigte. Briamonte fühlte sich auch nicht besonders wohl, aber er war außerstande, den Redefluss seiner Ex-Partnerin zu stoppen – und noch weniger in der Lage zu erkennen, dass Kristina kurz davor war, aufzustehen und zu gehen.

Wenig später, zu Hause, war es nicht besser. Nach einem abschließenden Whisky vor dem Kachelofen musste Gismo in den Hausflur weichen, weil er nicht aufhörte, sich feindselig zu gebärden. Briamonte richtete das Bettsofa her und erklärte Anne, wo sie sich duschen und Zähne putzen könne.

Als sie weit nach Mitternacht endlich im Bett waren, drehte sich Briamonte zu Kristina um, aber sie wendete sich ab und löschte wortlos das Licht.

»Morgen früh ist sie weg, versprochen«, flüsterte er. »Gute Nacht!« Und während er, dank der überraschenden Ablenkung und einem doppelten Whisky, keinen Augenblick mehr an seinen morgigen ersten Tag, geschweige denn an den Mord an dem Richter dachte und sofort in tiefen Schlaf fiel, machte Kristina kein Auge zu. Was zum Teufel war das heute? Wieso fühlte sie sich so hundsmiserabel? War sie so eifersüchtig? Vertraute sie ihrem Partner so wenig? Weder noch, wie sie fand, aber sie spürte – sie *wusste* –, dass dieser ach so spontane Besuch ein abgekartetes Spiel war. Dass diese Juristen-Barbie gekommen war, um ihre Chancen auf eine glückliche Wiedervereinigung mit Kommissar-Ken zu checken. Dabei gebärdete sie sich so siegesgewiss, dass Kristina tatsächlich unsicher wurde. Beim Thema Frankfurt hatte er stets abgeblockt, dieser Teil seines Lebens sei passé, Vergangenheit, endgültig abgehakt. Sowohl Job als auch Beziehung, kaum der Rede wert, darüber ein Wort zu verlieren. Nur das Jetzt zähle, und das sei sie. Und das Haus. War das so? Oder machte er sich etwas vor? Oder machte *sie* sich etwas vor? Konnte der Karrieremann, der er offenbar gewesen war, auf Dauer tatsächlich zufrieden sein, mit einem Wald- und Wiesenposten im hintersten Winkel des Schwarzwalds? Mit einer ehemaligen Polizistin in Karohemd und Jeans, die nie eine Uni von innen gesehen hatte? Da waren sie wieder, die Selbstzweifel, vor denen ihre Therapeutin sie gewarnt hatte. Mit drückendem Magen versuchte sie, die destruktiven Gedanken wegzuatmen, wie sie es gelernt hatte. Das Schlimme an der ganzen Sache war, dass Ken alias Briamonte nicht kapierte, was da vor sich ging und diesem scheinheiligen Weibsstück noch in die Hand gespielt hatte. Hier zu übernachten –

eine ungeheuerliche Frechheit! Als ob sie nicht irgendwo am Schluchsee noch ein Zimmer bekommen hätte. Mit ihrem Panzer hätte sie auch im winterlichen Sibirien keine Schwierigkeiten gehabt! Und überhaupt … wieso hatte sie sich nicht um ein Zimmer bemüht, *bevor* sie gekommen war?! Kristina war so unglücklich, dass sie sich am liebsten mitten in der Nacht angezogen hätte und zu ihrer Mutter gefahren wäre. Aber ihren Herzensmann allein lassen, mit dieser berechnenden Kuh? Besser nicht! Der Schlange war alles zuzutrauen! Und vielleicht spekulierte Anne sogar darauf, dass sie frustriert das Feld räumte?

Irgendwann in den frühen Morgenstunden schlief sie doch noch ein, während Briamonte nichts ahnend schlief wie ein Murmeltier.

7

Auf dem Wenk-Hof war es gespenstisch still. Der RTW war schon kurz nach der Ankunft wieder weggefahren, und der Leichenwagen hatte eben den Hof verlassen. Die Familie saß geschockt und bleich um den Küchentisch, während der diensthabende Arzt, der die Leichenschau gemacht hatte, den Tod durch Ersticken infolge einer Aspiration eines Fremdkörpers dokumentierte und unterzeichnete.

»Mein aufrichtiges Beileid! Soll ich Ihnen noch ein Beruhigungsmittel dalassen, Frau Wenk?«

»Nein, danke, das ist nicht nötig. Sagen Sie … Wird mein Schwiegervater obduziert werden?«

»Das halte ich nicht für nötig, der Fall ist ganz klar. Ihr Schwiegervater hat sich offenbar an einer der Suppeneinlagen verschluckt. Aber wenn Sie das wünschen …«

»Meinst du nicht, dass das eine gute Idee wäre, Jochen? Ich meine … nur zur Sicherheit?«

»Nein. Das muss man ihm jetzt nicht auch noch antun. Was geschieht jetzt mit ihm?«, fragte Jochen Wenk sichtlich mitgenommen.

»Nun, das müssen Sie mit dem zuständigen Bestattungsinstitut besprechen. Möglicherweise hat Ihr Vater in seinem Testament festgehalten, wie und wo er bestattet werden möchte ... Nun denn, wenn Sie keine Fragen mehr haben, mache ich mich jetzt auf den Heimweg.« Der Arzt erhob sich und gab jedem die Hand. »Noch einmal mein aufrichtiges Beileid! Auf Wiedersehen!«

»Jungs, ihr solltet euch langsam fürs Bett fertig machen. Morgen geht die Schule wieder los.« Bettina Wenk erhob sich schwerfällig, räumte den Topf weg und wischte die Suppenreste von Tisch und Boden.

»Mama! Papa! Können wir morgen nicht zu Hause bleiben? Bitte! Immerhin ist Großvater gerade gestorben!«

Bevor ihr Mann etwas sagen konnte, schüttelte sie energisch den Kopf. Beide Söhne waren schulisch nicht gerade Leuchten, abgesehen davon machte der Älteste im Sommer seinen Werkrealschulabschluss und konnte sich keine Fehlzeiten mehr leisten. »Nein! Ihr geht. Das mit Opa ist ganz furchtbar, aber kein Grund, in der Schule zu fehlen. Gerade du, Lukas, solltest dich langsam auf den Abschluss konzentrieren!«

»Musst du immer so streng sein?«, fragte Jochen, als die beiden motzend abgezogen waren, »immerhin haben sie gerade ihren Großvater verloren!«

»Ja, das *muss* ich, weil *du* so ein Weichei bist!«

»*Bettina!*«

»Ist doch wahr! Immer bleibt alles an mir hängen, und jetzt finde ich auch noch deinen toten Vater! Es war *schrecklich*! Ich konnte ihm nicht mehr helfen!«

»Komm schon, ist ja gut ... Ich sehe ja, wie du dich abrackerst ...« Er hob hilflos die Schultern und erhob sich dann, um aus dem Buffet eine Flasche Kirschwasser zu nehmen. »Nimmst du auch einen?«

»Ja. Danke.«

So saßen sie bis weit nach Mitternacht, tranken Schnaps und redeten über Josef Wenk, der einst wohl ein netter Mensch und liebevoller Vater gewesen war. Früher, als seine Frau Anneliese noch lebte. Und Bettina brachte es tatsächlich fertig, die eine oder andere Träne zu vergießen und ihrem Mann in die Augen zu schauen, wohl wissend, dass sie vor nicht einmal drei Stunden seinen Vater getötet hatte.

8

Am nächsten Morgen hing im Buser Hof noch immer der Haussegen schief. Kristina stieg vollkommen übernächtigt die steile Treppe hinunter und versuchte, nicht zum Bettsofa zu schauen, von dem die beiden Kater eben heruntersprangen und ihr mit hocherhobenen Schwänzchen in die Küche vorauseilten. Abtrünnige kleine Mistviecher! Sie schmuste überschwänglich mit dem beleidigten Gismo, fütterte ihn und die Katzen und machte dann mit maximaler Lärmentwicklung das Frühstück. Es verlief dann ähnlich katastrophal wie der gestrige Abend. Anne, ausgeruht und frisch, lachte über den finster dreinschauenden Briamonte – »Joe, du warst schon immer ein Morgenmuffel, haha, aber du siehst dabei so *un-wi-der-steh-lich* aus!« – und Kristina dachte: *Großer Gott! Joe?!! Unwiderstehlich?!* Ich bring sie um, die blöde Kuh! Kurz vor sieben musste sie schließlich wohl oder übel aus dem Haus, ihr erster Arbeitstag mit Niklas Dannecker, dem Förster. Briamonte begleitete sie bis vors Gartentor und nahm zum Abschied unbeholfen ihre Hand, weil sie sich nicht küssen lassen wollte. »Hab einen schönen ersten Tag, mein Liebstes! Pass auf dich auf, ja?!«

»Wenn ich nach Hause komme, ist sie weg!«

»Das ist sie! Versprochen! Gleich nachher wird sie fahren!«

Kristinas Tag war anstrengender als erwartet, ein vollkommenes Kontrastprogramm zu ihrem bisherigen Berufsleben als Polizistin. Nachdem sie den Jeep des Försters bei den Wasserfällen abgestellt hatten, stapften sie durch tief verschneite Waldwege bergan, um die Futterstellen des Damwilds zu kontrollieren und aufzufüllen. Ihre Schritte knirschten laut in der Stille, und Erinnerungen an winterliche Sonntagsspaziergänge kamen ihr in den Sinn. Der Vater weit ausschreitend, das Fernglas umgehängt, *Pareys Vogelbuch* in der rechten Jackentasche, ohne Rücksicht auf die Mutter und die beiden Mädchen, die mit seinen Riesenschritten nicht mithalten konnten. Die Pausen auf verschneiten Holzbeigen, mit lauwarmem, nach Plastikflasche schmeckendem Pfefferminztee, Landjäger und Bauernbrot, dazu braun gewordene, glitschige Apfelschnitze in eiskalten Kinderfingern. Sie schüttelte sich.

»Alles in Ordnung?« Dannecker drehte sich zu ihr um.

»Ja, ja. Mir kamen gerade die Winterspaziergänge meiner Kinderzeit in den Sinn. Keine allzu angenehmen Veranstaltungen.«

»Wirklich? Warum nicht, wenn ich das fragen darf?«

»Mein Vater war … speziell …«, antwortete sie ausweichend.

»Im Sinne von …?« Dannecker wollte es genau wissen und musterte die groß gewachsene junge Frau, die so anders war als die vielen jungen Leute, die er schon ausgebildet hatte. Sie hatte ganz offensichtlich einen kultivierten Hintergrund, war klug, wach und interessiert, jedoch alles mit einer gewissen Zurückhaltung. Ehemalige Polizistin, wie er wusste.

»Er war ein ziemlicher Pedant. Hatte immer recht.«

»Sie sprechen in der Vergangenheitsform. Ist er gestorben?«

Jetzt musste sie lachen. »Hab ich das echt gesagt? Nein, er ist gesund und munter. Nur habe ich nicht mehr allzu viel Kontakt.« *Seit ich nach dem Abi verkündet habe, Polizistin werden zu wollen,* hätte sie beinahe noch angefügt, aber sie ließ es bleiben.

Dannecker sah sie prüfend an und verkniff sich weitere Fragen. »Wollen wir weiter? Geht's noch?«

»Schon.« Tapfer stapfte sie hinter Dannecker her und versuchte, sich auf die karge Schönheit des Winterwalds zu konzentrieren. Die unendlichen Variationen der Farbe Weiß. Die großen Schneeflocken, die ununterbrochen auf sie niederschwebten und sich an ihrer Wollmütze festsetzten. Sie würde schon wieder fit werden. Der Unfall in der Villa Ferrette war ja erst wenige Monate her, etwas Zeit sollte sie sich noch geben, dann wäre sie wieder so leistungsfähig wie vorher. Jochbeinbruch, Milzriss und eine ausgekugelte Schulter waren die schmerzhaften Folgen ihres Treppensturzes gewesen, wobei sie nach Aussagen der Ärzte noch Glück gehabt hatte. Das Ganze hätte weitaus schlimmer ausgehen können. Beharrlich ignorierte sie ein Ziehen hier und ein Drücken da, was im Laufe des Tages immer stärker wurde. Immerhin hatte sie bei aller körperlichen Anstrengung das Gefühl, als könnte sie endlich loslassen. Nie wieder würde sie sich mit den Abgründen und Unzulänglichkeiten fremder Menschen befassen müssen, zumindest nicht mehr beruflich. Indirekt würde sie es privat immer noch müssen, aber davon würde sie sich distanzieren können. Hoffte sie.

Als Dannecker sie schließlich vor Einbruch der Dunkelheit beim Buser Hof absetzte, war sie völlig erledigt, aber zufrieden. Sie freute sich auf ein heißes Bad – bis sie Annes Auto sah, das vollkommen eingeschneit immer noch am Straßenrand stand. Ihr Magen zog sich zusammen. Gismo begrüßte sie winselnd im Hausflur, und sie wusste sofort Bescheid. Wütend riss sie die Tür zur Stube auf. Briamonte und Anne saßen am Esstisch und sahen sich alte Fotos an, aus einer bunten Schachtel, die sie noch nie gesehen hatte.

»Schatz! Da bist du ja! Wie war dein Tag?« Briamonte erhob sich und wollte sie umarmen, aber Kristina wehrte ihn ab und zog ihn in den Flur. »Wieso ist *sie* noch hier?!!«

»Kristina …«, versuchte er sie zu beschwichtigen, »sprich doch leiser! Sie kann dich hören.«

»Das ist mir *scheißegal,* ob sie mich hören kann! *Wieso* ist sie noch hier?!«

»Jetzt beruhige dich doch! Es ist nicht so, wie du denkst.«

»*Doch!* Es ist *genau so,* wie ich denke! Also … warum ist sie noch hier?!«

»Ihr Auto springt nicht an, dafür kann sie doch gar nichts! Morgen ist sie wieder weg! Ehrenwort! Jetzt beruhige dich doch!« Briamonte fühlte sich so hilflos wie selten. Was war nur in Kristina gefahren?

»Ihr Auto springt nicht an?! Sagt sie das?!« Kristina war so aufgebracht, dass ihr die Tränen kamen »Weißt du was? Ach …« Sie drehte sich um, stapfte davon und ließ den verdutzten Briamonte stehen.

»Joe? Was ist los?« Anne hatte die Tür geöffnet.

»Ich bin gleich wieder da …« Eilig schlüpfte er in seine Stiefel, zog den Parka vom Haken und rannte Kristina hinterher, die in Richtung Dorf lief. »Kristina! *Kristina* … warte doch!«

Zwei Straßen weiter hatte sie ihr Ziel erreicht und klingelte bei Briamontes Mutter.

»Theresia … du musst mir helfen!«

»Ach Gott, Kindchen, was ist denn passiert? Komm rein!« Frau Briamonte wollte eben die Haustür schließen, als ihr Sohn angerannt kam: »Warte!«

»Was ist denn los?!« Ratlos blickte sie von der aufgelösten Kristina zu ihrem Sohn. »Habt ihr gestritten?«

»Anne ist da. Seit gestern …« Kristinas Stimme wankte.

»Wie? Immer noch?!«

»Ja. Sie hat bei uns übernachtet und ist immer noch da.«

»*Johann!* Auf ein Wort!«

Frau Briamonte schob Kristina in Richtung Georg, den Lebensgefährten von Briamontes Mutter, der dazugekommen war, um zu sehen, was das für ein Tumult war.

Jetzt zog sie ihren Sohn vor die Haustür. »Was zur Hölle ist das für eine Geschichte?«

»Da gibt es keine Geschichte …«, stotterte Briamonte mit abwehrend erhobenen Händen. »Anne kam gestern spontan auf Besuch, und weil sie kein Hotelzimmer gefunden hat, habe ich sie eingeladen zu bleiben …«

»Und Kristina hast du natürlich gefragt?«

»Äh, nein … Wieso? Sie hätte sicher nichts dagegen gehabt. Die Sache mit Anne ist ewig her …«

Seine Mutter bebte vor Zorn. »Johann Briamonte, du unglaublicher *Vollidiot* … was glaubst du denn, was deine gute Anne hier will?«

»Was soll sie schon wollen? Uns besuchen …«

»Herrgott noch mal, ihr Männer seid einfach so *unglaub-lich* dumm und naiv!«

»Mama!«

»Du gehst jetzt rein und siehst zu, dass du glaubwürdig zu Kreuze kriechst. Ich komme gleich wieder …« Sie zog ihre Schuhe an, nahm sich ihren Mantel vom Haken und marschierte energisch durch den Schnee in die Hinterdorfstraße, bis sie am Buser Hof angelangt war.

»*Anne!*«

Gismo umwedelte sie freudig, während Frau Briamonte die Tür zur Stube öffnete.

»*Anne!*«

»Theresia! Hallo! Wie schön dich …«

»*Nein! Nicht* schön, mich zu sehen! Ende der Vorstellung!«, unterbrach sie die junge Frau scharf. Als sie die Schachtel mit den alten Fotos sah, wurde sie *richtig* sauer.

»Aha. Also doch. Ich hab's doch geahnt. Du willst ihn zurück, hab ich recht?«

Wenn Anne überrascht war, ließ sie es sich nicht anmerken. Stattdessen erwiderte sie kühl: »Und wenn …? Das geht dich so ziemlich gar nichts an. Außerdem springt mein Wagen nicht an.«

»Pech. Dann ruf den Pannendienst. Und du irrst dich … das geht mich eine ganze Menge an! Du packst jetzt deine Sachen und verschwindest! Jetzt sofort, sonst …!«

»Sonst was?«

»RAUS!!!«

Frau Briamonte war so wütend, dass es Anne tatsächlich angeraten schien, das Feld zu räumen. Wortlos packte sie ihre Tasche – *vergiss die Fotos nicht!* – und holte ihre Toilettenartikel aus dem Bad.

»So, und bevor du gehst, löschst du Johanns Nummer!«, forderte Briamontes Mutter.

»Nein! Wieso?!«

»Du löschst seine Nummer, oder ich lasse den Hund rein!«

»Das würdest du nicht wagen!«

»Du hast keine Ahnung, *was* ich alles wagen würde! *Die Nummer!!*«

Sie war in ihrer Wut so autoritätsgebietend, dass Anne tatsächlich ihr Handy nahm und entsperrte.

»Her damit!«

Briamontes Mutter suchte die Nummer ihres Sohnes,

löschte den Kontakt und anschließend die Chatverläufe in WhatsApp und dem Mitteilungscenter. Nur zur Sicherheit.

»So, und jetzt mach, dass du verschwindest!«

Anne steckte ihr Handy wieder ein und drückte sich dann an dem knurrenden und bellenden Gismo vorbei, den Briamontes Mutter am Halsband festhalten musste und kaum bändigen konnte.

»Lass dich hier ja nicht wieder blicken!«

Sie folgte Anne, bis sie ins Auto stieg, das – natürlich – problemlos ansprang, und wartete, bis es im Schneegestöber verschwunden war.

Tief seufzend entließ Frau Briamonte dann den tobenden Hund in den Garten und kehrte zurück ins Haus, wo sie ordentlich lüftete, ein paar Holzscheite nachlegte und ein Kännchen Kaffee auf den Herd stellte, um das intensive Parfüm der jungen Frau zu vertreiben.

Zum Schluss zog sie die Bettwäsche der Schlafcouch ab, stopfte sie in die Waschmaschine, richtete das Sofa wieder her, rief den Hund und machte sich auf den Weg nach Hause.

Die Stimmung war gedrückt. Schweigend saßen Johann, Kristina und Georg um den Küchentisch und wussten nicht so recht, was sie sagen sollten.

Frau Briamonte machte ihrem Sohn ein Zeichen: »Johann …« Sie ging voraus ins Wohnzimmer und schloss die Tür. »Setz dich!«

Briamonte gehorchte kleinlaut. Er fühlte sich schuldig, obwohl er gar nichts gemacht hatte! Er hatte Kristina doch gar nicht hintergangen oder gar betrogen. Er liebte sie doch! *Nur* sie!

»Ist sie weg?«

»Johann …«

»Was hab ich falsch gemacht?«

»Alles, mein Sohn, so ziemlich alles.«

»Aber wieso?«

»Johann, hör mir zu. Ich habe nie etwas gegen Anne gesagt. Sie war die Frau, die du dir ausgesucht hattest, und das wollte ich respektieren ...«

»Aber?«

»Aber sie ist ein Typ Frau, der andere Werte im Leben hochhält und andere Prioritäten setzt, als du es tust. Ich will nicht sagen, dass das per se schlecht ist, aber ich bin mir immer sicher gewesen, dass *du* nicht der richtige Mann für ihre Pläne bist. Zumindest nicht mehr.«

»Ich weiß nicht, ob ich dir folgen kann.«

»Anne ist Karrierefrau durch und durch. Klug, ehrgeizig und gefühllos. Sie nimmt sich das, was sie will, ohne Rücksicht auf Verluste. Sie braucht einen Mann an ihrer Seite, der etwas darstellt, mit dem sie sich schmücken kann und der mit ihr den luxuriösen Lebensstil teilt, den sie so sehr schätzt. Du warst lange Zeit auf einem ähnlichen Trip unterwegs, aber im Grunde deines Herzens bist du nicht so. Nicht so oberflächlich, karrieregeil und vor allem nicht rücksichtslos.« Sie sah ihren Sohn prüfend an. »Bin ich arg deutlich zu dir?«

»Schon. Aber ich schätze, ich hab's verdient?«

»Ja. Hast du.«

»Aber, Mama, ich schwöre bei allem, was mir heilig ist, dass ich nichts Böses dabei gedacht habe! Ich wollte nur freundlich sein!« Briamonte war echt betroffen.

»Nein«, erwiderte Frau Briamonte seufzend »das ist es ja. Du hast *gar nichts* gedacht. Kristina und du, ihr seid beide tief verletzte Seelen. Ihr müsst aufeinander achtgeben. Versprichst du mir das? Ex-Partner einladen kann eine tolle Idee sein, aber nur, wenn beide damit einverstanden sind und wenn die Ex-Partner keine Absichten mehr haben. Klar so weit?«

»Ja. Ich hab's verstanden. Meinst du, sie verzeiht mir?«

»Sicher wird sie das, aber lass ihr Zeit. Zeig ihr, dass sie das Wichtigste in deinem Leben ist, und sorge dafür, dass so etwas nicht noch mal vorkommt.«

9

Etwa zweihundertachtzig Kilometer Luftlinie entfernt trabte jemand die Treppe zur Tiefgarage hinunter, verstaute das Gepäck in einem Spezialfach des Kofferraumbodens, legte den Wollmantel sorgfältig auf die Rückbank, stieg in den Wagen, programmierte das Navi und fuhr dann aus der Tiefgarage hinaus, in den nassdunklen Sonntagabend. Bevor er auf die Ringstraße einbog, suchte er aus seiner Playlist Mahlers 5. Symphonie und drehte die Lautstärke hoch, während der schwere SUV im Nieselregen durch den Schneematsch rollte, vorbei an den noch weihnachtlich illuminierten, blinkenden Dönerbuden, Nagelstudios, Shisha Bars und Wettbüros. Mit versteinertem Gesicht bog er dann auf die Autobahn ab.

10

Am Dienstag hatte es aufgehört zu schneien, und die strahlende Sonne am tiefblauen Himmel verwandelte die Hügel und Wälder in ein makellos weißes, glitzerndes Winterwunderland. Die Tannen bogen sich unter der tonnenschweren Schneelast, und im Gast- und Wintersportgewerbe atmete man auf. Endlich Schnee! Zehn Grad an Weihnachten, seitdem Föhn und Regen – der Todesstoß für das Skigebiet Feldberg.

Die Skiwacht koordinierte die Einsatzpläne, die Menzenschwander nahmen den kleinen Skilift in Betrieb und beeilten sich, die Langlaufpisten zu präparieren. Während Kommissar Briamonte eine weitere Besprechung mit seiner Chefin Petra Erler und anschließend mit dem Kollegen Schopferer hatte, erlebte Bettina Wenk eine böse Überraschung.

Sie verließ eben das Haus, um zur Arbeit zu fahren, als ein großer Audi auf den Hof rollte und ein gut gekleideter Mann ausstieg.

»Guten Morgen, Bettina!«

Oh nein! Sie stöhnte innerlich auf und versuchte sich an einem möglichst unbefangenen Lächeln: »Volker! Was für eine Überraschung! Was führt dich her?«

»Mein Hof führt mich hierher. Ich wollte mal nach dem Rechten sehen ...«

»Dein Hof?« Als ahnte sie nicht genau, was das bedeuten könnte, aber sie spielte die Unwissende. »Wieso *dein* Hof? Der Hof gehört meinem Schwiegervater ... ich meine. Jetzt nicht mehr. Jetzt meinem Mann. Jochen.«

Der Mann trat näher und legte sein Gesicht in übertrieben kummervolle Falten: »Da muss ich dir leider widersprechen ... Der Hof gehört mir! Alles vollkommen rechtens und notariell beglaubigt.«

Jetzt bekam sie weiche Knie. »Was soll das heißen?« Sie kaschierte ihre Unsicherheit mit Patzigkeit.

»Willst du mich nicht hereinbitten?«

»Ich muss zur Arbeit ...«

»Fünf Minuten ... die Alten laufen nicht weg, oder?«

»Also gut. Fünf Minuten.« Sie öffnete die Haustür und bat den Mann herein. Volker schien nicht das erste Mal hier zu sein, denn er steuerte sofort die Küche an und setzte sich, ungefragt, breitbeinig auf die Eckbank.

»Ich will dir ein Angebot machen.«

Bettina Wenk lehnte mit verschränkten Armen am Herd.

»Ich will den Grundbucheintrag sehen!« So schnell ließ sie sich nicht einschüchtern.

»Dein Wunsch ist mir Befehl …«, erwiderte er grinsend und zog zwei Bögen Papier aus seiner Aktenmappe.

Bettina Wenk schnappte forsch nach den Unterlagen und traute dann ihren Augen nicht. Da stand es schwarz auf weiß: Eigentümer des Wenk Hofs und zehn Komma vier Hektar Land in bester Lage war ohne jeden Zweifel Volker Schätzle. Sie schluckte trocken, als sie sah, wann das eine Dokument ausgestellt worden war.

»Wieso hast du nicht vorher schon was gesagt?«

»War nicht nötig …«, antwortete ihr Gegenüber leichthin und steckte die Papiere wieder ein. »Abgesehen davon, kann ein bisschen Dankbarkeit wahre Wunder wirken.«

»Was willst du?!«

»Ich habe viel vor, mit dem Hof und dem Land. Edle Ferienwohnungen und Luxus-Camping auf dem Bauernhof.«

»Aha.«

»Aus gut unterrichteten Kreisen weiß ich«, er lachte über seine Wortwahl, »dass du so etwas Ähnliches seit Jahren vorhast. Nachdem du den alten Josef unter die Erde gebracht hättest.«

»Was fällt dir ein!«

»Spar dir deine Empörung und hör mir zu … Deinen Wunsch kann ich dir erfüllen. Ich würde dich als Geschäftsführerin einstellen, aber nur unter einer Bedingung …«

»Die da wäre?«

»Du verlässt Jochen und ziehst zu mir.«

»*Was?!*« Bettina war entrüstet »Was soll das?!«

»Es ist ganz einfach. Du hast die Wahl zwischen einem spannenden Leben und einem coolen Job an meiner Seite, oder einem Leben in einer kleinen Mietwohnung mit deinem langweiligen Ehemann und deinen beiden unterbelichteten Söhnen!«

»Was erlaubst du dir! So redest du nicht über meine Familie! Verlass sofort mein Haus!«

»Falsch, mein Haus«, widersprach er grinsend. »Ach komm schon, Betty, deine Empörungsnummer kannst du dir sparen! Du hast schon immer gewusst, wo für dich der größte Vorteil steckt ... also tu nicht so, als ob mein Angebot sooo schlimm wäre. Außerdem hast du ja die Wahl. So großzügig bin ich. Überleg es dir. Du weißt ja, wo du mich findest.« Er erhob sich, zwinkerte ihr gut gelaunt zu und verließ das Haus.

Einem Schwächeanfall nahe, musste sie sich setzen. Großer Gott! Was war *das* denn eben gewesen?! Ob ihr Mann wusste, dass der Hof seit beinahe zwei Jahren nicht mehr seinem Vater gehörte? Und das Land seit einer knappen Woche? Hatte er sich deshalb geweigert, mit dem Alten zu sprechen? Am liebsten hätte sie sich einen ordentlichen Schnaps genehmigt, aber mit Fahne zur Arbeit, das konnte sie nicht machen. Sie sollte erst mal Ruhe bewahren. Die Hauptsache war, dass niemand sie für den Tod ihres Schwiegervaters verantwortlich machte, alles Weitere würde sich irgendwie ergeben. Nach der Arbeit musste sie nachdenken.

Als sie eben die Haustür abschloss, zuckte sie zusammen.

»Frau Wenk?«

Sie fuhr herum. Wer war das jetzt? Ein großer, dunkelhaariger Mann, den sie noch nie gesehen hatte.

»Wer will das wissen?«

Briamonte hielt ihr seinen Ausweis hin. »Kriminalhauptkommissar Johann Briamonte, Kriminalkommissariat Waldshut-Tiengen. Sind Sie Bettina Wenk?«

»Ja, wieso?« Sie musterte aufmerksam das Kärtchen und blickte ihn widerstrebend an.

»Ich muss Sie sprechen.«

»Jetzt? Ich bin auf dem Weg zur Arbeit.«

»Das muss warten.«

»Um was geht's denn?«

»Können wir das im Haus besprechen?«

Unwillig schloss sie wieder auf, bat ihn herein, zeigte wortlos auf die Eckbank und lehnte sich wieder an den Herd, ohne die Jacke abzulegen.

Briamonte sah sich um. Im Innern sah der Hof deutlich ärmlicher und heruntergekommener aus als von außen, aber die Lage war sensationell.

»Frau Wenk, ich gehe einem Hinweis nach, der besagt, dass es beim Tod Ihres Schwiegervaters Josef Wenk nicht mit rechten Dingen zugegangen wäre.«

Bettina Wenk wurde blass. »Wie meinen Sie das?«

»Laut Angaben des diensthabenden Arztes haben Sie ihn gefunden, richtig?«

»Ja.«

»Wann war das?«

»Äh … Kurz vor zehn, am Sonntagabend …«

»Ist Ihnen an dem Abend etwas aufgefallen?«

»Wie meinen Sie das … aufgefallen …?« Ihre Stimme bebte kaum wahrnehmbar.

»War etwas anders als sonst?«

»Ja. Schon.« Sie holte tief Luft und fuhr fort: »Ich bin von der Arbeit nach Hause gekommen, und mein Schwiegervater war zu Hause und saß hier am Küchentisch. Mit einem Topf Suppe.«

»Inwiefern war das ungewöhnlich?«

»Normalerweise war er abends im Wirtshaus.«

»Jeden Abend?«

»Ja.«

»Und warum war er am Sonntagabend nicht dort? Haben Sie ihn das gefragt?«

»Ja.«

»Und? Was hat er geantwortet?«

»Dass mich das nichts angehe.« Die Frau errötete, und Briamonte fasste sie noch aufmerksamer ins Auge.

»Mein Schwiegervater und ich haben uns nicht besonders gut verstanden«, fügte sie erklärend hinzu. Der konzentrierte Blick ihres düsteren Gegenübers irritierte sie, und ihre anfängliche Aufsässigkeit wich einer gespannten Nervosität.

»Und was haben Sie dann gemacht? *Nach* dieser unfreundlichen Antwort?«

»Ich bin hochgegangen und habe mir ein Bad eingelassen.«

Briamonte hob fragend die Augenbrauen, und sie ergänzte beschämt: »Ich bin es gewohnt, wissen sie … Mein Schwiegervater war kein besonders netter Mensch.«

»Was ist dann passiert?«

»Ich weiß nicht, was Sie meinen.«

»Wann und wie haben Sie ihn gefunden?«

»Nach dem Bad bin ich runter und wollte mir noch etwas zu essen machen. Da habe ich ihn gefunden.«

»Was haben Sie dann getan?«

»Na ja … ich habe versucht, Erste Hilfe zu leisten. Ich bin Altenpflegerin, wissen Sie. Dann habe ich den Notruf gewählt.«

»Was haben Sie gedacht, was passiert war?«

»Der Stuhl war umgefallen und der Topf lag am Boden … ich habe gedacht, dass er sich verschluckt haben musste. Er war ganz blau im Gesicht, er hat sich oft verschluckt, müssen Sie wissen. Bei alten Leuten ist das so.« Sie schauderte.

»Aber Sie haben in der Badewanne nichts gehört?«

»Nein. Ich höre immer Radio im Bad.«

»Gut.« Briamonte erhob sich. »Das wäre vorerst alles.

Ach, noch etwas ... Haben Sie vielleicht eine Ahnung, wer Ihrem Schwiegervater hätte schaden wollen? Hatte er Schulden? Feinde?«

»Sie glauben, er sei *umgebracht* worden?!« Den Schock musste sie gar nicht schauspielern. Um Himmels willen! Ihr Herz klopfte zum Zerspringen.

»Ich glaube gar nichts. Ich gehe, wie gesagt, nur gewissen Hinweisen nach.«

»Was für Hinweise?«

»Darüber kann ich nicht sprechen. Wir warten die Obduktion ab und sehen dann weiter. Einen schönen Tag noch! Danke, ich finde alleine raus.«

Obduktion?! Bettina Wenk bekam so weiche Knie, dass sie sich setzen musste.

11

Nach der Befragung in Dachsberg stand Briamonte noch eine Weile unschlüssig am Straßenrand und sah, wie Frau Wenk in einem kleinen türkisfarbenen Jeep vom Hof fuhr. Er war nicht ganz bei der Sache. Seine Chefin hatte die Drohung sehr ernst genommen und ihm nach ein paar Telefonaten mit Frankfurt dringend zu einer Versetzung und einer neuen Identität geraten, was er jedoch abgelehnt hatte. Personenschutz, das musste genügen. Ganz wohl war ihm mit dieser Entscheidung nicht gewesen, aber er ließ sich von diesem verdammten Clanchef doch nicht sein Leben nehmen! Auch hatte er Kristina noch nicht eingeweiht, was ihm einige Kopfschmerzen bereitete.

Ein Anruf Schopferers riss ihn aus seinen trüben Gedanken. Ein paar letzte organisatorische Dinge vor seinem Urlaub. Briamonte legte auf. Wie sollte er bloß drei Monate ohne den Kollegen Schopferer auskommen? Gerade jetzt?

Dabei hatte er selbst gerade drei Monate unbezahlten Urlaub hinter sich. Unwillig steckte er sein Handy wieder ein und lenkte seine Gedanken wieder auf die Vorkommnisse in Dachsberg zurück. Er hasste solche anonymen Anschuldigungen! Wenn jemand einen Anhaltspunkt für eine Straftat hatte, sollte er verdammt noch mal dazu stehen und klare Angaben machen! Er hatte Miriam Strittmatter, Schopferers zukünftige Vertretung, vorsichtshalber aufgetragen, einen gründlichen Hintergrundcheck über Josef Wenk anzustellen, jedoch ohne große Hoffnung auf Erfolg beziehungsweise belastbare Hinweise auf ein Mordmotiv. Eigentlich auch nur, weil er sich hinterher nichts nachsagen lassen wollte.

Vielleicht sollte er erst etwas essen gehen. Hungrig war er unausstehlich, und heute war es besonders schlimm. Nach dem Desaster mit Anne war seine Laune unterirdisch. Er war sauer auf sich selbst und wusste nicht, wie er das wiedergutmachen sollte. Im Nachhinein war ihm natürlich einiges klar geworden – auch dank der deutlichen Standpauke seiner Mutter. Warum nur war er im zwischenmenschlichen Miteinander oft so unsensibel? So naiv? War er im Job doch auch nicht! Da hatte er einen treffsicheren Instinkt, aber was Frauen anging, besonders die, die ihm nahestanden, war er derart betriebsblind und unbeholfen, dass es zum Lachen wäre, wäre es nicht so ein Trauerspiel. Aber das Kapitel Anne war ein für alle Mal erledigt. Immerhin.

Blieb noch die Drohung und das unausweichliche Gespräch mit Kristina über die Folgen, die damit einhergingen. Er startete den Motor und kehrte in einem der Dorfgasthäuser ein, wo er ein hervorragendes Gulasch mit Spätzle aß und sich ein alkoholfreies Bier gönnte. Nach dem Dessert fühlte er sich wieder leidlich gestärkt und fuhr anschließend nach Freiburg in die Rechtsmedizin. Er sah sich absichtlich nicht nach den Kollegen um, denen er voll vertraute, aber er spürte, dass ihm latent die Angst im Nacken saß. Gegen einen Scharfschützen waren auch sie machtlos, das hatte ihm sein erster Fall hier deutlich gezeigt.

Professor Dr. Boelke war eben mit der Autopsie fertig geworden und bat Briamonte in sein Büro. »Der Bericht ist noch nicht getippt …«

»Macht nichts … Es reicht mir vorerst eine mündliche Beurteilung.«

»Also …« Boelke spielte mit einem Anti-Stress-Ball. »Der Mann ist erstickt. An einem Stück Fleisch. Rind.«

»Irgendwelche Anzeichen auf Fremdeinwirkung?«

Boelke hob die Schultern. »Schwer zu sagen … Sein Gesicht war mit Suppe in Kontakt, aber wie genau das passiert ist, lässt sich nicht abschließend sagen. Der Mann war schwerer Alkoholiker, der Blutalkoholgehalt lag bei Eintritt des Todes bei zwei Komma acht Promille. Er hatte eine fortgeschrittene Leberzirrhose, vermutlich verursacht durch jahrelangen Alkoholmissbrauch. Child-Pugh C, wie wir Mediziner sagen, also eine schwere Form. Sehr schwer. Fünfzehn auf der Skala von zehn bis fünfzehn, nur noch eine geringe Lebenserwartung …« Boelke dachte kurz nach. »Er hatte ebenfalls ein rupturiertes Hirnaneurysma – eine gerissene Aussackung eines Gefäßes im Gehirn – und ein paar gebrochene Rippen … diese höchstwahrscheinlich eine Folge der Wiederbelebungsmaßnahmen, denn die Brüche sind eindeutig postmortal entstanden.«

»Dann schließen Sie Fremdeinwirkung also aus?«

»Das kann ich leider nicht mit Sicherheit ausschließen. Ursache und Wirkung lassen sich in diesem Fall nicht eindeutig bestimmen. Die Hirnblutung könnte erklären, warum er in die Suppe gefallen ist … Sie könnte wiederum aber auch durch den starken Husten infolge des aspirierten Fleischstücks entstanden sein …«

Briamonte horchte auf. »Das er so tief eingeatmet hat, weil ihm jemand den Kopf in den Topf gedrückt hat?«

»Dafür gibt es keine eindeutigen Hinweise … Aber ja, schon, so könnte es auch gewesen sein. Beide Szenarien lassen sich nicht mit letzter Bestimmtheit beweisen. Gibt es denn ein Verdachtsmoment, das Sie zu einer solchen eine Frage bewegt?«

»Hm …« Briamonte machte eine vage Handbewegung. »Werden Sie noch weitere Untersuchungen vornehmen? Fingerabdrücke, Faserspuren oder Gewebepartikel?«

»Sagen Sie's mir … Ehrlich gesagt, ist es nur dann sinnvoll, wenn es Vergleichsmaterial und einen konkreten Verdacht gibt …«

Briamonte rieb sich unschlüssig das Kinn. »Sie sagen, der Mann hatte nur noch eine geringe Lebenserwartung?«

»Ja. Sehr gering.«

»War das für Familienangehörige und Außenstehende ersichtlich?«

»Hatte er Familie? Der Tote war auffallend ungepflegt …«

»Tatsächlich? *Wie* ungepflegt? Im Sinne von vernachlässigt?«

»Ehrlich gesagt, habe ich gedacht, der Mann sei mindestens ein alter Junggeselle, wenn nicht gar obdachlos.«

»Interessant.«

»Aber um Ihre Frage zu beantworten … Familienangehörigen dürfte sein Gesundheitszustand nicht entgangen sein. Der Mann war bereits gelb wie eine Quitte, stark untergewichtig und dehydriert. Ich hätte ihm keinen Monat mehr gegeben.«

»Dann hätte es keinen Sinn gemacht, ihn zu ermorden, meinen Sie?«

Boelke hob die Augenbrauen. »Wäre nicht nötig gewesen … also *ich* hätte das zumindest nicht riskiert!«

Briamonte fuhr anschließend einen kleinen Umweg, um Hundefutter zu kaufen, und machte sich dann auf den Rückweg in den Schwarzwald. Er war nicht ganz sicher, wie er nach dem Gespräch mit dem Rechtsmediziner weiterverfahren sollte. Boelke hatte sich bewusst uneindeutig ausgedrückt, was die Umstände des Erstickungstods anging, doch seine Aussage über den ungepflegten Zustand des Toten hatte etwas zum Schwingen gebracht. Konnte man jemanden zu Tode »vernachlässigen«? Einen Menschen mit eingeschränkten psychischen und physischen Fähigkeiten sicher, aber passte das zu jemandem, der jeden Abend in der Kneipe verbrachte? Der Anonymus hatte dezidiert Bettina Wenk verdächtigt, die Schwiegertochter. Aber erstens hatte der Tote noch einen Sohn, und zweitens hätte Frau Wenk sicherlich gewusst, dass der Alte nicht mehr lange zu leben hatte. Beziehungsweise hätte sie als erfahrene Pflegekraft wahrscheinlich eine etwas unauffälligere Todesart gewählt, wenn sie ihren Schwiegervater hätte umbringen wollen. Er sollte noch einmal mit ihr sprechen, dann mit ihrem Mann und natürlich mit dem Hausarzt des alten Mannes.

»Strittmatter … bitte bringen Sie doch in Erfahrung, wo Jochen Wenk arbeitet und wer der Hausarzt der Familie ist.«

Er beschloss, auf die Informationen von Strittmatter zu warten, und für heute Feierabend zu machen, um Kristina einen schönen Abend zu bereiten und das längst fällige Gespräch zu führen. Solange es keine offiziellen Ermittlungen gab, musste er sich nicht allzu viele Gedanken machen.

Der Abend war dann wirklich schön. Briamonte hatte eine Lasagne gemacht, einen Primitivo geöffnet und Kristina ein heißes Bad einlaufen lassen, als sie erschöpft und durchgefroren nach Hause gekommen war. Nach dem Essen saßen sie an die Couch gelehnt vor der gläsernen Tür des Kachelofens und hörten Briamontes neueste Jazz-Entdeckung, Lee Morgan. Kristina kraulte die beiden lang gestreckten Kater auf ihrem Schoß. »Sie sind so groß geworden.«

Briamonte nickte und betrachtete die hingegossenen Tiere, deren schwarzes Fell im Feuerschein schimmerte. Er brachte es nicht übers Herz, ihr die Bedrohung aus Frankfurt zu gestehen. Nicht jetzt, wo sie so müde war … und die Ereignisse vom Sonntag noch nachwirkten.

»Ich habe gedacht, dass ich dich morgen zur Arbeit begleite … was denkst du?«

»Wirklich?«

»Ja. Ich habe freigenommen … Erler war *not amused.* Dannecker ist einverstanden. Aber nur, falls du nichts dagegen hast und deinen hirnamputierten und unsensiblen Volltrottel nicht im tiefen Wald aussetzen willst …«

Sie lächelte matt.

»Ganz ehrlich … es tut mir so unendlich leid, dass ich dich so verletzt habe … ich könnte es dir nicht verdenken, wenn du mir immer noch böse wärst, aber ich schwöre bei allem, was mir heilig ist … ich habe meine Lektion gelernt. Du bist das Schönste und Wichtigste, was mir je im Leben begegnet ist, und das will ich auf keinen Fall mehr verlieren!«

Kristina schluckte. »Ich habe dich nicht wiedererkannt …«

Briamonte nickte betreten. »Ich fürchte, ich war früher ein ziemlich oberflächliches Arschloch … Aber glaub mir, das bin ich nicht. Nicht mehr. Nicht wirklich. Frag meine Mutter …«

»Hab ich schon …«

»Verzeihst du mir?«

12

In Dachsberg verlief das Abendessen für Bettina Wenk fast wie immer – ein müder, wortkarger Ehemann, die am Handy klebenden Söhne, der Abwasch, der immer an ihr hängen blieb. Nur der schlecht gelaunte Schwiegervater fehlte. Immerhin eine kleine Erleichterung, doch der Besuch von Volker Schätzle und diesem düsteren Polizisten hatte sie aufgeschreckt und alarmiert. Irgendjemand hatte der Polizei einen Hinweis gegeben, aber wer? Ihrem Mann hatte sie noch nichts erzählt. Weder von der Hiobsbotschaft bezüglich des Hofes, noch von der Obduktion seines Vaters. Unschlüssig sah sie zu Jochen. Wusste er am Ende davon? Sie sollte es ansprechen, aber erst, wenn die Jungs auf ihren Zimmern wären.

»Zeit für eure Hausaufgaben …«, sagte sie deshalb energisch und schickte ein »Jetzt sofort!« hinterher, als sie nicht gleich reagierten.

Als die beiden abgezogen waren, zog sie sich einen Stuhl heran.

»Jochen … Hör mal … heute Mittag hatte ich Besuch von Volker Schätzle … Hast du zufällig eine Ahnung, wieso?«

Jochen Wenk blickte von seinem Bier auf und sah sie ausdruckslos an. Er wirkte nicht überrascht und fragte auch nichts.

»Interpretiere ich dein Schweigen richtig? Du weißt warum? Im Ernst jetzt?!« Ihr jahrelang unterdrückter Groll wurde mit einem Mal so übermächtig, dass sie ihn am liebsten geohrfeigt hätte. »Wann hattest du vor, mir das zu sagen?!« Als er weiterhin schwieg, fuhr sie noch schriller fort: »Kannst du mir sagen, wieso du das zugelassen hast?! Der Hof und das Land sind mindestens eineinhalb Millionen wert, wenn nicht gar mehr! Das war dein Erbe!«

Jochen Wenk sah auf seine Hände und seufzte.

»Ein Seufzer?! Mehr hast du dazu nicht zu sagen?!«

»Sei leiser, sonst hören dich die Jungs!«

Jetzt schnappte ihre Stimme über vor Wut: »Sollen sie's doch hören! Denn sie werden bald umziehen müssen, raus aus ihrem Zuhause! Weil ihr Großvater ein versoffenes Arschloch war und ihr Vater ein jämmerlicher Schlappschwanz ist!«

»Bettina!«

»Bettina, Bettina …«, äffte sie ihn böse nach. »*Ich* weiß jetzt, was *ich* tun werde, und *du* solltest dir schon bald mal überlegen, wo du und deine Söhne eine passende Bleibe finden!«

Jochen Wenk blickte auf. »Was soll das heißen?«

»Das soll heißen, dass Volker Schätzle euch rauswerfen wird – hat er mir heute Mittag selbst gesagt. Und es soll heißen, dass ich dich verlasse! *Euch* verlasse. Jetzt!«

»Aber die Jungs … du kannst doch nicht …« Jochen begehrte kaum auf.

»Was soll sein mit den Jungs? Ich hab keine Lust mehr, rund um die Uhr die beiden müffelnden, dauermotzenden Faultiere anzutreiben. Pubertät hin oder her. Kannst du ja jetzt machen. Außerdem sind sie fünfzehn und dreizehn. Das Ende des süßen Paschadaseins wird hart für sie sein, aber sie werden's überleben.«

Jochen Wenk starrte seine Frau an, als hätte sie den Verstand verloren.

»Da staunst du, stimmt's? Und nein … falls du das fragen wolltest, ich hege keine großen mütterlichen Gefühle mehr, die sind irgendwann im Laufe der ewigen Nörgeleien und des täglichen Kampfes verloren gegangen. Die Glucke verlässt das Nest, die Hähnchen müssen jetzt selber scharren … *That's life.* Ach übrigens, die Polizei war auch hier. Kriminalpolizei … Dein Vater wird obduziert, weil jemand glaubt, er sei ermordet worden.«

Jochen zeigte endlich eine Reaktion: »Was sagst du da?«

»Ich sage, dass sie ihn aufgeschnitten haben wie eine Weihnachtsgans, weil jemand glaubt, *ich* hätte ihn umgebracht!«

Sie weidete sich an seinem entsetzten Gesicht und verließ dann die Tür zuschlagend die Küche. Als sie die Treppe ins Obergeschoss hochstampfte, um ein paar Sachen zu packen, hörte sie sich rasch entfernende Schritte. Die Jungs hatten also gelauscht. Auch gut. Dann musste sie nichts mehr erklären.

Zehn Minuten später fuhr sie viel zu schnell vom Hof. Als sie kurz darauf vor dem Landgasthof Auerhahn parkte, war ihre Erbitterung schon etwas verpufft, und als sie, mit ihrer Reisetasche über der Schulter, am Stammtisch vorbei zur Theke ging, war sie nicht mehr so sicher, ob ihr furioser Abgang zu Hause nicht etwas überstürzt gewesen war.

»Bettina?!«

Sie schielte zu der Altherrenrunde rüber, die plötzlich auffällig still geworden war, und beugte sich diskret über den Tresen: »Steffi, frag bitte jetzt nichts … ich brauche ein Zimmer. Bitte sag, dass ihr eins frei habt!«

»Was ist passiert?«, fragte ihre Freundin überrascht.

»Morgen erzähle ich dir alles. Bitte, habt ihr eins?«

»Die Gästezimmer sind alle belegt …« Steffi warf einen prüfenden Blick auf ihre sich sichtlich unwohl fühlende Freundin und überlegte: »Die kleine Kammer in der Scheune könntest du haben. Die ist aber nicht geheizt, und die Toilette ist auf dem Gang. Ich an deiner Stelle würde …«

Bettina Wenk unterbrach sie eilig. »Nehm ich. Ist ja nur bis morgen.«

»Wenn du meinst.« Frau Allgeier rief ihrem Mann zu, dass sie kurz weg sei, und ging dann voraus. Der hintere Teil des Hausflurs, der zur Scheune führte, war schlecht beleuchtet, eiskalt und roch nach altem Gemäuer und Landwirtschaft.

»Habt ihr euch gestritten?«

»Steffi, lass gut sein ... Morgen.«

Die Kammer war mehr als dürftig, und Bettina Wenk war kurz davor, zurück nach Hause oder nach Schluchsee in eines der großen Hotels zu fahren, aber dann nickte sie tapfer lächelnd: »Danke Steffi, bist ein Schatz.«

Der Schatz betrachtete zweifelnd ihre Freundin und zuckte schließlich mit den Schultern. »Das Klo ist hier vorn ... Ich mach dir noch rasch einen ordentlichen Grog, einverstanden?«

Eine Stunde später lag Bettina Wenk in dem kalten Raum, eine heiße Wärmflasche an den Füßen, und lauschte angespannt den unbekannten Geräuschen. Sie stand dreimal auf, um zur stockdunklen, unheimlichen Toilette zu gehen und verfluchte ihre Impulsivität. Doch zurückkehren mochte sie auch nicht. Morgen würde sie Nägel mit Köpfen machen. Jawohl! Irgendwann fiel sie in einen alkoholumnebelten Schlaf, unruhig und albtraumgeplagt.

13

Briamonte hatte sich ausgerüstet wie für eine Polarexpedition, und Kristina lachte ihn aus. Er stand in der Küche und bereitete den Proviant vor.

»Was denn? Was, wenn wir Stunden im Schnee ausharren müssen?« Unbeirrt füllte er drei Thermosflaschen mit Tee und Kaffee, belegte sechs riesige Sandwiches, packte Wasser, Studentenfutter, Proteinriegel, zwei Äpfel und ausreichend Hundefutter ein. Außerdem den Erste-Hilfe-Kasten aus dem Auto und einen Klappspaten. Sein Rucksack wog einen halben Zentner.

»Schatz, wir sind hier in Menzenschwand und nicht in der Antarktis. Und mein Chef ist dabei, schon vergessen? Außerdem sind wir spätestens um siebzehn Uhr wieder hier …«

»Auch hier kann es zu unvorhergesehenen Wetterumschwüngen kommen. Sicher ist sicher! Außerdem will ich nicht, dass meine Herzensfrau vor Hunger stirbt …«

Gismo spürte, dass etwas im Gange war, und vollführte ein Riesentheater vor Freude. Briamonte leinte ihn schließlich an.

»Können wir?«

Der Morgen dämmerte, und es hatte fünf Grad minus. Am klaren Himmel stand die Mondsichel. Dannecker, der Förster, steuerte den Jeep und pflügte auf kaum geräumten Waldwegen zur Kunkelbachhütte hoch, wo sie das Auto stehen ließen. Zu Fuß ging es dann weiter, begleitet von einem unwirklich schönen Sonnenaufgang, der die tief verschneiten Wälder ringsum in rosafarbenes Licht tauchte. Ihre Schritte knirschten im tiefen Schnee, und Gismo winselte und zerrte an der Leine, weil er dem Duft des Wildwechsels zu gerne gefolgt wäre. Niklas Dannecker erklärte die Trittspuren und Fährten der unterschiedlichen Tiere und führte sie dann zu der Stelle, an der er und Kristina gestern einen Fuchskadaver gefunden hatten. Heute war nur noch das Gerippe übrig, und Briamonte musste Gismo sehr kurz an die Leine nehmen.

Während Briamonte den Ausnahmemorgen mit Kristina genoss und das Menzenschwander Tal noch einmal von einer ganz anderen Seite erlebte, erwachte Bettina Wenk durchgefroren und ernüchtert im trüben Tageslicht der armseligen Kammer. Heute war ihr freier Tag, und wenn sie nicht reumütig zurückkriechen und ihre gestrigen Worte zurücknehmen wollte, musste sie heute handeln und einige Angelegenheiten in die richtigen Bahnen lenken. Aber bevor sie irgendetwas tun konnte, brauchte sie eine Dusche! Da sie nicht fragen wollte, ob sie das Badezimmer ihrer Freundin benutzen dürfe, beschloss sie, rasch zu Hause vorbeizufahren. Ihr Mann war ja bei der Arbeit und die Söhne in der Schule. Niemand würde etwas merken. Leise schlich sie sich davon, vorbei an der Tür zum Gastraum, in dem schon die ersten Pensionsgäste beim Frühstück saßen; sie widerstand der Versuchung, einen Kaffee zu trinken, und bedanken konnte sie sich später.

Kurz darauf öffnete sie ihre Haustür und stutzte, als sie die Jacken und Schuhe ihrer Söhne in der Diele sah. Nanu? Zögernd betrat sie die Küche. Ihr Mann war immerhin aufgestanden und zur Arbeit gefahren. Gott sei Dank. Obwohl sie das nichts mehr angehen sollte. Unschlüssig, ob sie die beiden Faulpelze aufwecken und in die Schule scheuchen sollte, füllte sie etwas Kaffeepulver in den Filter und stellte die Maschine an. Nein. Würde sie nicht. Sollte ihr Erzeuger doch mal merken, was passierte, wenn man die beiden nicht pausenlos antrieb. Sollten sie doch die Schule schwänzen. Sie würden schon sehen, wohin das führte. Das war nicht mehr ihr Problem. Während der Kaffee durchlief, schlich sie leise ins Obergeschoss, duschte, schminkte sich sorgfältig und zog sich nett an. Dann kehrte sie in die Küche zurück, frühstückte und verließ das Haus.

Gegen zwölf merkte Briamonte, dass Kristina sehr müde wirkte, und nahm während einer ausgiebigen Pause unauffällig den Förster beiseite.

»Ich mache mir etwas Sorgen um Kristina. Sie ist noch nicht wieder ganz auf der Höhe …«

Niklas Dannecker nickte. »Das ist mir auch schon aufgefallen. Gegen Mittag wird es anstrengend für sie. Wie lange ist das jetzt her? Ich habe ihr schon angeboten, dass sie sich erst vollkommen auskurieren soll und dass ich die Stelle nicht weitergeben, sondern warten würde, bis sie so weit sei, aber sie hat abgelehnt …«

»Danke für Ihre Offenheit. Ich werde mit ihr reden. Der Unfall hat sie mitgenommen, aber sie wollte so schnell wie möglich wieder in den Alltag zurück … Kann ich ja verstehen.« Er zuckte ratlos mit den Schultern.

»Sie könnte auch nur den halben Tag kommen, bis sie wieder ganz hergestellt ist. Diese langen Tage im Wald sind auch für völlig gesunde und trainierte Menschen kein Spaziergang. Erst recht im Winter.«

»Das klingt toll! Ich werde mit ihr reden.«

»Machen Sie das. Ich werde die Waldführung für heute beenden …« Dannecker lächelte Briamonte verschwörerisch zu und sagte dann laut zu Kristina gewandt, die dem Hund gerade ein Stück Sandwich verfütterte: »Wir gehen nach der Pause zurück und machen für heute Schluss, ich habe einen Termin beim Zahnarzt.«

Kristina warf einen misstrauischen Blick zu Briamonte, aber der hob nur die Schultern. Als sie zurückstampften, nahm er ihre behandschuhte Hand und flüsterte: »Das ist doch super! Wir holen uns irgendwo einen Kuchen und machen uns einen gemütlichen Nachmittag, was meinst du?«

14

Nachdem Bettina Wenk die Haustüre hinter sich zugezogen hatte, ging sie ein paar Schritte und blieb dann stehen, um ganz bewusst den großen Schwarzwald-Hof zu betrachten, in dem sie die letzten zwanzig Jahre ihres Lebens verbracht hatte: das schöne Gebäude mit den geschnitzten

Balken und den dekorativen, leider ungenutzten Balkonen, die große Scheune und den kopfsteingepflasterten Innenhof. Die Streuobstwiesen, die unmittelbar hinter dem kleinen Zufahrtsträßchen begannen und sich in sanftem Gefälle den Hügel hinab erstreckten, soweit das Auge reichte, zeigten sich in der aufgehenden Sonne heute von ihrer besonders schönen Seite. Die verschneiten Bäume reckten ihre Äste in den kitschig rosafarbenen Sonnenaufgang, und Bettina Wenk spürte echten Herzschmerz. All das hatte sie die letzten beiden Jahrzehnte als selbstverständlich hingenommen, immer in der Hoffnung natürlich, dass einst eine sorgsame Renovierung die wahre Schönheit des denkmalgeschützten Hofes zur Geltung bringen würde, sodass sie staunende und dankbare Feriengäste in den umgebauten Ferienwohnungen beherbergen könnte. Ihr Traum sollte für immer verloren sein? Wäre es tatsächlich, wenn sie nicht auf den Deal von Volker Schätzle einging, warum auch immer er diesen Vorschlag gemacht hatte. War es tatsächlich möglich, dass er immer noch in sie verliebt war? Nachdem er ebenfalls geheiratet und eine Tochter bekommen hatte? Lina, wie alt war sie heute? Neunzehn, soviel sie wusste. Hatte im Sommer Abitur gemacht. Erstaunlich nur, dass er ihr die Abfuhr vor einundzwanzig Jahren nicht übel genommen hatte. Na ja, auch er wurde nicht jünger, und möglicherweise wollte er die Gelegenheit beim Schopfe packen. Warum nicht? Immerhin war er seit fünf Jahren Witwer und hatte sich, ganz allgemein, in all den Jahren zum Positiven verändert. Rein äußerlich zumindest. Aus dem schüchternen, übergewichtigen und bebrillten Jungen aus bescheidenen Verhältnissen war ein attraktiver, erfolgreicher Mann geworden, der seinen Eltern ein hübsches Häuschen hingestellt hatte, während sich ihr Ehemann eher entgegengesetzt entwickelt hatte. Der hübsche, aber langweilige Erbe des Großbauernhofs war zu einem weitgehend kahlen und unentschlossenen Leisetreter mutiert. Sie seufzte tief. Vor zwei Jahrzehnten hatte sie aufs falsche Pferd gesetzt, aber jetzt winkte das Schicksal mit einer zweiten Chance. Dumm, wenn sie die nicht nutzen würde! Entschlossen machte sie kehrt, stieg ins Auto und fuhr zu Volker Schätzle.

15

Volker Schätzle regierte sein Firmenimperium von Urberg aus, in einem wahr gewordenen Architektentraum aus Naturstein, Holz und Glas. Bettina Wenk staunte nicht schlecht, als sie auf den Kundenparkplatz fuhr. Hier sollte sie also künftig wohnen? Er war sogar da, sein Audi stand vor der Garage. Prüfend betrachtete sie sich noch einmal im Rückspiegel, atmete tief durch und stieg aus.

Als sie die drei jungen, körperbetont gekleideten Bürodamen erblickte, war sie kurz davor, wieder umzudrehen. So viel Konkurrenz?! Da konnte sie ja gleich wieder einpacken! Andererseits kam ihr im selben Moment wieder eine bescheidene Mietwohnung mit ihrem Mann und den Jungs in den Sinn, die die Alternative zu *dem hier* bedeutete. Dann doch lieber erst mal abwarten. Vielleicht waren die Bond-Girls ja für die Kunden da?

Volker Schätzle hatte gleich Zeit für sie. »Betty! Wie schön! Gib mir deine Jacke! Nimm doch Platz! Ich hoffe, du bringst gute Nachrichten?«

Sie war etwas befangen, als sie bemerkte, wie er sie ungeniert taxierte, während sie sich setzte. Stand er wirklich noch auf sie? Schien so. Plötzlich lächelte sie zufrieden und beschloss, den Stier bei den Hörnern zu packen.

»Ja, hier bin ich! Zu deiner Verfügung! Wie geht's nun weiter?«

»Betty! Du machst mich zum glücklichsten Mann der Welt!«

Aber als er sich unvermittelt über sie beugte und sie küssen wollte, fielen ihr wieder seine ungeschickten Annäherungsversuche von früher ein, und sie schob ihn mit heimlichem Schaudern weg: »Wir wollen doch nichts überstürzen! Es ist so viel Zeit vergangen! Wir müssen uns erst aneinander ... gewöhnen. Denkst du nicht?«

»Wie du meinst.« Er strich das grau melierte Haar zurück und putzte seine Brille. »Also ... folgendermaßen habe ich mir das vorgestellt ... Bist du bereit für eine kleine PowerPoint-Präsentation?«

»Sicher! Ich bin gespannt!«

In der nächsten halben Stunde präsentierte Volker Schätzle der staunenden Bettina Wenk, was er mit dem Hof ihres Schwiegervaters vorhatte. Aus den Augenwinkeln beobachtete sie den virilen Mittvierziger, der – ganz in seinem Element – eine ungeheure Macht ausstrahlte und in der Rolle ausgesprochen attraktiv war. Vielleicht könnte sie sich doch an ihn gewöhnen. Und wer wusste schon, was genau er von ihr verlangte – so viel beschäftigt, wie er war?

»So. Das war's. Und was denkt meine Betty jetzt? Ist das was für dich?«

Sie brachte es fertig, begeistert zu strahlen: »Das ist fantastisch! Wirklich fantastisch! Und wann soll's losgehen?«

»Sobald ich grünes Licht gebe. Die Umbaugenehmigungen sind schon alle da. Aber natürlich erst, wenn dein Schwiegervater beerdigt ist – Gott hab ihn selig – und das Wohnhaus leer steht.«

»Ich bin beeindruckt. Aber ich muss zugeben, dass das alles ziemlich schnell geht. Fast ein wenig zu schnell.«

»Die Beute wird mit sich fortführen, wer sich als Erster auf sie stürzt«, erwiderte er lächelnd. »Mein Lieblingszitat

von Titus Maccius Plautus, einem römischen Dichter aus dem zweiten Jahrhundert vor Christus. Ich habe immer danach gehandelt und sieh, wohin mich das gebracht hat!«

Bettina Wenk lächelte etwas wehmütig: »Du hast es tatsächlich weit gebracht … Glückwunsch.«

»Ich bin zufrieden. Und wenn ich die kommenden Jahre mit meiner Traumfrau an meiner Seite weitermachen darf, bleiben keine Wünsche mehr offen.«

In dem Moment klopfte es, und die Sekretärin steckte den Kopf herein: »Herr Schätzle, Ihre Tochter will Sie sprechen …«

»Soll reinkommen! Lina, mein Schatz, was gibt's? Darf ich dir Bettina Wenk vorstellen? Meine neue Mitarbeiterin. Sie wird vorerst bei uns wohnen, da ihr Haus von mir umgebaut wird …«

Lina, der ›Schatz‹, war eine groß gewachsene, erwachsene junge Frau mit wachem, kritischem Blick, die Bettina abschätzend betrachtete und sofort die Schwingungen spürte, die ihr Vater aussandte.

Prompt fuhr sie die Krallen aus. »Aha«, erwiderte sie brüsk, ohne Bettina eines weiteren Blicks zu würdigen oder gar ›guten Morgen‹ zu sagen, und kam gleich zur Sache. »Hast du meine Bewerbung schon anschauen können?«

»Nein, noch nicht, aber gleich jetzt werde ich mich darum kümmern. Warum zeigst du Betty in der Zwischenzeit nicht das Gästezimmer und das Haus?«

Bettina Wenk sah der jungen Frau an, was sie dachte, erhob sich aber mit verbindlichem Lächeln und hielt ihr die Hand hin: »Freut mich, Sie kennenzulernen! Nennen Sie mich Betty!« Das konnte ja heiter werden!

16

Der Anruf störte Briamontes und Kristinas ruhigen Nachmittag vor dem DVD-Player. *Der unsichtbare Dritte* mit Cary Grant. Briamonte verdrehte gespielt theatralisch die Augen, aber Kristina drückte die Pause-Taste: »Geh dran, ist sicher wichtig.«

»Strittmatter, was gibt's?«

»Chef … ich habe ein Eins-A-Motiv gefunden, wollen Sie es hören?«

Briamonte hielt das Mikrofon zu und flüsterte: »Sie ist so kompetent und clever, aber sie redet so schnell …«, dann ließ er wieder los: »Ja, Strittmatter, natürlich will ich es hören! Schießen Sie los.«

»Also, Josef Wenk hat vor zwei Jahren seinen Hof in Dachsberg an einen gewissen Volker Schätzle überschrieben und letzten Freitag die dazugehörigen zehn Komma vier Hektar Land.«

»Verkauft?«

»Nein, wohl eben nicht. Überschrieben. Aber alles ganz korrekt. Notariell beglaubigt.«

»Wieso sollte Josef Wenk das tun? Hat oder hatte er Schulden?«

»Nein. Nicht offiziell zumindest, will heißen, nicht bei der Bank …«

»Komisch. Hat er mit diesem Volker Schätzle irgendwelche familiären Verbindungen?«

»Nein, nicht soweit ich das herausfinden konnte. Der Großvater von diesem Schätzle, Franz Fehrenbach, hat im Jahr 1941 wohl auf dem Hof gelebt. Zumindest wurden sowohl die Hochzeit mit Maria Kramer in diesem Jahr als auch die Geburt der Kinder Hans, Paula und Franziska in den Jahren zweiundvierzig, vierundvierzig und fünfundvierzig unter der Adresse des Wenk Hofs dokumentiert.«

»Hat er dort gearbeitet?«

»Möglich wäre es. Das müsste ich noch weiter recherchieren …«

»Und was glauben Sie nun, könnte das Eins-A-Motiv von Bettina Wenk sein, der Schwiegertochter?«

»Na ja, sie hat vermutlich damit gerechnet, dass ihr Mann, also Josef Wenks Sohn Jochen, den Hof erbt. Aber jetzt ist der Hof weg.«

»Aber wieso sollte sie ihren Schwiegervater umbringen, *nachdem* der Hof übertragen war?«

»Rache! Eiskalte Rache!«

Briamonte war nicht überzeugt: »Rache? Glauben Sie das wirklich? Der Mann war schon ziemlich alt und schwer krank. Das überzeugt mich nicht …«

»Nun, wenn sie meinen …« Sie war hörbar enttäuscht, redete aber sofort weiter. »Oder aber sie wusste nicht, dass der Hof nicht mehr ihrem Schwiegervater gehörte, und wollte die Erbschaft etwas beschleunigen.«

»Hm.« Briamonte rieb sich das Kinn. »Okay … versuchen Sie doch herauszufinden, ob für diesen Vorgang nicht doch irgendwie Geld geflossen ist. Und wenn nicht, ob der alte Mann möglicherweise private Schulden hatte. Wissen Sie schon, wo der Sohn arbeitet?«

»Bei einer Fertighausfirma in Urberg. Engelmann GmbH. Und der Hausarzt ist ein gewisser Dr. Wolfgang Hofer aus Dachsberg. Ich schicke Ihnen die Adresse.«

»Danke für die Infos! Morgen um neun bin ich wieder im Büro. Und Strittmatter … irgendetwas Neues vom Staatsanwalt? Immer noch keine offizielle Ermittlung?«

»Nein.«

»Gut, dann bis morgen …«

»Ein neuer Fall?«, fragte Kristina.

»Noch nicht, aber mein Gefühl sagt mir, dass es einer werden wird.«

»Verrätst du mir warum?«

»Nein, weil ich dir jetzt etwas sagen muss …«

Am späten Nachmittag verließ er das Haus. Kristina hatte es nicht gut aufgenommen. Vergebens hatte er versucht, sie möglichst umfassend aufzuklären und alle Möglichkeiten mit ihr durchzusprechen, aber sie hatte ihn sofort durchschaut und wurde so wütend, wie er sie noch nie erlebt hatte. Hätte er sich denken können. Vollkommen aufgelöst hatte sie ihm alles Mögliche an den Kopf geworfen, wobei die Attribute *rücksichtslos* und *egoistisch* noch die harmlosesten waren. Er hatte versucht, sich zu verteidigen und um Verständnis zu werben, aber sie hatte ja recht. Er hatte sie nicht nur nicht sofort eingeweiht, sondern auch über ihren Kopf hinweg entschieden, dass er nicht abtauchen würde, als ob nicht auch sie von dieser Entscheidung tangiert wäre. Zwar hätte er ihr zuliebe doch noch über eine Versetzung und eine neue Identität nachgedacht, aber das hatte sie nicht mehr hören wollen. Jetzt war sie weg, geflüchtet zu ihrer Mutter. Briamonte hatte daraufhin eine Stunde lang Holz gehackt und dann beschlossen, auf dem Wenk Hof vorbeizufahren. Er brauchte dringend etwas, um sich wirkungsvoll abzulenken. Außerdem schadete sicher nicht, den Hausherrn persönlich zu dieser ominösen Überschreibungsgeschichte zu befragen. Wenn ihn sein Gefühl nicht trog, musste er sich sowieso früher oder später damit befassen. Bevor er ging, brachte er den beiden Ziegen noch mehr Heu und Stroh, damit sie es bei den Temperaturen gut aushielten, und machte sich dann auf den Weg nach Dachsberg. Im Rückspiegel bemerkte er einen dunklen Kombi und spürte kribbelnde Angst in seinem verspannten Genick hochkriechen, obwohl er wusste, dass es seine Kollegen waren. Ob er *das* durchhalten konnte?

Jochen Wenk war schon zu Hause. Die Tür ging einen Spalt weit auf: »Ja?!«

»Kriminalhauptkommissar Briamonte. Sind Sie Jochen Wenk?«

»Ja.«

»Ich möchte Sie bitte sprechen.«

»Um was gehts?«

»Um den Tod Ihres Vaters.«

»Muss das jetzt sein?«

Briamonte wurde grantig. Jetzt hatte er drei volle Monate unbezahlten Urlaub gehabt, sein Haus weitgehend bewohnbar gemacht, Abstand vom Job gewinnen und gelassener werden können – dachte er –, um bei der ersten dummdreisten Ansage schon wieder die Nase voll zu haben.

»Ja. Muss es. Oder wollen Sie nach Waldshut-Tiengen vorgeladen werden? Ihre Entscheidung!« Er machte keinen Hehl aus seiner Verstimmung.

Die Tür ging ganz auf, und ein müder, resigniert wirkender Mann ließ ihn herein. In der Küche saßen zwei Teenager mit langen Gesichtern, und Briamonte ahnte, dass er eben in eine Familienangelegenheit geplatzt war, die alles andere als angenehm war.

»Jungs! Auf eure Zimmer! Ich rufe euch nachher!«

Die beiden setzten sich unwillig in Bewegung, nicht ohne verstohlene Seitenblicke auf Briamonte zu werfen, der sich ungefragt auf einen der Stühle setzte, die Mütze abnahm und den Parka öffnete.

Als sie weg waren, bedachte er den Hausherrn mit einem durchdringenden Blick, der nach dem Abgang seiner Söhne seufzend Platz genommen hatte und ihn schweigend ansah.

»Herr Wenk. Ihr kürzlich verstorbener Vater hat den Hof und das Land – also Ihr Erbe – an einen gewissen Volker Schätzle übertragen. Hat er den Hof verkauft?«

Jochen Wenk sah auf seine verschränkten Hände. »Nein.«

»Was ist passiert? Warum hat er das getan?«

»Ich nehme an, dass er Spielschulden hatte.«

»Bei Volker Schätzle?«

»Sieht wohl so aus …«

»Aber genau wissen Sie es nicht, verstehe ich das richtig? Gefragt haben Sie demnach nicht, oder?«

»Nein.«

»Seit wann wissen Sie es? Dass der Hof weg ist, meine ich.«

»Etwa zwei Jahre.«

»Und Ihre Frau? Hat sie es auch gewusst?«

»Nein. Sie hat es gestern erst erfahren.« Wenk sah aus, als würde er gleich in Tränen ausbrechen, und Briamonte rechnete im Kopf. Der Alte ist Sonntagabend gestorben. Da wusste sie es also noch nicht.

»Haben *Sie* es ihr gesagt?«

»Nein. Volker Schätzle.«

»Und was ist dann passiert?«

»Sie hat mich und die Jungs verlassen.«

Briamonte hatte wenig Mitleid mit dem Mann und bohrte nach. »Was geht in Ihnen vor, wenn Sie erleben müssen, dass Ihr Vater alles verspielt hat? Was ist der Hof mit Grundstück wert? Eine Million? Eineinhalb?«

Wenk zuckte mit den Schultern, und Briamonte betrachtete ihn aufmerksam. War diesem Jammerlappen von Mann ein Mord zuzutrauen? Aber wieso, wenn ohnehin schon alles weg war?

»Wo hat Ihr Vater gespielt?«

»Im Dorfgasthaus. Im Auerhahn.«

»Nur da?«

»Ja. Soweit ich weiß.«

»Wie oft?«

»Jeden Tag.«

Briamonte hob die Augenbrauen. »Kennen Sie die Leute, mit denen er gespielt hat?«

»Schon.«

Briamonte regte sich zunehmend über den passiven Mann auf. Sein Vater hat ein Millionenvermögen – sein Erbe notabene – verzockt, und diese Memme zuckte nur mit den Schultern? Sein Ton wurde merkbar ruppiger.

»Haben Sie gewusst, dass ihr Vater ein Spielsucht-Problem hat?!«

»Na ja … dann schon …«

»›Dann schon‹ soll heißen, nachdem das Haus weg war?! Und wieso haben Sie nicht verhindert, dass er das Land auch noch verspielt?«

»Wie denn?«

Briamonte verdrehte innerlich die Augen. Kein Wunder, dass seine Frau ihn verlassen hatte! In Anbetracht der Situation wahrscheinlich das Vernünftigste, was sie tun konnte.

»Herr Wenk, noch etwas anderes … wussten Sie, dass Ihr Vater schwer krank war?«

»Ja. Leberzirrhose. Er hat zu viel getrunken … seit dem Tod meiner Mutter.«

»Und Ihnen und Ihrer Frau war bekannt, dass er nur noch eine geringe Lebenserwartung hatte?«

»Ja. Der Doktor hat gesagt, Ostern würde er ganz sicher nicht mehr erleben.«

Briamonte räusperte sich »Der Rechtsmediziner hat gesagt, dass Ihr Vater in einem auffallend ungepflegten Zustand gewesen ist.« Jochen Wenk errötete, und Briamonte sah ihn aufmerksam an: »Das ist Ihnen offenbar nicht neu? Wie kommt das? War Ihr Vater dement?«

»Nein.«

»Und? War das immer so? Wieso?«

Der Mann knibbelte an seinem Fingernagel. »Mein Vater war ein sehr eigensinniger Mann.«

»Heißt?«

»Er hat das absichtlich gemacht, um meine Frau zu ärgern.«

»Wie bitte? Wie darf ich das verstehen?«

»Mein Vater und meine Frau waren wie Katz und Maus. Immer schon. Und je mehr sie sich beschwert hat, über seine ... na ja ... Müffelei will ich es mal nennen, desto weniger hat er sich geduscht.«

»Und Sie haben bei diesem Spielchen zugeschaut?«

Jochen Wenk sagte nichts.

Briamonte hatte genug. »Gut. Das wäre alles für heute. Eines noch ... ich brauche die Namen der Zockkumpane im Auerhahn.«

17

Seit Sonntagabend war er hier und versuchte, einen Plan für die Eliminierung seiner Zielperson zu erstellen. Das war nicht so leicht, wie seinen Bewachern zu entkommen. Trotz seines Kummers musste er grinsen. Mein Gott, ein paar verbundene Keller, eine geheime Garage, ein unbekannter Wagen mit Hamburger Kennzeichen und ein nicht registriertes Handy. Es war so lächerlich einfach, die Bullerei an der Nase herumzuführen! Für Petar aber nicht. Plötzlich presste dieser unerträgliche Schmerz wieder sein Herz zusammen, und er konnte kaum atmen. Petar war schon immer anders gewesen als er, nicht so clever und auch weniger lernbegierig. Er hätte ihn an der kürzeren Leine halten sollen. Weniger durchgehen lassen bei seinen »Projekten«, die alle nur dazu dienten, immer noch schnellere Autos zu fahren und noch mehr Frauen aufzureißen, statt sich um die familieneigenen Geschäfte zu kümmern und das Vermögen zu mehren. Und jetzt war er tot. Der maximale Affront, wie konnte er nur! Ein Hristov gab nie auf, auch in Anbetracht einer lebenslangen Haftstrafe nicht! Er hätte ihn schon herausgehauen. Wozu hatte er ganze Kanzleien, die sich mit seinen Belangen beschäftigten?! Zur Not hätte er die ganze JVA in die Luft gesprengt! Er fluchte gotteslästerlich. Hätte er geahnt, was mütterliche Verhätschelung bewirkt, hätte er ihn schon als Kind ins Internat gesteckt. Ihm hatte es schließlich auch nicht geschadet. Immerhin hatte er seine Frau nun endlich offiziell in die Psychiatrie abschieben können, die Scheidung dürfte dann auch kein Problem mehr sein. Natascha hatte schon lange genug warten müssen. Er grinste hässlich. Aber vorher würde dieser Scheißpolizist bezahlen! Niemand vergriff sich ungestraft an seinem eigenen Fleisch und Blut! Der Richter, das Schwein, war bereits erledigt, die beiden Zeugen so gut wie, aber diesen Dreckskerl von Bullen, den hatte er zur Chefsache gemacht. Er wollte dem Hurensohn unbedingt in die Augen schauen, bevor er ihm das Licht ausknipste. Der Gedanke an Briamonte brachte ihn wieder auf sein Anliegen zurück, und er bekam sich wieder in den Griff.

Der Plan. Ein etwas geregelterer Tagesablauf und ein paar mehr feste Gewohnheiten wären hilfreich, und auf die Personenschützer für Briamonte hätte er auch verzichten können. Er war aus der Übung. Definitiv. Tagsüber war er unterwegs, erkundete das Gelände und die Aktivitäten des Ziels, abends ging er gut essen und suchte etwas Entspannung im Spa des Luxushotels, aber einen todsicheren Plan hatte er noch nicht. Verdammt! Die Gegend war wunderschön, wie er sich verbittert eingestehen musste, wobei ihm das Autofahren auf so viel Schnee nicht gefiel. Auf dem gegenüberliegenden Hang rodelten die Kinder den

Hang hinunter, und er zielte mehr als einmal hasserfüllt auf die lachenden Gesichter.

18

Für Bettina Wenk war der Tag wie eine einzige Achterbahnfahrt gewesen. Ihr war schwindelig und leicht übel, aber sie hielt sich tapfer Option zwei vor Augen und lächelte. Sie würde sich daran gewöhnen. Und wenn sie erst Geschäftsführerin des Wenk Hofs war, hätte sie auch wieder eine Zukunftsperspektive. An das sollte sie sich halten. Anspruchsvolle Aufgaben, nette Menschen, gute Bezahlung und irgendwann Urlaub am Meer! Genau das Leben, von dem sie seit Jahren träumte. Zwar wurde dieser Traum jetzt mit Volker Schätzle und ohne ihre Söhne wahr, aber so hatte sie jetzt definitiv ein paar Sorgen weniger und ersparte sich eine Menge Kummer. Ihr Zimmer lag im ersten Obergeschoss, mit Blick und Balkon auf einen riesigen Garten und einem großen En-Suite-Badezimmer aus beigem Naturstein. Sie sollte sich ein wenig ausruhen, dann frisch machen und mit Volker zum Essen gehen. *Volker*. Klang ungewohnt, obwohl sie den Mann seit ihrer Teenagerzeit kannte. Bettina hatte die Kleider, die sie heute Nachmittag in Waldshut gekauft hatte, am Schrank aufgehängt, saß auf dem Bett und starrte durch die gläserne Brüstung hindurch in den Garten, wo in der Dämmerung eine Amsel Alarm schlug. Gestern erst hatte sie mit Jochen am Küchentisch gesessen und gestritten. Vorgestern hatte sie ihre Söhne das letzte Mal gesehen. Beim Frühstück. Lukas wie immer übernächtigt vom vielen Zocken, lethargisch, schlecht gelaunt und streng riechend. Nicht einmal dazu hatte ihre Energie mehr gereicht – die pubertierenden Pumas einmal am Tag unter die Dusche zu scheuchen und anschließend dazu zu bringen, Deo zu verwenden und frische Kleidung anzuziehen. Jetzt musste ihr Mann ran. Viel Spaß dabei. Ein leises Grinsen machte sich breit bei dem Gedanken daran, wie ihr konfliktscheuer Ehemann die beiden zu mehr Körperpflege antrieb. Und sie spürte etwas wie zaghafte Euphorie. Ihr Leben würde sich ab jetzt zum Besseren wenden! Ganz sicher! Sie würde ihre Chance nutzen! Koste es, was es wolle!

19

Mit den Namen der fünf Herren auf seiner Sprachmemo betrat Briamonte kurz darauf den Auerhahn. Eine typische Dorfbeize, die vor hundertfünfzig Jahren vermutlich nicht groß anders ausgesehen hatte. Niedrige Holzdecke, mächtiger grüner Kachelofen und ein Dutzend einfacher Tische, die mit neckischen Schneemännern und künstlichen Schneeflocken dekoriert waren. Die Herrenrunde am Stammtisch drehte die Hälse, und die Wirtin hinter der Theke straffte sich unwillkürlich. »Guten Abend! Was darf's sein?« Ihr strahlendes Lächeln erstarb, als er seinen Ausweis zeigte.

»Polizei?!«, sagte sie viel zu laut, und hinter Briamontes Rücken wurde es plötzlich geschäftig.

»Sind Sie die Wirtin hier?«, fragte er streng, ohne sich umzudrehen.

»Ja.«

»Ich muss Sie sprechen.«

Steffi Allgeier warf einen beunruhigten Blick auf die Altherrenrunde. Polizei! Hier in ihrem Gasthof! Ach du Scheiße!

»Um was geht's denn? *Jürgen?!*« Als ihr Mann aus der Küche kam, wies sie auf einen kleinen Tisch beim Kachelofen und ging voraus. Die Karten und das Geld auf dem Stammtisch waren plötzlich verschwunden, doch Briamonte zwinkerte einem der fünf Rentner nur zu. *Was habt ihr denn gedacht, ihr alten Knacker? Dass ich blind und blöd bin? Wartet nur, ihr Schlauberger!*

»Sie kennen Josef Wenk?«, fragte er dann an die sichtlich nervöse Wirtin gewandt, die aussah, als wäre sie hinter dem Tresen aufgewachsen und allen widrigen Situationen gewachsen. Robust, sonnengegerbt, schwarz gefärbtes, kurzes Haar und raue, laute Stimme.

»Sicher. Was ist mit ihm?«

»Sein Sohn sagte mir gerade, dass er, bis zu seinem Tod am Sonntagabend, jeden Abend hier im Auerhahn gewesen ist. Stimmt das?«

»Das stimmt.«

»Und was hat er gemacht?«

»Na ja …«

Briamonte beobachtete, wie sich eine tiefe, fleckige Röte aus dem Dekolleté ihres Dirndls bis zum Hals hoch ausbreitete, und hob die Augenbrauen. Die Wirtin geriet ins Stottern, was ihr vermutlich das erste Mal passierte: »Ähm … er hat sein Bierchen getrunken und sich mit seinen Stammtischbrüdern unterhalten.«

»Mehr nicht?«

»Äh, nein. Mehr nicht.«

»Und wer gehört zu den Stammtischbrüdern? Die fünf Herren dort, nehme ich an?«

»Ja.« Sie drehte sich um und zählte auf: »Helmut Schlatterer, Franz Martinelli, Peter Meyer, Bruno Gallo und Lorenz Schneider … und bis vor Kurzem eben Josef Wenk.«

»Volker Schätzle war nie dabei?«, fragte er listig und bemerkte zufrieden, wie sie unter ihrer aufgeregten Röte erbleichte und überlegte, was sie jetzt antworten sollte. »Sie sollten mich besser nicht belügen, Frau Allgeier!«, fügte er noch an.

Briamontes Gespür hatte ihn nicht getrogen. Kaum war der Name Volker Schätzle gefallen, wurde es am Stammtisch lebhaft, und er sah sich genötigt einzugreifen. Seelenruhig erhob er sich zu voller Größe und stellte sich dem fluchtbereiten Altenheim in den Weg: »Wohin so eilig, die Herren?«

Die zwei mit dem italienischen Namen tuschelten etwas, was sich ziemlich genau nach *sbirro* und *rompere i coglioni* anhörte – *Bulle* und *auf die Eier gehen.*

Briamonte wurde laut. »*State zitti, e sedetevi! Subito!* Ich bin noch nicht fertig hier!«

Die beiden Ertappten machten ein Gesicht, es war zum Totlachen; doch Briamonte fixierte sie böse, bis alle wieder saßen, und setzte sich dann wieder zu Frau Allgeier an den Tisch.

»So! Schluss mit dem Theater! Ich will hier zwei Dinge klarstellen! Erstens: Glückspiel außerhalb eines Casinos ist strafbar! Wenn Sie also Ihre Konzession nicht verlieren wollen, werden Sie *ab sofort* diese Runden unterbinden!« Er warf einen Blick hin zum Stammtisch, wo die fünf Alten maulend ihr Bier tranken, und wandte sich dann wieder der Wirtin zu. »Zweitens: Wenn Sie versuchen, mir irgendwelche Geschichten zu erzählen, wird das eine Menge Probleme nach sich ziehen! Ist das klar?!«

Die Wirtin nickte kleinlaut und wagte einen Blick zu ihrem Mann, der übel gelaunt hinter dem Tresen stand.

»Also noch einmal: War Volker Schätzle bei den Pokerrunden auch dabei und wie lange?«

»Ja, er war auch dabei. Ein paar Wochen lang. Nach Silvester eine Zeit lang.«

»Und er hat um Geld gespielt?«

Sie nickte. »Ich glaube schon.«

»Hatten Sie den Eindruck, dass Josef Wenk an ihn verloren hat?«

»Das nicht so direkt …«

»Aber?«

Sie blickte auf ihre vom Spülwasser rauen Hände. »Ich hatte den Eindruck, als würden der Josef und Volker Schätzle irgendwas aushecken.«

»Aushecken?«

»Na ja … irgendwas im Schilde führen halt.«

»Wobei Josef Wenk den Kürzeren zieht?«

»Ja.«

»Aber was genau das war, wussten Sie nicht?«

Sie schüttelte den Kopf.

»Wie hat sich das geäußert? Diese Sache, meine ich?«

»Der Schätzle war immer übertrieben gut gelaunt und hat dem alten Josef dauernd kumpelhaft auf die Schultern gehauen. Dem war das aber unangenehm.«

»Er ist aber trotzdem immer wiedergekommen?«

Sie nickte.

»Haben Sie mit irgendjemand darüber gesprochen?«

Sie errötete wieder über und über und sagte kaum hörbar: »Bettina. Josefs Schwiegertochter.«

Briamonte horchte auf. »Wann war das?!«

»Am Sonntag. Sie ist eine gute Freundin.«

»Was genau haben Sie ihr gesagt?«

»Na ja, dass ich glaube, ihr Schwiegervater und Volker Schätzle würden etwas mauscheln. Nur damit sie's weiß, habe ich gedacht.«

»Wie hat sie reagiert?«

»Ich glaube, sie war unangenehm überrascht.«

»Wusste sie, von wem Sie reden? Kennt sie Volker Schätzle?«

»Ja, von früher … also bevor sie verheiratet war.«

Briamonte lehnte sich zurück. Das war ja interessant! Bettina Wenk hatte am Sonntagabend erfahren, dass ihr Schwiegervater und Volker Schätzle ›etwas Ungutes‹ am Laufen hatten, und am selben Abend erstickte der Alte an einem Stück Suppenfleisch …

»War Josef Wenk am Sonntagabend eigentlich auch hier?«

Steffi Allgeier überlegte kurz: »Nein, am Sonntagabend nicht. Jetzt, wo Sie es sagen … Das war das erste Mal seit Jahren, dass er nicht hier war.«

»Eine letzte Frage noch: Wussten Sie, dass Josef Wenks Hof und das Land zu hundert Prozent Volker Schätzle gehören?«

»WAS?!« Die Reaktion war glaubhaft. Sie hatte es nicht gewusst.

Briamonte lehnte sich über den Tisch und sah der kleinlauten Wirtin fest in die Augen: »Frau Allgeier, ab sofort gibt es hier *keine* Poker- oder Skat- oder sonst welche Runden um großes Geld mehr, sonst mache ich Ihnen die Bude dicht! Haben Sie verstanden?! Und wenn Ihnen noch irgendetwas zu Ohren kommt, bezüglich des Todes von Josef Wenk, dann will ich das wissen! Sofort! Klar?!« Er zog eine Visitenkarte aus der Jackentasche und legte sie mit Nachdruck auf den Tisch. »Eines würde mich aber doch noch interessieren … Mir ist zu Ohren gekommen, dass Josef Wenk ein recht ungepflegter Zeitgenosse gewesen ist. Hat da nie jemand Anstoß genommen? Seine Kumpane vielleicht?«

Steffi Allgeier blickte verlegen auf ihre Hände. »Doch. Ich. Ich hab ihm immer wieder gesagt, dass er erst duschen soll, bevor er kommt …«

»Aber?«

»Haben Sie schon mal einer Kuh ins Horn gezwickt? Das hat den nicht gejuckt.«

»Hausverbot haben Sie ihm aber offenbar trotzdem nicht erteilt … warum?«

»Wissen Sie … auf dem Dorf …«

Briamonte hatte genug gehört, er erhob sich und trat an den Stammtisch. Die fünf starrköpfigen alten Schwarzwälder musterten ihn abfällig und aufmüpfig zugleich.

»Morgen früh, Punkt zehn, sehe ich Sie alle auf dem Kriminalkommissariat in Waldshut-Tiengen! Einen schönen Abend noch!« Er nickte dem Wirt hinter der Theke zu, der den Gruß nicht erwiderte, und verließ die Gaststube.

Als er die Treppe vor dem Gasthaus hinunterstieg, war ihm nicht ganz wohl. Er hatte sich gerade ziemlich aus dem Fenster gelehnt, obwohl es noch gar keine offizielle Ermittlung gab. Vorermittlungsarbeit sozusagen. Briamonte seufzte. Ja nun … vorerst nicht zu ändern. Als er aus dem Lichtkegel der trüben Wirtshauslampe heraustrat, sah er, dass es bereits dunkel, der Himmel aber sternenklar war und die eisigweiße Landschaft geisterhaft im Mondlicht leuchtete. Er versuchte, nicht zum Wagen seines Überwachungsteams hinüberzusehen, der auf der gegenüberliegenden Straßenseite stand. Wie sich die Kollegen bei den Minustemperaturen wohl warm hielten? Briamonte verdrängte das schlechte Gefühl, öffnete mit einem Ruck die festgefrorene Fahrertür und rutschte hinters Lenkrad. Sein Atem produzierte kleine Wölkchen, die die Scheiben von innen gefrieren ließen, und er kratzte fluchend ein Guckloch frei. Der Motor sprang erst beim dritten Versuch an und hustete dann stinkende Dieselschwaden in die Nacht. Briamonte war so unleidig, dass er mit Gewalt den heiklen Rückwärtsgang reinzwang und dann viel zu schnell vom Hof fuhr. Morgen musste er dringend den Staatsanwalt sprechen. Diese enge zeitliche Korrelation von der Information an die Schwiegertochter und dem Tod des alten Wenk, das konnte kein Zufall sein!

Er merkte, dass er, kaum die erste Woche wieder im Job, schon wieder in alten Fahrwassern unterwegs war. Zwar mit Jagdfieber und dem Willen, kriminelle Machenschaften aufzudecken, aber mit dem Gefühl, dass seine Entscheidung *für* den Polizistenberuf doch etwas verfrüht gewesen war. Seine Duldsamkeit gegenüber herumeiernden Zeugen tendierte schon wieder gegen null, wie er sich eingestehen musste. Kein gutes Zeichen. Daran hatte offenbar auch das Vierteljahr Abstand nichts geändert. Und jetzt auch noch dieser Hristov, der ihm nach dem Leben trachtete. Er war so ein Idiot! Wobei eine Schreinerlehre die Entwicklung der Dinge auch nicht mehr aufgehalten hätte.

20

Bettina Wenk hatte sich extra Mühe gegeben. Die blondierte Mähne kunstvoll hochgesteckt, die Augenbrauen sorgfältig gezupft, den Lidstrich perfekt gezogen und den rosafarbenen Lippenstift üppig aufgetragen. Sie zupfte sich noch ein paar Strähnchen in die Stirn, tupfte die Lippenstiftreste mit einem Taschentuch ab und sprühte sich etwas Parfum an den Hals. Das samtene kleine Schwarze betonte sehr vorteilhaft ihre Kurven, und die High Heels machten ihre Beine optisch länger. Jetzt noch die falsche Pelzstola und das Handtäschchen, fertig war der Ausgehlook. Die abtrünnige Ehefrau drehte sich zufrieden vor dem Spiegel. Pamela Anderson wäre beeindruckt von ihrem Lookalike. Bettina wusste ganz genau, dass Volker schon immer auf Pamela Anderson gestanden hatte und ihr, wegen ihrer großen Ähnlichkeit mit der Kanadierin, jahrelang den Hof gemacht hatte. Nicht nur er, nebenbei bemerkt. Die ganze männliche Dorfjugend war seinerzeit hinter ihr her gewesen. Sie hatte sich extra einen roten

Badeanzug gekauft, wie das angeschmachtete Sexsymbol aus Baywatch, und sich aufreizend am Beckenrand des Schwimmbads gerekelt. Auf alle Konsequenzen pfeifend, die das nach sich gezogen hatte: üble Nachrede und Eifersüchteleien. Sie hatte nur gelacht – den hübschesten Jungen hatte sie ja bekommen – und die Ähnlichkeit mit der Baywatch-Nixe zeitlebens weiter gepflegt – stolz über die vielen Komplimente, die sie hin und wieder heute noch bekam. Und im Gegensatz zum Original war ihre Oberweite echt, wie sie bei Gelegenheit gern betonte.

Volker Schätzle machte große Augen, als sie die Treppe herunterkam. Eins zu null für die Wahl ihres Outfits. Aber er sah auch nicht übel aus, wie sie erleichtert feststellte. Dunkle Jeans, hellblaues Hemd, einen rosafarbenen Kaschmirpullover lässig um die Schultern gelegt; dazu frisch rasiert und dezent nach teurem Rasierwasser duftend. Galant bot er ihr den Arm, und sie verließen das Haus. Oben ging deutlich hörbar eine Tür zu.

Er führte sie in ein schickes Restaurant am Schluchsee, das kürzlich erst mit einem zweiten Michelin-Stern ausgezeichnet worden war, wie er ihr auf dem Hinweg erzählte. Bettina fühlte sich wie aus der Welt katapultiert und betrachtete schweigend den nächtlichen weißen Wald, der an der Frontscheibe vorbeizog.

Das Abendessen war fantastisch, das Ambiente schlicht und elegant, und beim Dessert merkte sie, wie mit jedem Glas Wein ihr neues Leben schöner wurde. Volker war ein Begleiter aus dem Bilderbuch: unterhaltsam, charmant und mit vollendeten Manieren. Jochen Wenk hatte seine Frau – beziehungsweise die ganze Familie – das letzte Mal vor drei Jahren ausgeführt, als der jüngste Sohn zehn geworden war. In ein Chinarestaurant in Waldshut. All you can eat. Bettina hob lächelnd ihr Glas. Langsam begann ihr das Ganze Spaß zu machen.

»Cincin, lieber Volker! Auf unsere Zukunft!«

Er betrachtete sie lächelnd und hob ebenfalls das Glas: »Auf die Zukunft!«

Während Bettina auf ihr neues Leben anstieß, herrschte auf dem Wenk Hof trübe Stimmung. Jochen hatte ein paar Spiegeleier gebraten und steckte das altbackene Brot in den Toaster.

»Kannst du Mama nicht zurückholen?«, fragte Noah, der jüngere der Jungen, ausnahmsweise ohne Handy am Abendbrottisch.

Der Vater schnaufte und antwortete nicht.

»Du hast doch gehört, was sie gesagt hat«, erwiderte Lukas grob. »Sie hat keine Lust mehr auf uns!«

»Das ist alles deine Schuld!«, schoss der jüngere weinerlich zurück, »du bist immer so unverschämt zu ihr gewesen!«

»Halt die Fresse, du kleiner Pisser! Du bist ...«

Bevor er den Satz beenden konnte, hatte er eine kräftige Ohrfeige von seinem Vater kassiert.

»*So redest du nicht in diesem Haus*! Schluss jetzt! Alle beide! Jeder von euch kann sich selber überlegen, warum Mama nicht mehr mit uns zusammenleben will!«

»*Du* aber auch!«, konterte Lukas boshaft, ertrug stoisch die zweite Ohrfeige und verließ anschließend Türe schlagend die Küche.

Entsetzt starrte Noah seinen Vater an, den er so nicht kannte, und folgte dem Beispiel seines Bruders – *Ich hasse dich!* Dann knallte die Tür.

Oben steuerte er direkt das Zimmer seines Bruders an, wohl wissend, dass er dort nicht willkommen war, doch in seiner Hilflosigkeit, Wut und Trauer wusste er nicht, an wen er sich sonst hätte wenden sollen.

»Lukas? Darf ich reinkommen?«

Keine Antwort.

Er hämmerte lauter und drückte schließlich die Türklinke hinunter. Die Tür war verschlossen. Obwohl er wusste, dass sich sein Bruder einschloss, weil er niemanden sehen wollte, brachte das das Fass zum Überlaufen. Weinend drosch er auf die Tür ein, bis er den Schlüssel im Schloss hörte.

»Was willst du?! Verzieh dich und heul woanders! Und untersteh dich, noch einmal zu klopfen!« Missmutig war er im Begriff, die Tür zu schließen, als sein Bruder seinen Fuß in den Spalt stellte.

»Ich muss dir was zeigen!«

»Hau ab!«

»Ich hab ein Gewehr!«, verkündete Noah atemlos.

Die Zimmertür ging ein Stück weit auf: »Du hast *was*?!«

»Ein echtes Gewehr! Gefunden …«

Lukas musterte misstrauisch seinen kleinen Bruder, der derart verheult und verrotzt aussah wie ein Viertklässler, und öffnete dann unwillig die Tür.

Sein Zimmer war ein furchterregender Saustall. Die Wände tapeziert mit den martialischen Postern der Assassins-Creed-Serie, der Boden übersät mit Klamotten, leeren Coladosen, Kekspackungen, zerknüllten Chipstüten und gebrauchten Papiertaschentüchern. Die Schranktüren offen, das Bett natürlich ungemacht. Auf dem Schreibtisch vor dem kleinen Sprossenfenster thronte ein riesiger Bildschirm. Neben der verkrümelten Tastatur stapelten sich Dutzende Videospiele. Noah trat eingeschüchtert näher und sah sich mit großen Augen um. Er war als Kind das letzte Mal in Lukas' Zimmer gewesen. Die Brüder waren sich nie besonders nahe gewesen, und der Ältere hatte sich schon mit zwölf so sehr in seine Computerspielewelt zurückgezogen, dass er sich seit Jahren bleich, hohläugig und übergewichtig durch den Tag schleppte und die Schulnoten in den Keller sackten – allen Verboten, Konfiszierungen und Drohungen seiner Mutter zum Trotz.

»Du hast ein Gewehr gefunden?!«, fragte Lukas und baute sich dicht vor seinem Bruder auf, um ihm den Blick auf den Bildschirm zu verstellen.

»Ja. Das von Opa.«

»Woher weißt du, dass es von Opa ist?«

»Ich hab ihn damit gesehen.«

»Und wo hast du es gefunden?«

»Na ja ›gefunden‹ nicht so wirklich … Ich hab's aus seinem Zimmer genommen.«

»Du hast Opas Gewehr gestohlen?!« In seinen überraschten Blick mischte sich eine Spur Anerkennung, und Noah witterte seine Chance.

»Er hat's nicht gemerkt. Und ich hab's schon ausprobiert … Es funktioniert.«

»Du hast es *ausprobiert*?! Wo?! Wann?!«

»Letzten Sommer. Auf der Wiese bei den Obstbäumen.«

Lukas musterte seinen Bruder. Das hätte er ihm gar nicht zugetraut, dem kleinen Muttersöhnchen. Ein Gewehr zu stehlen und es auch noch auszuprobieren.

»Wirst du's Papa sagen?«, fragte Noah zaghaft.

»Bist du verrückt? Natürlich nicht! Zeig's mir! Wo ist es?«

»In meinem Zimmer.«

Er folgte ihm über den Flur in sein aufgeräumtes Kinderzimmer, wo er das Gewehr unter dem Bett mit der Star-Wars-Bettwäsche versteckt hatte. Noah reichte es triumphierend seinem Bruder, der das Teil anerkennend in den Händen wog und dann verkündete: »Das nehme ich mit.«

»Halt! Wieso! *Ich* hab's gefunden! Es gehört mir!«

»Du hast es gestohlen. Es gehört Opa. *Gehörte*. Opa ist tot. Jetzt gehört es mir!«

»Du *Arschloch*!« Blind vor Wut ging Noah mit den Fäusten auf seinen großen Bruder los, der ihn grob von sich stieß und mit dem Gewehr in der Hand das Zimmer verließ. »Das ist nichts für Babys. Hör auf zu plärren und spiel mit deinem Handy, du kleiner Pisser!«

»Hört auf zu streiten, sonst komme ich hoch!«, kam es von unten.

»Kapiert? Gleich kommt Papa und versohlt dir den Hintern!« Böse grinsend verschwand Lukas in seinem Zimmer und ließ den hilflos heulenden Noah auf dem Gang stehen.

21

Am Donnerstagmorgen, Punkt zehn, warteten fünf alte Männer vor Briamontes Büro, aufgebracht flüsternd, über diese empörende »Polizeiwillkür«. Was bildete der sich eigentlich ein, dieser *Italiener,* fünf rechtschaffene Rentner vorzuladen, wie eine Horde Teenager, die etwas ausgefressen hatten? Briamonte indes ließ sie warten, er war vollkommen übernächtigt. Müde las er die neuesten Mitteilungen, die ihm die Kollegin auf den Schreibtisch gelegt hatte. Für die Überschreibung des Wenk Hofs und des dazugehörigen Landes war, außer an den Notar und das Finanzamt, tatsächlich kein Geld geflossen. Nicht offiziell zumindest. Josef Wenk hatte bei der Bank ein Konto besessen, auf das monatlich eine kleine Rente floss, verfügte aber über keinerlei Rücklagen. Aber immerhin war sein Konto nicht im Minus. Merkwürdige Sache. Wieso überschrieb der alte Mann sein Hab und Gut an einen ihm praktisch Fremden? Und warum war er kurz nach der zweiten Überschreibung tot? Er wäre ohnehin nicht viel älter geworden, aber komisch war das schon. Wenks Hausarzt, den er heute früh schon gesprochen hatte, hatte nicht viel Erhellendes beitragen können. Josef Wenk war ein schwer kranker, unglaublich sturer und – ja, leider – auch unangenehm riechender Zeitgenosse gewesen. Mit überschaubarer Lebenserwartung und – ja, leider – ein Mann, der es seiner Familie, insbesondere der Schwiegertochter, nicht leicht gemacht hatte. Ein mögliches Tatmotiv? Um Himmels willen! Nein! Bettina Wenk? Sicher nicht! Die hatte sich aufgeopfert. Alte Menschen verschluckten sich häufiger, wie der Arzt versichert hatte – bestimmt kein Grund für eine polizeiliche Ermittlung.

Vielleicht brachte die Rentnergang da draußen etwas Licht ins Dunkel. Briamonte überflog die Notizen zu den fünf, erhob sich dann und öffnete die Tür.

»Helmut Schlatterer?«

Die Herren sahen sich an. Hatten sie wirklich gedacht, dass er sie gemeinsam befragen würde? Briamonte lächelte extrafreundlich in die Runde und schloss die Tür hinter dem Mann.

»Nehmen Sie Platz, bitte.«

Der Alte setzte sich breitbeinig und mit verschränkten Armen auf den angebotenen Stuhl und blickte ihn trotzig an. Die Zeugenbelehrung kommentierte er nur mit einem Schnauben, doch Briamonte blieb entspannt.

»Herr Schlatterer … Sie sind Rentner?«

»Ja.«

»Was haben Sie beruflich gemacht?«

»Ich war Landmaschinenmechaniker.«

»Hier in Dachsberg?«

»Nein. Ibach. Bei Krause & Willig.«

»Sie kennen Josef Wenk schon lange?«

»Ja.«

»Wie gut kannten Sie ihn?«

»Wie meinen Sie das genau?«

Briamonte wurde schärfer im Ton. Wenn die alten Knacker glaubten, sie könnten ihn verarschen, dann waren sie schief gewickelt! »War er nur ein Stammtischkumpel, oder kannten Sie sich näher? Waren Sie je auf seinem Hof? Kannten Sie seine verstorbene Frau? Kennen Sie seinen Sohn zum Beispiel? Seine Enkel? So meine ich das!«

»Ach so. Nein.«

»Was *nein*?!«

»Ich kannte ihn nicht näher. Nur aus dem Auerhahn.«

»Dann wissen Sie also nichts über seine geschäftlichen Gepflogenheiten oder seine Finanzen?«

»Nein! Natürlich nicht!« Große Unschuldsgeste.

»Dann wissen Sie auch nicht, was Josef Wenk mit Volker Schätzle zu tun hatte?«

»Selbstverständlich nicht!«

»Aber wer Volker Schätzle ist, wissen Sie schon?«

»Ja …«

»Haben Sie sich nicht gefragt, was Herr Schätzle bei Ihren Kartenrunden zu suchen hatte?«

»Nein. Wieso sollte ich mich das fragen? Er wollte sich sicher ein bisschen amüsieren, nichts weiter. Ist das etwa verboten?«

Bevor er noch patziger wurde, fuhr ihm Briamonte scharf in die Parade: »Sie wissen genau, dass illegales Glückspiel verboten ist, und wenn Sie nicht dafür belangt werden wollen, rate ich Ihnen *dringend*, meine Fragen zu beantworten! Hatte Josef Wenk Spielschulden bei Ihnen?!«

Jetzt überlegte der alte Mann einen Augenblick zu lange, und Briamonte nutzte den Moment für einen Schuss ins Blaue: »Er hatte Schulden, stimmt's? Und Volker Schätzle hat Ihnen die Schuldscheine abgekauft, richtig? So wie die der anderen Herren da draußen! Er hat mit Josef Wenk gespielt wie eine Katze mit der Maus. Warum?!« Er beugte sich über den Tisch und sah sein Gegenüber drohend an. »Überlegen Sie gut, was Sie jetzt antworten, sonst werde ich Ihnen Ihr süßes Rentnerdasein *sehr* unangenehm machen, das schwöre ich!«

Helmut Schlatterer schluckte trocken, und Briamonte beobachtete fasziniert, wie der ausgeprägte Adamsapfel des Alten den faltigen Hals hoch- und runterwanderte.

»Ja. Er schuldete mir Geld. Er war ein mieser Spieler.«

Volltreffer. Briamonte versuchte sich seine Genugtuung nicht anmerken zu lassen und machte ein ernstes Gesicht. »Was Sie natürlich ausgenutzt haben ... Wie viel?!«

»Zweitausend.«

»Euro?«

»Natürlich Euro! Was denn sonst!«

»Sie müssen nicht laut werden! Und die anderen?«

»Genau dasselbe Spiel. Er konnte die Schulden nicht begleichen.«

»War er dement? Oder warum hat er so schlecht gespielt?«

Helmut Schlatterer lachte auf. »Der war so wenig dement wie ich oder die anderen! Er war ein Großmaul, deshalb hat er so schlecht gespielt. Große Klappe, nix dahinter.«

»Aha. Klingt nicht, als wären Sie beste Freunde gewesen. Und was war mit seinem ungepflegten Äußeren? Hat Sie das nicht gestört?«

»Wir sind hier auf dem Land, Herr Kommissar ...« Sein verächtlicher Ton war nicht zu überhören. »Da riecht's immer ä bissle streng ...«

Briamonte ignorierte die Provokation. »Sie können gehen. Und schicken Sie mir bitte Lorenz Schneider herein.«

Kurz vor zwölf war Briamonte mit dem störrischen Quintett durch. Er war ein kleines Stück weiter, denn Josef Wenk hatte bei allen Stammtischkumpanen Spielschulden gehabt. Nicht bei allen so viel wie bei Helmut Schlatterer, aber immerhin. Und Volker Schätzle hatte allen fünfen

Wenks Schuldscheine abgekauft, die Gesamtsumme belief sich auf rund fünftausend Euro. Zwar klärte das noch nicht, wie er mit der geringen Schuldverschreibung an das Haus und das Land gekommen war, aber diesen Schätzle würde er sich heute Nachmittag noch näher anschauen. Bettina Wenk kannten die Senioren zwar vom Sehen und dank Wenks Beschwerden über sie, die er gerne und ausführlich zum Besten gab, aber Briamonte war sicher, dass keiner der alten Herren der anonyme Anrufer war. Die Zechkumpane waren ausnahmslos überzeugt, dass Josef Wenk an seiner fortgeschrittenen Leberzirrhose gestorben war. Das sei auch der Grund gewesen, warum sie die Schuldscheine an Volker Schätzle verkauft hatten.

Er sah auf die Uhr. Kurz nach zwölf. Vielleicht hatte Schopferer Zeit und Lust auf ein kleines Mittagessen? Er überquerte den Flur und klopfte an die offene Tür.

»Schopferer? Wie sieht's aus? Darf ich Sie zum Mittagessen einladen?«

Der Kollege sah von seinen Notizen auf und grinste: »Gerne. Wohin?«

»Wo immer Sie wollen!«

Eine halbe Stunde später saßen sie bei einem Italiener in der Nähe und bestellten sich hausgemachte Pasta. Briamonte prostete ihm mit einem alkoholfreien Bier zu: »Auf Ihre drei Monate! Ich werde Sie vermissen!«

»Ja«, lachte der Kollege, »dann wissen Sie, wie ich mich gefühlt habe, als Sie weg waren. Aber im Ernst … Miriam Strittmatter ist eine sehr fähige Polizistin, bei ihr sind Sie in guten Händen. Außerdem, besuchen Sie uns doch! Sie haben die beiden Kleinen noch gar nicht gesehen. Meine Frau würde sich freuen!«

Briamonte lächelte. Er hatte Familie Schopferer letzten Herbst noch besucht, kurz bevor die Zwillinge auf die Welt gekommen waren. »Wie geht's denn Ihrer Frau?«

»Ganz gut so weit. Natürlich ist es kein Spaziergang, mit drei Kleinkindern und zwei Neugeborenen, aber meine Schwiegermutter hilft, wo sie kann. Und ab nächster Woche bin ich ja auch noch da.«

Briamonte betrachtete seinen Kollegen, den er die letzten eineinhalb Jahre so sehr schätzen gelernt hatte. Der brav aussehende Mann mit dem messerscharfen Verstand und den frisch gebügelten, karierten Hemden war seit Kurzem fünffacher Vater und wirkte immer noch so gelassen und zufrieden wie sonst auch. Etwas müde vielleicht, aber sonst wie immer. Von der Bedrohung aus Frankfurt hatte er ihm nichts erzählt und auch seine Chefin gebeten, ihm diese Sorgen zu ersparen. Warum ihn jetzt belasten?

»An was denken Sie gerade?«

Briamonte grinste ertappt. »Ich bewundere Ihre Gelassenheit und Ausgeglichenheit. Fünf kleine Kinder, gerade erst umgezogen, und Sie wirken wie die Ruhe selbst. Wie machen Sie das?«

»Ganz einfach. Ich bin ein glücklicher Mann. Ich habe eine wunderbare Frau – wir kennen uns schon aus der Schule –, fünf gesunde Kinder und jetzt auch noch ein Haus, das groß genug für uns alle ist.« Er lachte verschmitzt. »Außerdem sind meine Schwiegereltern nett. Was will ich mehr?«

»Und Ihre Eltern? Leben die noch?«

Jetzt verdüsterte sich seine Miene einen Moment lang. »Die sind vor vier Jahren nach Costa Rica ausgewandert. Mit meinen zwei Geschwistern habe ich auch kaum Kontakt. Aber wieso soll ich mich darüber ärgern? Die leben alle ihr eigenes Leben, ist schließlich ihr gutes Recht. Eltern und Geschwister kann man sich nicht aussuchen. Wie und mit wem man leben möchte, allerdings schon. Daran halte ich mich und danke dem lieben Gott täglich dafür, dass er mich mit meiner Familie so reich beschenkt hat.«

»Sie sind wirklich ein Glückpilz, und ich wünsche Ihnen von Herzen alles Glück dieser Welt!« Briamonte war gerührt. Ein eigenes Kind zu haben, oder sogar mehrere, darüber hatte er bisher nie nachgedacht.

»Wollen Sie irgendwann Kinder haben?«, fragte Schopferer, als hätte er seine Gedanken gelesen.

»Darüber habe ich ehrlich gesagt noch nie nachgedacht. Bis gerade eben. Vielleicht sollte ich meine Herzensdame fragen, was sie darüber denkt.«

Zum Glück kam gerade die Pasta, denn Briamonte war selbst ein bisschen erschrocken über seine Offenheit.

Nach dem Essen kehrten sie auf die Dienststelle zurück, wo sich Schopferer verabschiedete. »Falls wir uns morgen nicht mehr sehen … Machen Sie's gut! Und besuchen Sie uns mal! Bringen Sie doch Kristina mit!«

Als Briamonte wieder in seinem Büro saß, drückte ihm ein Kloß im Hals beinahe die Luft ab, und es kribbelte verdächtig in den oberen Nasenhöhlen. Wenn er diesen Scheiß überlebte oder nicht doch noch untertauchen würde, dann ja. Dann würde er gerne Schopferer und seine Familie besuchen. Und falls Kristina je wieder mit ihm reden würde, dann würde er sie mitbringen. Gott sei Dank klopfte es in dem Moment an die Tür.

Er räusperte sich. »Herein!«

Miriam Strittmatter. »Ich habe mal alles zusammengetragen, was ich über den Wenk Hof und die Bewohner bis vor dem Krieg herausgefunden habe. Störe ich?«

»Nein. Kommen Sie herein! Das ging aber schnell!«

»Meine Tante arbeitet bei der Gemeinde und hilft ehrenamtlich im Pfarrbüro aus«, erwiderte sie bescheiden und stolz zugleich.

Briamonte bedeutete ihr, Platz zu nehmen. »Ist Ihnen irgendetwas aufgefallen?«

»Also mir ist aufgefallen, dass Volker Schätzles Mutter,

Franziska Schätzle, auf dem Wenk Hof geboren wurde. So wie ihre beiden Geschwister Paula und Hans auch. Die Familie hat den Hof 1966 verlassen, im selben Jahr, in dem der alte Bauer, Karl Wenk, gestorben ist. Kann ein Zufall sein. Volker Schätzle hat also einen indirekten Bezug zu dem Hof. Möglicherweise war Franz Fehrenbach, eben der Vater von Franziska Schätzle, der Knecht des alten Wenk gewesen, so weit bin ich noch nicht gekommen. Warum die Familie den Hof verlassen hat, konnte ich auch noch nicht herausfinden. Karl Wenk, der Großbauer, war mit Gertrud Wenk, geborene Wehrle verheiratet und hatte einen Sohn, ebenjener Josef Wenk, wobei ich komischerweise seine Geburtsdaten nicht gefunden habe. Nur die eines zweiten Sohnes, der allerdings noch am Tag seiner Geburt gestorben ist. Leopold. 1945 war das.«

Briamonte lauschte konzentriert. »Also können wir derzeit zwei Dinge festhalten: Volker Schätzles Mutter hat auf dem Hof gelebt, ist mit ihrer Familie aber 1966 weggezogen. Und Josef Wenks Geburt ist aus irgendeinem Grund nicht eingetragen. Kommt das häufiger vor?«

Miriam Strittmatter hob die Schultern. »Keine Ahnung. Das muss ja während des Krieges gewesen sein … vorstellen kann ich mir das schon.«

»Welcher Jahrgang ist denn Volker Schätzle?«

»Moment …« Sie blätterte in den Unterlagen. »1979. Er hat den Hof also nicht mitbekommen.«

»Lebt seine Mutter noch? Diese Franziska Schätzle?«

»Nein. Die ist vor drei Jahren gestorben.«

»Und was ist mit ihren beiden Geschwistern?«

»Hans und Paula? Die leben beide noch. Hans Fehrenbach und Paula Stähle, geborene Fehrenbach. Die Adressen habe ich hier …«

»Wer könnte, außer den Geschwistern von Franziska

Schätzle, noch Bescheid wissen, was sich auf dem Hof in den sechziger Jahren abgespielt hat?«

»Das wäre höchstwahrscheinlich die ehemalige Pfarrhaushälterin, Liliane Ketterer, die über achtzig ist und mittlerweile bei ihrem Neffen in Ibach lebt. Ihre Adresse habe ich hier notiert, falls Sie sie sprechen wollen.«

»Sehr gut, danke. Und was haben Sie über diesen Volker Schätzle herausgefunden?«

Sie blätterte in ihren Aufzeichnungen und legte los: »Geboren 1979, Lehre als Bankkaufmann, weiterführende Schule, Abitur, Studium der Betriebswirtschaft und Maklererlaubnis. Geschäftsführer einer Immobilienagentur und einer Baufirma, die sich auf die Restaurierung alter Gebäude spezialisiert hat. Im Luxussegment. Siebzig Angestellte, aktuelles Vermögen rund zehn Millionen. Verwitwet seit 2017, eine Tochter, neunzehn Jahre. Seine Beliebtheitswerte bei den Einheimischen sind so lala, seine Kunden allerdings sind voll des Lobes, wenn man den Bewertungen im Internet glauben darf.«

Briamonte lehnte sich auf seinem Bürostuhl zurück und betrachtete die junge Kollegin. Sie wirkte wie eine achtzehnjährige Abiturientin, klein, zierlich, mit engelsgleichen, langen roten Locken und zartem Teint. Leicht zu unterschätzen, aber sie hatte Biss und einen wachen Verstand. Sie würde es noch weit bringen.

»Was denken Sie von der Sache? Soll ich dem Staatsanwalt etwas nachdrücklicher zu einer Ermittlung raten, oder sollen wir den Dingen ihren Gang lassen?«

Sie sah ihm gerade in die Augen. »Auf keinen Fall Letzteres! Ich finde, dass es genügend Ungereimtheiten gibt, um diesen Todesfall näher zu beleuchten. Von der anonymen Anschuldigung mal abgesehen.«

Briamonte schmunzelte verhalten. Sie war eine würdige Vertretung für Schopferer – nur an ihr Temperament würde er sich gewöhnen müssen. »Gut.« Er zog sich das Telefon heran und wählte die Nummer des Staatsanwalts. Fünf Minuten später legte er auf. »Also ... wir haben offiziell einen Fall. Dann möchte ich Sie bitten, Volker Schätzles Verwandtschaft zum Wenk Hof und nach den Umständen des Wegzugs der Familie zu befragen. Und gehen Sie doch bitte den fehlenden Einträgen zu Josef Wenk nach. Krieg hin oder her, irgendwo muss seine Geburt doch dokumentiert sein. Sehen Sie notfalls im Kirchenbuch nach. Bei seiner Heirat hat er ja das Familienstammbuch vorlegen müssen. Ich werde mich um Volker Schätzle kümmern. Wir sehen uns heute Nachmittag um fünf wieder, reicht Ihnen das?«

Nachdem sie weg war, machte er sich ein paar Notizen und fuhr dann nach Urberg, zu Volker Schätzle.

22

Bettina Wenk war wieder bei der Arbeit. Nach den aufwühlenden Ereignissen der letzten Tage fühlte es sich an wie ein Aufatmen. Ein Stück Normalität in dem irrwitzigen Karussell der Gefühle, in dem sie sich seit Sonntagabend drehte. Beinahe dankbar versorgte sie ihre Patienten und brachte sogar Herrn Armbruster zum Lachen, den sie gerade versorgte. »Junge Frau, was ist heute in Sie gefahren?«

»Der Irrsinn, Herr Armbruster, der blanke Irrsinn!«

Volker hatte von ihr verlangt, dass sie ihren Job aufgibt. Sie sollte sich ab sofort mit der Ausstattung der Ferienwohnungen befassen. Interior-Kataloge wälzen, Listen erstellen und Angebote einholen. Letzte Woche noch hätte sie nichts lieber getan, aber jetzt fühlte es sich an, als sollte ihr das letzte Stück festen Bodens unter den Füßen weggezogen werden, weshalb sie sich eine Woche Bedenkzeit erschmeichelt hatte. Volker Schätzle war ein harter Verhandlungspartner, wie sie irritiert festgestellt hatte, aber den Gedanken hatte sie sofort in die hinterste Ecke ihres Hirns verbannt. Während sie ihre Sachen zusammenpackte, blickte sie zum hundertsten Mal auf ihr Handy. Kein Anruf und keine Nachricht. Weder von ihrem Mann noch von den Söhnen. Ihre Miene verdüsterte sich.

»Stimmt etwas nicht?« Der alte Herr war zwar körperlich sehr gebrechlich, im Kopf aber durchaus fit und wach. Er musterte sie aufmerksam.

»Darf ich Sie etwas Persönliches fragen, Herr Armbruster?«

»Sicher! Fragen Sie!«

Bettina Wenk holte tief Luft. »Haben Sie schon einmal etwas getan, was Sie Ihr Leben lang bereut haben?«

»Nur das, was ich nicht getan habe.«

»Was meinen Sie damit?«

Herrn Armbrusters Blick richtete sich einen Moment nach innen. »In jungen Jahren war ich nicht besonders entscheidungsfreudig. Ein Feigling, um ehrlich zu sein. Ich habe nicht gewagt, der Liebe meines Lebens meine Gefühle zu gestehen, und sie hat einen anderen geheiratet ...«

Bettina Wenks Blick wanderte über das schüttere, schlohweiße Haar des Greises, die tief gefurchten Gesichtszüge und die wasserblauen, freundlichen Augen. Unzufrieden wirkte er nicht.

»Haben Sie dennoch Ihr Glück gefunden?«

»Ja, Gott sei Dank, aber ich bin zeitlebens davor zurückgeschreckt, Entscheidungen zu treffen. Mein Leben aktiv zu gestalten. Ich bin insgesamt nicht unzufrieden, aber in der Rückschau hätte ich mir mehr Tatkraft und Mut gewünscht. Ich bereue also nur die Dinge, die ich nicht gewagt habe.« Er lächelte sie schelmisch an. »Habe ich Ihre Frage damit beantwortet?«

»Ich glaube schon.«

»Sie sind so jung! Genießen Sie das Leben! Machen Sie das Beste daraus! Man hat nur dieses eine!«

Bettina Wenk drückte dankbar die Hand des alten Herrn und verabschiedete sich. Als sie im Auto saß, überrollte sie unvermittelt eine so mächtige Welle von Scham und Traurigkeit, dass sie in Tränen ausbrach. Was hatte sie nur getan? Schluchzend umklammerte sie das Lenkrad und weinte, bis sie nicht mehr konnte. Dann putzte sie sich die Nase, klappte den Kosmetikspiegel herunter und richtete sich wieder einigermaßen her. Herr Armbruster bereute, dass er sein Leben nicht aktiver gestaltet hatte – das würde zumindest ihr nicht passieren. Jetzt, wo die Tränen versiegt waren, konnte sie die Situation wieder klarer sehen. Ihr Schwiegervater wäre todsicher noch vor Ostern von alleine gestorben. Und da der Hof und das Land schon vor seinem Tod weg waren, hatte sie die Ereignisse nur etwas beschleunigt, nicht ausgelöst. Volker Schätzles Angebot war nichts anderes als der so lange herbeigesehnte Ausweg aus ihrer verfahrenen Lage. Anders, als sie sich das jahrelang erträumt hatte, aber immerhin. Alles hatte seinen Preis. Außerdem konnte sie jederzeit zurück zu ihrer Familie, sie war eine freie Frau. Oder nicht? Seufzend startete sie den Motor und fuhr zu ihrer nächsten Patientin, während es erneut zu schneien begann.

Während Bettina Wenk ihre Tour machte, fuhr Briamonte in Urberg auf den Kundenparkplatz der Schätzle GmbH. Nette Hütte. Der Chef sei im Haus, aber auf dem Sprung, gurrte eine der Empfangsdamen, die sichtlich von ihm angetan war. Er möge sich bitte kurzfassen, Herr Schätzle habe noch einen wichtigen Termin am Bodensee und schätze es nicht, zu spät zu kommen. Briamonte lächelte verständnisvoll und nahm in einem der Le-Corbusier-Sessel im Atrium Platz.

»Herr Briamonte? Der Chef empfängt Sie jetzt. Wenn Sie mir bitte folgen wollen?« Sie klopfte und öffnete die Tür: »Der Herr Kommissar für Sie.«

Volker Schätzle erhob sich, kam um seinen Schreibtisch herum und reichte Briamonte eine kräftige Hand. »Was kann ich für Sie tun? Nehmen Sie doch Platz, bitte. Darf ich Ihnen etwas anbieten? Ein Wasser? Einen Kaffee?«

»Nein, danke. Ich würde lieber gleich zur Sache kommen.«

»Ja …?«

»Vor einer Woche hat Josef Wenk zehn Komma vier Hektar Land auf Sie übertragen. Vor zwei Jahren seinen Hof. Wieso?«

Wenn Schätzle überrascht war, ließ er sich nichts anmerken. »Ganz einfach. Es gehört rechtmäßig mir. Das heißt … es hätte meiner Mutter gehört. Josef Wenk hat sie um ihr Erbe gebracht, und ich habe mir nur genommen, was mir rechtmäßig zusteht. Meine Mutter ist vor drei Jahren gestorben. Brustkrebs.«

»Der Wenk Hof gehört Ihnen? Wie kann das sein?« Jetzt wurde es spannend, und Briamonte beugte sich vor.

»Josef Wenk war nicht der leibliche Sohn von Karl Wenk, seine Frau Gertrud hat ihn als Einjährigen mit in die Ehe gebracht. Er heißt eigentlich Wehrle. Der Mädchenname seiner Mutter. Der alte Wenk hat ihn nie adoptiert …«

»Wie …«

»Meine Mutter, Franziska Schätzle, war die leibliche Tochter von Karl Wenk, ihrem Arbeitgeber. Meine Großmutter, Maria Fehrenbach, hatte ein langjähriges Verhältnis mit ihm und hat 1945 meine Mutter geboren. Die rechtmäßige Erbin.«

Briamonte war baff. »Woher …«

»Woher ich das alles weiß?« Schätzle strich sich über das kurz geschnittene Haar. »Meine Mutter hat mir auf dem Sterbebett das Geheimnis offenbart. Karl Wenk hatte ein Testament verfasst, in dem er die Vaterschaft von Franziska anerkennt und sie als alleinige Erbin einsetzt. Leider hat Josef Wenk davon irgendwie Wind gekriegt und das Testament vernichtet. So hat er alles bekommen, denn niemand wusste mehr, dass ihn der alte Wenk nie rechtmäßig adoptiert hat. Seine Mutter ist nämlich kurz nach dem Tod des kleinen Bruders ebenfalls verstorben. Er hat dann, 1966, nach dem Tod des alten Wenk, meine Großeltern mitsamt ihren drei Kindern vom Hof gejagt. Das muss man sich vorstellen: Mein Großvater hatte dreißig Jahre lang als Knecht gedient, meine Großmutter war ebenso lange Magd. Eine Schweinerei! Nachdem mir meine Mutter das alles gestanden und mir die Pfeife und das Schnitzmesser des alten Wenk übergeben hatte, habe ich einen Privatdetektiv engagiert und umfangreiche Recherchen betrieben – inklusive genetischer Tests. Ich habe es schwarz auf weiß, dass ich der legitime Nachkomme und Erbe des Wenk Hofs bin, während Josef Wenk beziehungsweise Josef Wehrle, wie es richtig heißen müsste, ein Bastard ist. Ein Betrüger. Ich habe mir also nur geholt, was mir ohnehin zusteht. Das ist übrigens von einem Fachanwalt für Erbrecht überprüft, falls Sie das fragen wollten.«

Briamonte lehnte sich schweigend zurück und betrachtete sein Gegenüber, den diese ungeheuerliche Geschichte heute noch sichtlich aufregte. Schätzle nahm einen Schluck Wasser. »Beantwortet das Ihre Frage, Herr Kommissar?«

»Wieso hat sich Ihre Mutter Ihnen erst auf dem Sterbebett anvertraut?«

»Das habe ich sie auch gefragt. Sie sagte, dass sie nicht gewollt hatte, dass ich mit Groll und Hass aufwachse. Außerdem hätte ich es ja auch ohne das Erbe zu etwas gebracht. Aber sie wollte das Geheimnis schlussendlich nicht mit ins Grab nehmen.«

»Hm … Und Josef Wenk? Vielmehr Josef Wehrle? Was hat der dazu gesagt, als Sie mit Ihren Forderungen und Erkenntnissen an ihn herangetreten sind?«

Schätzle lachte freudlos auf. »Der alte Drecksack – bitte entschuldigen Sie –, er hat mir ins Gesicht gelacht. Erst als ich gedroht habe, damit vor Gericht und somit an die Öffentlichkeit zu gehen, hat er klein beigegeben.«

»Das ist Erpressung.«

»Nein, ist es nicht. Das sollten Sie wissen.«

Briamonte überhörte die ironische Spitze. »Und warum der zeitliche Abstand zwischen den Überschreibungen? Und ihre Pokerrunden im Auerhahn?«

Schätzle zupfte an der Bügelfalte seiner Hose. »Das war pure Bosheit, das muss ich zugeben. Ich habe erst das Haus verlangt, dann hab ihn zappeln lassen. Gehofft, dass er einen Höllenärger mit seinem Sohn bekommt, und natürlich, dass er das Land doch noch freiwillig herausrückt. Das Ganze war eine zeit- und energieraubende Angelegenheit, und Zeit ist etwas, das ich leider nicht im Übermaß besitze. Aber ich gebe zu, dass ich mit ihm gespielt habe. Im doppelten Wortsinn. Das war niederträchtig, ich weiß, aber Josef Wenk war auch ein unangenehmer Zeitgenosse.«

»Haben Sie ihn umgebracht?«

»Wie bitte?!« Schätzle war ehrlich schockiert. »Wieso umgebracht? Ich dachte, er sei an seiner Suppe erstickt?«

»Möglicherweise hat ihm ja jemand das Gesicht in die Suppe gedrückt?«, spekulierte Briamonte und beobachtete genau jede Reaktion seines Gegenübers.

»Ach du meine Güte! Wirklich? Aber warum? Er war doch eh schon so gut wie tot.«

»Das haben Sie gewusst?!«

»Kommissar, ich bitte Sie … der alte Knacker war gelb wie eine Quitte und hat aus dem letzten Loch gepfiffen. Lange hätte er es nicht mehr gemacht. Um das zu wissen, brauchte es kein medizinisches Fachwissen. Aus dem Grund haben mir seine Stammtischkumpane ja auch ihre Schuldscheine verkauft. Die haben jeden Tag damit gerechnet, dass er nicht mehr kommt. Eine zusätzliche Schmach für den Alten – das ist mies, das ist mir klar, aber der Kerl hat meiner Familie seinerzeit so viel Kummer bereitet, da hat sich mein Mitgefühl in Grenzen gehalten.«

»Und der Sohn des Alten? Jochen? Haben Sie für den auch kein Mitgefühl? Der hat ja nun auch alles verloren.«

»Jochen? Nein. Kein Mitgefühl. Ich habe ihm vor zwei Jahren eine Beteiligung an dem geplanten Umbauprojekt angeboten, aber er hat abgelehnt.«

Briamonte spürte deutlich Schätzles negative Schwingungen beim Thema Jochen Wenk. Das konnte der so souveräne Geschäftsmann nicht überspielen, auch wenn er im selben Augenblick auf seine Uhr blickte. »War's das? Ich sollte los … ein Termin am Bodensee …«

Briamonte erhob sich. »Ja, gut. Fürs Erste schon. Ich würde die nächsten Tage jemanden vorbeischicken, der Ihre Angaben überprüft – nur damit alles seine Richtigkeit hat. Wenn Ihnen noch etwas einfallen sollte, rufen Sie mich an.« Als er bereits bei der Tür war, drehte er sich noch einmal um: »Noch etwas … kennen Sie Bettina Wenk?«

Volker Schätzle war überrascht über die Frage: »Ja, sicher …«

»Gut?«

»Joah, wie man's nimmt. Ich habe als junger Bursche sehr für sie geschwärmt.«

»Würden Sie ihr den Mord an ihrem Schwiegervater zutrauen?«

»Wie bitte?! Was ist denn das für eine Frage?! Wieso

sollte sie das tun? Der Alte war, wie schon gesagt, todkrank. Außerdem … hätte sie es als Pflegekraft nicht schlauer angestellt?«

»Dann waren nicht *Sie* der anonyme Anrufer, der Bettina Wenk als potenzielle Mörderin ihres Schwiegervaters angeschwärzt hat?«

Jetzt lachte Schätzle amüsiert. »Nein, ganz sicher nicht! Was hätte ich davon?«

Als Briamonte wieder im Auto saß, machte er sich ein paar Sprachmemos, während Volker Schätzle in seinen Wagen stieg und wegfuhr. *Angaben von Schätzle prüfen lassen, bezüglich Erbfolge des Wenk Hofs – Geburts- und Sterbeurkunde von Gertrud Wenk, geborene Wehrle, und ihrem Sohn Josef Wenk alias Josef Wehrle ausfindig machen.* Ja, was hätte Schätzle davon? Merkwürdige Antwort, aber der Mann hatte recht. Aus welchem Grund sollte er Bettina Wenk beschuldigen? So wie die Dinge standen, konnte er dem Staatsanwalt wieder Entwarnung geben. Sollten sich Schätzles Angaben bestätigen – und davon ging er aus –, war Josef Wenks Tod tatsächlich ein unglücklicher Unfall und die Übertragung des Hofes eine rechtmäßige Angelegenheit. Kein Grund für eine Ermittlung. Bevor er den Wagen startete, rief er noch Miriam Strittmatter an, um sie über das Gespräch zu informieren und den Termin im Büro sowie die Hintergrundrecherche abzublasen. Ressourcen schonen. Briamonte war froh über den frühen Feierabend, holte Gismo von seiner Mutter ab und überlegte einen Moment, ob er nach St. Blasien zu Kristina fahren sollte, aber er verwarf den Gedanken wieder. Stattdessen beschloss er, eine Runde laufen zu gehen, obwohl es bereits dunkel wurde. Solange er mit sich selbst noch nicht klar war, machte das keinen Sinn. Das Laufen würde ihm guttun. Er fütterte und knuddelte die

Ziegen, legte Holz im Kachelofen nach, zog seine Laufsachen und das Stirnband mit der Lampe an und lief los, in Richtung Wasserfälle, bedacht darauf, dass er auf befahrbaren Wegen unterwegs war. Gismo trabte im Zickzack an der langen Laufleine voraus und kreuzte immer wieder den tanzenden Lichtkegel, während seine Schritte gleichmäßig im Schnee knirschten und ihm in einigem Abstand ein Wagen folgte. Nach einer Stunde kehrte er ausgepowert zurück, duschte und richtete sich ein Brot mit Schinken und Essiggurken. Die Schwarzwälder Spezialität weckte Erinnerungen an seinen ersten Fall hier in Menzenschwand und entlockte ihm einen tiefen Seufzer. Gefühlt eine Ewigkeit her. Er war wirklich angekommen hier. Er liebte sein Haus, fühlte sich im Dorf angenommen und respektiert. Aber war es das wert? Wollte er wirklich riskieren, Kristina zu verlieren? Sie hatte ihm unmissverständlich klargemacht, dass sie nicht an seinem Sarg weinen würde, wenn er durch seine eigene Sturheit unter die Erde käme. Wenn er wieder zur Vernunft gekommen wäre, könnte er sich gerne wieder bei ihr melden. Das hat ganz danach geklungen, als würde sie einen Neuanfang irgendwo im Nirgendwo mit ihm mittragen. Noch einmal atmete er tief ein und nahm sich vor, morgen Oma Resi zu konsultieren, die alte Bäuerin vom Joos Hof, seine Stütze, sein Seelentrost und Anlaufstelle von Kindesbeinen an. Er brauchte ohnehin wieder frische Milch und Eier.

23

Während Briamonte sich unruhig im Bett wälzte, stapfte Bettina Wenk um sechs Uhr morgens zu ihrem Auto, fegte leise fluchend die zehn Zentimeter Neuschnee weg und kratzte die darunter vereiste Windschutzscheibe frei. Sie hätte auf Volker hören und ihren Job sofort an den Nagel hängen sollen, dann läge sie jetzt in ihrem warmen Bett und könnte sich noch einmal umdrehen, statt sich völlig übermüdet die Finger abzufrieren und dann auf den stockdunklen, winterlichen Straßen zu ihren betagten Patienten zu fahren. Sie hasste den Winter! Aber sie hatte es so gewollt. Bald wäre damit sowieso Schluss. Mit einem Ruck riss sie die festgefrorene Fahrertür auf, kletterte hinters Steuer und drehte den Zündschlüssel. Nichts, der Motor tat keinen Mucks. Wütend trat sie mehrmals das Gaspedal, wohl wissend, dass das nichts nutzte, und gab dann auf. Die Batterie, obwohl erst im Herbst ausgetauscht. Dem Kerl würde sie das Ding um die Ohren hauen! Wütend hieb sie aufs Lenkrad, widerstand aber dem Impuls, sich krankzumelden, und kehrte zurück ins Haus.

»Volker?«

Sie rief erneut, klopfte lauter und öffnete dann die Tür. »Volker, es tut mir leid, dass ich dich wecken muss, aber mein Auto springt nicht an! Kannst du mir Starthilfe geben?«

Volker Schätzle regte sich brummend und war im nächsten Moment hellwach. »Was gibt's, Betty? Ist etwas passiert?«

»Ja, mein Auto springt nicht an. Die Batterie … Es tut mir wahnsinnig leid, aber ich muss zur Arbeit. Könntest du vielleicht …?« Sie wandte ihren Blick ab, als Volker Schätzle Licht machte, dann nackt und völlig ungeniert aus dem Bett stieg, sich einen Bademantel überzog und so lässig zuband, dass er kaum seine Blöße bedeckte. Breit lächelnd ging er anschließend voraus in die Diele und reichte ihr seinen Wagenschlüssel: »Nimm meinen.«

»Aber …«

»Ich brauche ihn heute Vormittag nicht, der Termin in Winterthur wurde verschoben. Wenn du ihn mir spätestens um zwölf wiederbringst, ist deine Batterie ausgetauscht. Die Garage geht automatisch auf, sobald du startest.«

»Aber ich kann doch nicht …«

»Natürlich kannst du!«

Eingeschüchtert und beeindruckt zugleich setzte sie sich in den Audi, rutschte ganz vor, weil sie nicht wagte, den Sitz zu verstellen, drückte die Starttaste, beobachtete, wie das Tor aufglitt, schob dann den Automatikhebel auf D und fuhr langsam aus der Garage. Im Rückspiegel sah sie Volker Schätzle aufmunternd winken und gab vorsichtig Gas. Nach ein paar Hundert Metern fiel die anfängliche Nervosität von ihr ab, und sie genoss das Sicherheitsgefühl in dem großen Wagen, der über den Neuschnee rollte wie auf Schienen. Sie drehte die Heizung etwas höher und lächelte. Der ganze Wagen roch nach Volker. Volker. Vielleicht könnte sie sich ja doch noch verlieben. Die ritterliche Geste eben hatte sie jedenfalls tief beeindruckt. Welcher Mann lieh schon so freigiebig seinen Wagen aus? Ein so teures Luxusgefährt noch obendrein? Eine warme Welle überflutete sie, und mit einem Mal wusste sie, dass es das Schicksal gut mit ihr meinte. Dass sie die richtige Entscheidung getroffen hatte und dass alles gut werden würde. Doch plötzlich zerriss ein ohrenbetäubender Knall die Stille, der Audi geriet ins Schleudern, fing sich kurz wieder und kollidierte dann mit dem eben in der Kurve auftauchenden Schneepflug. Der Airbag ploppte auf, und Bettina registrierte erschrocken und benommen, wie ihre Ohren wattig summten. Außerdem brannte irgendetwas höllisch am Hals. Doch bevor sie sich weiter sortieren oder gar fühlen konnte, was das war, überkam sie eine tödliche Mattigkeit, während ihr Blut pulsierend aus der zerfetzten Halsschlagader strömte. Sie hatte ihr Leben bereits ausgehaucht, als der erschrockene Schneepflugfahrer die Fahrertür aufriss. Zitternd vor Schreck starrte der junge

Mann in ihre weit geöffneten Augen und wusste sofort, dass jede Hilfe zu spät kam.

24

Nur wenige Kilometer entfernt wurde Johann Briamonte aus seinem unruhigen Schlaf gerissen und zum Dienst gerufen. »Ich komme …« Schlaftrunken rieb er sich die Augen, blickte auf die Uhr – halb sieben – und dann noch mal mit Herzschmerzen auf die leere Betthälfte neben ihm. Er musste unbedingt etwas unternehmen, später, doch nun musste er zum Einsatz. Eilig machte er sich einen Kaffee, füllte die Futternäpfe auf und rief seinen Hund. Den musste er um diese Zeit wohl mitnehmen, später konnte er ihn immer noch bei seiner Mutter abliefern. Briamonte holte seinen alten Defender aus der Scheune und war eine halbe Stunde später auf dem Weg nach Urberg.

Mit ernster Miene besah er sich den Unfallwagen und das Opfer. Ein gespenstisches Szenario. Die Scheinwerfer des riesigen Pflugs beleuchteten den großen Q8, der auf die äußere Kante der schräg gestellten Schaufel geprallt war. Dann hörte er sich den vorläufigen Bericht der Kollegen von der Bereitschaft an, die aufgrund der Lage nicht nur ihn, sondern auch die Spurensicherung angefordert hatten. Briamonte trat von einem Bein aufs andere und rieb die behandschuhten Hände, während der Kollege von seinem Notizblock ablas. »Der Wagen ist auf einen gewissen Volker Schätzle aus Urberg angemeldet. Die Tote ist …«

»… Bettina Wenk, ich weiß.«

»Sie wissen, wer die Tote ist?!«

»Ja. Ich hatte kürzlich mit ihr zu tun.«

Wenn der Kollege irritiert war, ließ er sich das nicht

anmerken. »Also ja, Bettina Wenk aus Dachsberg. Der junge Mann dort …« Er zeigte auf den Schneepflugfahrer, der in der geöffneten Tür eines Krankenwagens saß und einen Becher Tee in der Hand hielt, »hat den Audi entgegenschleudern sehen, konnte aber nicht ausweichen. Die Todesursache ist aber ganz sicher nicht die Kollision, so viel kann ich Ihnen auch ohne Obduktion verraten. Kommen Sie …« Briamonte folgte ihm auf die andere Fahrzeugseite, wo der Polizist auf das Einschussloch im Beifahrerfenster deutete. »Es sieht ganz so aus, als hätte sie das Projektil am Hals getroffen. Keine Chance.«

Briamonte atmete hörbar aus und sah sich um. »Schon eine Idee, von wo der Täter geschossen haben könnte?«

»Ja, ohne natürlich der Spurensicherung vorgreifen zu wollen … Wir haben alles abgesperrt. Folgen Sie mir.«

Keine fünfzig Meter zurück zweigte ein Waldweg mit Parkplatz in den Wald ab, an dessen Einmündung gewaltige Baumstämme lagerten. Dahinter Reifenspuren eines Zweirads und Fußspuren.

»Wohin führt dieser Weg?«

»Das kann ich Ihnen leider nicht sagen, tut mir leid.«

»Schon gut. Die Straße haben Sie auch gesperrt?«

»Ja, bis Urberg und in die andere Richtung, wobei der Schneepflugfahrer niemanden gesehen hat. Der oder die Täter sind ganz offensichtlich aus dem Wald gekommen und dahin wieder geflohen. Sehen Sie die Reifenspuren dort? Sieht aus wie von einem Mountainbike oder Mofa.«

Briamonte nickte wieder.

»Wollen Sie den Fahrer noch sprechen?«

»Ja, bitte.«

Briamonte ging mit dem Kollegen zurück zum Unfallort. Der junge Mann – kaum älter als zwanzig, kräftig, rotwangig und mit offenem Blick unter der Strickmütze – war sichtlich mitgenommen.

»Wie heißen Sie?«

»Roman Maier.«

»Herr Maier, sind Sie die Strecke hier schon häufiger gefahren?«

»Erst zweimal, abgesehen von heute. Bis jetzt hat es ja noch nicht so viel Schnee gehabt.«

»Ist Ihnen irgendetwas aufgefallen, bevor der Unfall passierte?«

»Aufgefallen? Was denn?«

»Ein anderes Fahrzeug vielleicht, oder haben Sie etwas gehört oder gesehen? Ein Mündungsfeuer ... ein Zweirad ... irgendetwas Ungewöhnliches?«

»Nein.« Der junge Mann schüttelte langsam den Kopf. »Ich kam um die Kurve, sah gerade noch, wie der Audi ins Schleudern kam, und dann hat's auch schon gekracht.«

»Wie sieht's denn aus mit dem Berufsverkehr, um diese Zeit?«

»Hier ist um die Zeit noch nichts los.«

»Wohnen Sie in der Nähe?«

»Ja. In Wittenschwand.«

»Sie kennen nicht zufällig den Wagen?«

Der junge Mann blickte zu dem Auto. »Doch, glaub schon. Ich denke, dass er dem Schätzle gehört, dem Bauunternehmer ...«

»Sie kennen Volker Schätzle?«

»Nicht persönlich, aber der Mann ist schon eine Nummer hier oben. Und so einen getunten Abt fährt sonst keiner hier. Den kennt jedes Kind.«

»Abt?«

»Ist 'ne Tuningfirma.«

Briamonte betrachtete aufmerksam den jungen Mann, aber der hielt dem prüfenden Blick stand. »Und die Frau in dem Wagen? Kennen Sie die?«

»Ich glaube nicht ... so viel Blut und der Airbag ... viel

gesehen hab ich nicht, nur, dass sie tot ist.« Er schauderte. »Ich hab noch nie eine Leiche gesehen.«

»Verstehe. Sagen Sie, der Waldweg dort hinten …« Briamonte zeigte in Richtung Urberg. »Wissen Sie zufällig, wo der hinführt?«

Sein Gegenüber schüttelte nur den Kopf.

Briamonte zog die Handschuhe aus, kramte einen alten Kassenzettel aus seiner Tasche, fummelte einen Kugelschreiber aus der Innentasche seines Parkas und kritzelte seine Telefonnummer darauf. »Rufen Sie mich an, falls Ihnen noch etwas einfällt.« Dann wandte er sich wieder seinem Kollegen zu: »Richten Sie den Leuten von der Spurensicherung aus, dass ich bei Volker Schätzle bin.«

»Brauchen Sie noch seine Adresse?«

»Die hab ich schon.«

Auf dem Weg nach Urberg verscheuchte er den verrückten Gedanken, dass der Schuss ihm gegolten haben könnte, was natürlich Unsinn war und ganz und gar seinen strapazierten Nerven geschuldet. Verdammt, er musste sich zusammenreißen! Jetzt gab es doch einen Mordfall. Merkwürdig. Und ausgerechnet die anonym beschuldigte Bettina Wenk war das Opfer. Wobei sie in Volker Schätzles Wagen unterwegs gewesen war, was natürlich die Frage aufwarf, ob der Mordanschlag nicht eigentlich dem Bauunternehmer gegolten hatte. Wie kam es überhaupt, dass sie in seinem Auto unterwegs gewesen war? Ebenfalls merkwürdig. Offenbar ist sie aus Urberg gekommen. Von einem Verhältnis oder gar einer Beziehung zu ihr hatte Volker Schätzle gestern nichts gesagt. Warum nicht? Briamonte starrte auf die noch verschneite Straße, auf der nur die Reifenspuren des Audi zu sehen waren, und legte sich in Gedanken die Fragen für das Gespräch mit Volker Schätzle zurecht. Dabei schweifte er immer wieder ab zu

Dimitar Hristov, der, was ihm seine Chefin Erler gestern Abend noch mitgeteilt hatte, der Überwachung entkommen und vom Radar verschwunden war. Keinerlei Hinweise auf seinen Aufenthaltsort. Sie hatte ihm dringend geraten, sich aus der Schusslinie zu bringen, aber Briamonte hatte erneut abgelehnt. Er würde sich von dem Kerl nicht verjagen lassen, so ähnlich hatte er es ausgedrückt, aber jetzt, mit den frischen Eindrücken des tödlichen Attentats auf Bettina Wenk vor Augen, bekam er es doch mit der Angst zu tun. So schnell war ein Leben ausgelöscht. Ein Schütze, verborgen hinter Baumstämmen, und Bumm. Keine Zeugen, nix. Briamonte schauderte. Wie hatte Hristov abtauchen können? Mittlerweile war er beinahe sicher, dass der Mann ihn persönlich erledigen wollte, immerhin war er für die Festnahme und letztlich Verurteilung dessen einzigen Sohnes maßgeblich mitverantwortlich. Briamonte wusste, dass der Clan-Boss all die Jahre den Schlagabtausch mit ihm genossen hatte. Dass er geradezu glücklich war, in Briamonte einen ebenbürtigen Gegner gefunden zu haben, mit dem er sich hatte messen können. Es war zu einer regelrechten Passion geworden. Der allmächtige Hristov, der alle Fäden in der Hand hatte, der tat, was ihm gefiel, und dem nicht einmal der schlaueste Bulle etwas anhaben konnte. Bis sein Lieblingsgegner den Junior erwischt hatte. Da war es vorbei mit der Hassliebe zu Kriminalhauptkommissar Briamonte, dem ehrgeizigen Polizisten, und Dimitar Hristov hatte ihm offen den Krieg erklärt.

Briamonte verscheuchte schaudernd den Gedanken an das letzte Treffen mit dem Mann, als er sich Schätzles Haus näherte. Er parkte seinen Wagen neben dem kleinen Suzuki von Bettina Wenk, der wahrscheinlich nicht angesprungen war. Aber wieso war sie überhaupt hier und nicht zu Hause in Dachsberg? Schätzle hatte doch keinen Pflegefall zu Hause? Ziemlich sauer drückte er den Finger auf die Klingel. Er hasste es, wenn er angelogen wurde!

»Herr Schätzle, würden Sie mir *bitte* erklären, warum Bettina Wenk in Ihrem Wagen sitzt? Ich schätze es gar nicht, wenn man versucht, mich für dumm zu verkaufen!«

Volker Schätzle war souverän genug, um ihn erstaunt hereinzubitten und nach einem prüfenden Blick hinaus die Tür wieder zu schließen.

»Was war *das* jetzt?! Erwarten Sie noch jemanden?!«

»Trinken Sie auch einen Kaffee?«

Briamonte ließ ihm das Ausweichmanöver erst mal durchgehen und folgte ihm in sein Büro, wo Schätzle aus einem teuer aussehenden Kaffeevollautomaten zwei Tassen herausließ und ihm dann bedeutete, Platz zu nehmen. »Was führt Sie hierher, zu dieser Stunde?«

Briamonte blieb stehen und ignorierte die Tasse. »Bettina Wenk führt mich hierher. Ich wäre Ihnen sehr verbunden, wenn Sie Ihre Spielchen unterlassen würden. Warum haben Sie mir gestern verschwiegen, dass Sie ein Verhältnis mit ihr haben? Ich kann es auf den Tod nicht ausstehen, wenn man mich zum Narren hält!« Schätzle öffnete den Mund, aber Briamonte ließ ihn nicht zu Wort kommen: »Und kommen Sie mir jetzt nicht mit einer dummen Ansage, dass ich Sie nicht danach gefragt hätte!«

Briamontes Zorn machte Eindruck, denn Schätzle schien trotz seines übergroßen Egos bereit, ausnahmsweise einzulenken. »Es tut mir leid. Das hätte ich Ihnen sagen sollen. Ich weiß nicht, was mich geritten hat. Vielleicht weil es noch so neu und ungewohnt ist?«

»Aha. Wie neu?«

»Erst seit ein paar Tagen. Betty … ich meine Frau Wenk, ich kenne sie schon aus der Schule und habe mächtig für sie geschwärmt. Jetzt, nach über zwanzig Jahren, konnte ich endlich bei ihr landen …« Er verzog Verzeihung heischend das Gesicht.

»Die Übernahme des Hofes hat damit aber nicht zufällig zu tun? Ist ja schon ein Zufall …«

»Doch, hat es«, gab Schätzle freimütig zu. »Ihr war mit einem Mal klar geworden, dass sie im Leben etwas anderes wollte und dass es für einen Neuanfang nie zu spät ist.«

»Aus welchem Lebensweisheitskalender haben Sie das denn?«

»Sie müssen nicht beleidigend werden!«

»Und Frau Wenk wollte den Neuanfang an Ihrer Seite wagen? Einfach so? Als verheiratete Frau mit zwei Söhnen?«, fragte Briamonte, ohne auf die Bemerkung einzugehen.

»Ja, das wollte sie. Ich hab's ihr angeboten, das gebe ich zu. Vor fünf Jahren ist meine Frau gestorben, und ich fand, es wäre an der Zeit, mein Glück noch einmal zu versuchen.«

»Aha.«

»Aber warum sind Sie eigentlich hier? Um mir mein Versäumnis bezüglich meines Verhältnisses mit Frau Wenk vorzuhalten wohl kaum?«

»Nein. Tatsächlich nicht. Ich muss Ihnen leider mitteilen, dass Frau Wenk tot ist. Sie saß in Ihrem Wagen, als sie mit einem Schneepflug kollidierte.«

»Sie ist tot?! Ein Unfall?!«, echote Volker Schätzle ungläubig, plötzlich blass unter seiner Sonnenbankbräune.

»Ja, mein Beileid. Aber die Kollision war nicht die Todesursache … Sie wurde erschossen.« Briamonte musterte aufmerksam jede Regung dieses Mannes, der wie versteinert an seinem noblen Besprechungstisch saß und plötzlich wie zusammengefallen wirkte. Die Neuigkeit schien ihn wirklich zu treffen.

»Herr Schätzle, wo waren Sie heute Morgen um sechs?«

»Sie fragen mich ernsthaft nach meinem Alibi?!«

»Und?« Briamonte sah den Mann eindringlich an, obwohl er schon gesehen hatte, dass im Neuschnee von heute Nacht nur die Spuren von Bettina Wenks beziehungsweise Schätzles Wagen zu sehen waren.

»Ich bin aufgestanden und habe mir Kaffee gemacht, als Bettina … Frau Wenk weg war. Also hier …«

Briamonte nickte. »Und Ihre Tochter? War die auch hier? Kann die das eventuell bezeugen?«

»Wie bitte? Das ist doch die Höhe! Lassen Sie gefälligst meine Tochter aus dem Spiel! Nein, sie hat mich nicht gesehen, weil sie ein paar Tage in der Schweiz zum Skifahren ist!«

»Reine Routine, Herr Schätzle, reine Routine. Besitzen Sie ein Gewehr?«

»Ja! Sogar zwei. Ich habe auch einen Jagdschein und Anteil an einem Revier am Feldberg. Sie glauben doch nicht ernsthaft, dass ich, falls ich jemanden umbringen wollte, so dumm wäre, in einer Nacht mit zehn Zentimeter Neuschnee loszuziehen? Auch ohne Schnee nicht! Ich bin kein Mörder! War's das jetzt?«

Briamonte verzog keine Miene, obwohl er dem Mann zustimmen musste. Allerdings hieß das nicht zwingend, dass er unschuldig war. Er sah ihm direkt in die Augen: »Nachher wird jemand vorbeikommen und Ihre Waffen zur Untersuchung mitnehmen. Aber sagen Sie, finden Sie es nicht merkwürdig, dass Frau Wenk ausgerechnet an dem Morgen, als ihr Auto nicht anspringt und sie Ihren Wagen nimmt, erschossen wird? Wussten Sie, dass sie mit Ihrem Wagen unterwegs war?«

»Ja, natürlich. Ich habe ihn ihr ja angeboten. Sie musste zur Arbeit.«

»Haben *Sie* das eingefädelt? Haben *Sie* den Auftrag erteilt Bettina Wenk zu erschießen?« Briamonte ließ den empört hochfahrenden Mann nicht ausreden und blaffte weiter. »Oder waren *Sie* gemeint, galt Ihnen der Anschlag? Haben Sie Feinde? Ist Bettina Wenk an Ihrer statt gestorben?! Herr Schätzle, ich habe das starke Gefühl, dass Sie mir etwas verheimlichen! Ich rate Ihnen dringend, zu kooperieren, sonst werde ich Ihnen das Leben *sehr* schwer machen! Habe ich mich deutlich genug ausgedrückt?!«

Solche Ansagen waren normalerweise nicht Briamontes Art, aber er wusste, wie man mit Alphamännchen vom Schlage eines Volker Schätzle umgehen musste. Die waren so selbstgewiss und gewohnt, dass alle nach ihrer Pfeife tanzten, da war es meist hilfreich, sofort klare Verhältnisse zu schaffen. Erst mal eins vor den Latz, lautete seine Devise, dann konnte man weitersehen. Und siehe da … statt sofort zum Hörer zu greifen und die Anwaltsmeute aufzuschrecken, schien Schätzle einen Moment lang nachzudenken und schließlich einzulenken. Er erhob sich müde, ging zu seinem Schreibtisch und holte ein halbes Dutzend Blätter aus einer der Schubladen. »Bitte … Lesen Sie selbst.«

Briamonte griff nach den Briefen, blätterte sie durch und hob dann stirnrunzelnd den Blick. »Waren Sie damit bei der Polizei?«

»Nein.«

»Warum nicht?«

Volker Schätzle atmete hörbar aus und erwiderte resigniert: »Keine Ahnung. Ich dachte …«

»Sie dachten, das ist nichts Ernstes?«

»So in etwa.«

»Seit wann bekommen Sie die?«

»Ungefähr seit drei Wochen. Ja, ziemlich genau. Anfang des Jahres kam der erste Drohbrief.«

»Mit der Post?«

»Ja.«

»Wann kam der letzte?«

»Gestern.«

»Haben Sie eine Ahnung, wer Ihnen die geschickt haben könnte?« Briamonte blätterte die Drohschreiben durch.

Schätzle seufzte tief. »Ehrlich gesagt, hab ich geglaubt, dass sich der alte Wenk damit Luft gemacht hat. Sehen ja ziemlich selbst gestrickt aus. Deshalb hab ich sie nicht ernst genommen. Aber der ist ja seit Sonntagabend tot und kann den letzten nicht mehr abgeschickt haben. Und jetzt bin ich schuld daran, dass Bettina tot ist.«

Briamonte musterte den reumütigen Mann. »Wer sonst könnte Ihnen nach dem Leben trachten wollen?«

Der Unternehmer lachte freudlos auf. »Oje, wo soll ich anfangen? In meiner Branche macht man sich naturgemäß nicht nur Freunde. Luxusrenovierungen sind vielen ein Dorn im Auge. Sie glauben gar nicht, wie viele Neider es gibt, die einem den Erfolg nicht gönnen. Dann gibt es natürlich auch diejenigen, die mich für explodierende Kosten, Schwierigkeiten mit dem Denkmalamt und plötzlich auftauchende Altlasten verantwortlich machen. Die Liste ist also lang, aber Mord? Ich weiß nicht …«

»Und Jochen Wenk? Könnte der hinter den Drohungen stecken?«

»Jochen?« Schätzle blickte ihn fragend an. »Nun ja. Wenn Sie so fragen … So dumme, anonyme Schreiben traue ich ihm schon zu, aber einen wirklichen Anschlag?« Er schüttelte den Kopf. »Nein. Der ist so ein Weichei. Außerdem hätte er doch sehen müssen, dass nicht ich hinter dem Steuer sitze, oder nicht?«

Briamonte bedachte den Mann mit einem langen Blick. »Sie halten sich zur Verfügung, und bei Gelegenheit gehen Sie noch einmal in sich, wer Ihnen noch nach dem Leben trachten könnte … Bis dahin seien Sie vorsichtig!« Er wandte sich zum Gehen und wedelte mit den Briefen. »Die da nehme ich mit.«

Mittlerweile war es hell geworden, und Briamonte ließ nach einem verstohlenen Rundumblick seinen ungeduldig wartenden Hund für eine kleine Pinkelrunde aus dem Wagen. »Strittmatter, bitte veranlassen Sie, dass Volker Schätzles Waffe und Bettina Wenks Wagen abgeholt und in die Kriminaltechnik gebracht werden. Ja, so schnell wie möglich. Ich schicke Ihnen die Adresse. Und noch etwas … überprüfen Sie Schätzles Waffenschein, den Jagdschein und seine Revierbeteiligung.« Dann machte er sich auf den Weg nach Dachsberg, zu Familie Wenk.

25

Briamonte erwischte Jochen Wenk, als der Neuwitwer gerade vom Hof fuhr. Er machte ihm ein Zeichen, und der Mann legte sichtlich unwillig den Rückwärtsgang ein.

»Was gibt's schon wieder? Ich habe Ihnen alles gesagt, was ich weiß!«, ranzte Wenk ihn an, als er aus dem Wagen gestiegen war.

»Lassen Sie uns das im Haus besprechen!«

In der Küche setzte sich Briamonte ungefragt auf einen Stuhl, während der Hausherr stehen blieb.

»Herr Wenk, sind Ihre Söhne auch da?«

»Natürlich nicht, die sind in der Schule.«

»Besitzen Sie ein Gewehr? Oder anders gefragt … besitzt oder besaß irgendjemand aus Ihrer Familie eine Schusswaffe?«

»Was?!«

»Eine Schusswaffe. Sie haben mich schon gehört.« Briamonte fiel auf, dass der gestern noch so passive Mann heute aggressiv und widerborstig wirkte.

»Nein. Niemand. Was soll die Frage? Mein Vater wurde nicht erschossen. War's das jetzt? Ich muss zur Arbeit.«

»Das wird noch einen Moment warten müssen. Herr Wenk, ich muss Ihnen leider eine traurige Mitteilung machen … Ihre Frau ist tot. Sie ist heute Morgen erschossen worden.«

»Was sagen Sie da?« Jochen Wenk starrte ihn an. »Meine Frau ist tot, und Sie beschuldigen *mich*?!«

»Darf ich mich ein bisschen umsehen?«, fragte Briamonte, ohne auf die Frage einzugehen. »Hatte Ihre Frau einen Ort, wo sie ihre persönlichen Sachen aufbewahrte? Briefe, Kalender, Tagebuch oder Ähnliches?«

»Ich möchte, dass Sie mein Haus verlassen!«

»Herr Wenk, ich verstehe Ihren Kummer, aber …«

»Hören Sie schlecht?! Ich will, dass Sie gehen! *Jetzt!*«

»Immer mit der Ruhe, Herr Wenk. Kann ich jemanden anrufen? Brauchen Sie einen Arzt?«

»RAUS!«

Briamonte hob friedfertig die Hände. »Ich gehe schon. Wir sehen uns.«

Den Hinweis auf eine bevorstehende Hausdurchsuchung verkniff er sich, stieg ins Auto und fuhr vom Hof, unter dem misstrauischen Blick des Mannes. Interessante Wandlung dieses Leisetreters. Gestern noch hätte er geschworen, dass dieser teilnahmslose, phlegmatische Mann keiner Fliege etwas zuleide tun könnte, aber heute … Als er wieder im Auto saß, rief er den Staatsanwalt an, brachte ihn auf den neuesten Stand und bat um einen richterlichen Durchsuchungsbeschluss für den Wenk Hof. Anschließend bestellte er Miriam Strittmatter um zwölf Uhr in sein Büro und machte sich auf den Weg nach Menzenschwand. Er lieferte Gismo bei seiner Mutter ab, wo er ihrem fragenden Blick auswich, bevor er einmal um die Ecke zum Joos Hof fuhr.

Briamonte stapfte die drei Stufen zum Haupthaus hoch, klopfte den Schnee von den Schuhen und öffnete die

Tür. Im Hausflur war es eiskalt. Es roch nach altem Gemäuer, dem abgetretenen Sisalteppich, Geräuchertem und Holzfeuer. Vertraute Gerüche, die ihn augenblicklich in die Kindheit katapultierten, als er Milch, Eier und Brot holen ging und Oma Resi ihm, dem verstummten Kind, eine tröstliche Anlaufstelle gewesen war. Der »Bue mit de truurige Auge«, so hatte sie ihn genannt. Erst vorletztes Jahr hatte er sie nach zwanzig Jahren wiedergesehen und glücklich festgestellt, dass die tiefe, emotionale Bindung noch da war, auch wenn er jetzt keine Ähnlichkeit mehr hatte mit dem vaterlosen Bub von damals, den sie an ihre raue, warme Hand genommen hatte, um ihm junge Hasen oder neugeborene Kälbchen zu zeigen.

Briamonte klopfte an die Stubentür und drückte die Klinke. »Guten Morgen! Darf ich?«

»Johann! Du bisch's! S'freut mi, dass do bisch! Kumm iä!« Ihr von unzähligen Runzeln durchzogenes Gesicht leuchtete auf, während ihre Katze unter der Eckbank hervorkam und mit erhobenem Schwanz um seine Beine strich. »Willsch en Kaffee?«

Nachdem er einen Kaffee getrunken und eine dicke Scheibe Bauernbrot mit Butter verdrückt hatte, legte sie ihm lächelnd die Hand auf den Arm: »Un jetz verzell, wo druckt dä Schueh?«

Briamonte schnaufte tief. War er so leicht zu durchschauen? Er schob schweigend die Brösel auf dem Wachstischtuch zusammen.

»So schlimm?«

»Schlimmer.«

Die alte Wanduhr tickte laut in der Stille, und Briamonte schluckte den Kloß im Hals herunter. Oma Resi betrachtete aufmerksam die ergrauten Schläfen, das wirre dunkle Haar und die tiefen Furchen auf den unrasierten Wangen ihres Gegenübers und machte sich das erste Mal ernsthaft

Sorgen. Doch sie ließ ihm Zeit. Endlich räusperte er sich und sagte: »Ich werde bedroht. Ein alter Fall aus Frankfurt. Man rät mir abzutauchen und eine andere Identität anzunehmen.«

»Wer sait des?«

»Meine Chefin und alle, die mit dem Fall betraut sind.«

»Also isches ernscht?«

»Sehr ernst. Der Hristov-Clan. Eine Art bulgarische Mafia.«

Die greise Bäuerin ließ ihren Blick über Briamontes Gesicht wandern und blieb an seinen dunklen Augen hängen. Da war er wieder. Der Bue mit de truurige Auge. Sie seufzte tief. »Wa sait d' Krischtina dezue?«

Briamonte lehnte sich zurück und verschränkte die Arme. »Sie ist zu ihrer Mutter und meinte, dass sie nicht zusehen wird, wie ich mich umbringen lasse.«

»Heißt des, dass du die neu Identität abglähnt häsch?« Als er ihrem Blick auswich, fauchte sie: »Bisch denn vo allne guete Geischter verlo?! Wie schtellsch du dir des vor? Du bisch nit ellei uf derre Welt! Du häsch ä Verantwortung! Wa sait dini Mueder dezue?«

»Die weiß es noch nicht.«

Oma Resi war einen Moment lang sprachlos. »Sit wenn weisch du sell?«

»Seit Sonntag.«

»Hüt isch Friddig.«

»Ich weiß. Aber ich bin doch hier zu Hause! Endlich! Das Haus! Meine Ziegen … Ich will mich nicht vertreiben lassen! Nicht von diesem Hristov! Außerdem habe ich Personenschutz.«

Die alte Bäuerin schnaubte. »Und du glaubsch, des hilft?! Mir sin do nit bim Fernseh! Usserdäm … Wie lang willsch du des durchhalte? Bis ä nervliches Wrack bisch oder uffem Friedhof liegsch?!«

»Du meinst also, dass ich weggehen und ein neues Leben anfangen soll?«

»Jo, wa sunsch?«

»Ich hatte gehofft, dass du mir etwas raten könntest«, erwiderte Briamonte kleinlaut.

»Mach ich doch! Folg du dinere Chefin! Die wird scho wisse, wa i soneme Fall aabrocht isch. Un d' Krischtina nimmsch mit. So ä Maidli findsch nümmi …«

Briamonte erhob sich schwerfällig, und Oma Resi brachte ihn zur Tür.

»Dann verabschiede ich mich wohl besser?« Er setzte zu einer ungeschickten Umarmung an, aber sie wehrte ab.

»Wir nit theatralisch. Guck, dass du des gregelt kriegsch. Ich will nit a dim Grab schtoh und hüüle müesse … Schriebsch mer dann.«

26

Nachdem Kommissar Briamonte davongefahren war, griff Jochen Wenk zum Telefon, hustete demonstrativ und meldete sich krank. Dann stürmte er hinauf ins Zimmer seiner Frau. Nur mit Mühe unterdrückte er den Impuls, alles kurz und klein zu schlagen, und begnügte sich damit, alle Kleider aus dem Schrank zu reißen und anschließend mit einer ausladenden, groben Bewegung die Habseligkeiten auf dem kleinen Schreibtisch auf den Boden zu fegen. Erst als nichts mehr an seinem Platz stand, hing oder lag, kam er wieder zur Besinnung und setzte sich schwer atmend auf den Bettrand. Der schwache Hauch ihres Parfums hing noch in der Luft. Plötzlich schluchzte Jochen Wenk laut los und konnte sich nicht mehr beruhigen. Nach einer gefühlten Ewigkeit, in der er über seine verlorene Liebe, seine Unzulänglichkeit, seine Schuldgefühle, die verpassten Chancen und die schier ausweglose Situation geweint hatte, in die er sich und seine Familie durch sein Unvermögen manövriert hatte, wischte er sich mit dem Ärmel die Tränen weg und erhob sich schwerfällig. Eines konnte er immerhin noch tun.

Im Zimmer seines Vaters herrschte abgestandenes Halbdunkel. Er machte Licht, sah sich resigniert um, kniete sich dann vors Bett und beugte sich hinunter – doch das Gewehr war nicht an seinem Platz! Wo zum Teufel …?

27

Briamonte rauschte durch die Tür der Dienststelle, wimmelte die Dame am Empfang ab, die ihm etwas zurief, und riss so heftig seine Bürotür auf, dass seine junge Kollegin zusammenzuckte. Ihr erschrockenes Gesicht brachte ihn wieder zu sich. »Bitte entschuldigen Sie.« Er hängte seinen Parka an die Garderobe und ließ sich dann schwer in seinen Stuhl fallen.

»Was ist passiert, Chef?«

»Würden Sie mir einen Gefallen tun und mich nicht ›Chef‹ nennen?«

»Ja, Chef. Also, ich nehme an, es gibt Neuigkeiten? Sie haben sich vorhin so kryptisch ausgedrückt?«

»Schreiben Sie … bitte …«

»Sicher.«

Briamonte richtete sich auf, während sich Miriam Strittmatter ans Whiteboard stellte und den Stift hob.

»Bettina Wenk ist heute Morgen erschossen worden.«

»Wie bitte?! Wo?! Von wem?! Wie?!«

»Heute früh, kurz nach sechs, zwischen Urberg und Wittenschwand. Aber das ist noch nicht alles. Sie war in Volker Schätzles Wagen unterwegs, als der Schuss fiel …«

Kollegin Strittmatter ließ den Stift sinken. »Was ist *das* denn für ein Mist?«

»Sie sagen es. Ganz besonders für Frau Wenk. Notieren Sie doch bitte ganz oben: Bettina Wenk und nebendran Volker Schätzle.«

»Sie vermuten, dass der Schuss Schätzle galt?«

»Das können wir nicht ausschließen, denn sie war mit seinem Auto unterwegs, so ein getunter Audi, den da oben alle kennen. Außerdem hat er Drohbriefe bekommen.«

»Aber wie kommt die Wenk an Schätzles Wagen?«

»Die beiden hatten wohl ein Verhältnis.«

»Aha.« Die junge Frau sah ihn fragend an. »Dann notiere ich unter Bettina Wenks Namen ... äh ... wen genau?«

»Auf jeden Fall Jochen Wenk und Volker Schätzle.«

»Wieso *den*? Haben Sie nicht gerade gesagt, die seien zusammen gewesen?«

»Nur so ein Gefühl«, erwiderte Briamonte ausweichend. »Vielleicht hatte der noch eine alte Rechnung offen? Die beiden kannten sich aus der Schule, und er hat angedeutet, dass sie ihn vor zwanzig Jahren hat abblitzen lassen.«

Die junge Beamtin runzelte die Stirn. »Wie Sie meinen. Was die alten Schulgeschichten angeht, habe ich auch noch etwas ... nachher. Und bei Volker Schätzle?«

»Ebenfalls Jochen Wenk und den anonymen Drohbriefschreiber. Würden Sie so freundlich sein und die in die Kriminaltechnik bringen? Ich brauche schnellstmöglich das volle Programm. Ich mache in der Zwischenzeit ein paar Telefonate, und wenn Sie zurück sind, sehen wir, wie wir weiter vorgehen.«

Als sie weg war, rief er seine Chefin Erler an (von der er schon drei Anrufe in Abwesenheit auf dem Display hatte), um ihr mitzuteilen, dass er sich doch noch für eine neue Identität entschieden habe. Sie vereinbarten für den Nachmittag einen Termin, um alle Modalitäten zu besprechen. Nachdem er aufgelegt hatte, fühlte er sich hundsmiserabel, aber ihm war klar, dass Oma Resi recht hatte. Es gab für ihn keine Alternative. Solange Dimitar Hristov am Leben war, schwebte er in akuter Lebensgefahr. Nur ein toter Hristov war für ihn ein guter Hristov, doch das war Wunschdenken. Er konnte nicht warten, bis der äußerst zähe Sechziger das Zeitliche segnete. Und beschleunigen konnte er es auch nicht. Konnte nicht, würde gern, durfte aber nicht. Seufzend beobachtete er zwei Krähen, die auf dem Dach des gegenüber liegenden Gebäudes in der Regenrinne hin und her trippelten, und griff dann zum Telefon. Kristina ging sofort dran.

»Können wir reden? Heute Abend? … Ja, natürlich … Ja, mach dir keine Sorgen, die stehen rund um die Uhr vor dem Haus … Klar, den Miezies geht's gut …«

28

Hristov stapfte schon zum x-ten Mal durchs Dorf, in immer neuen Outfits. Heute hatte er die Langlaufski geschultert und endlich eine Stelle gefunden, an der er relativ ungestört freie Schusslinie auf den Dreckskerl hatte – wenn der das nächste Mal Milch holen ging. Die Stelle hatte er entdeckt, als er dem Hurensohn das erste Mal hierher gefolgt war und festgestellt hatte, dass die Hasenställe eine ideale Deckung boten und die offene Wiese dahinter eine unkomplizierte Flucht ermöglichten. Noch besser war, dass das Bullenschwein mindestens dreimal die Woche abends herkam, um sich mit Milch, Brot und Eiern einzudecken, und dass tagsüber nur die alte Bäuerin zu Hause war. Der Bauer fuhr nach der Arbeit im Stall weg und kam erst frühabends wieder. Heute war das Arschloch vormittags da gewesen, und er hatte frierend, aber zufrieden beobachtet, dass der Wagen mit den Personenschützern im Hof parkte und die Bullenschweine nicht einmal ausstiegen, als er ins Haus ging. Diese Blindgänger hatten ihn noch nicht bemerkt, obwohl er ein paarmal diese Woche sehr nahe dran gewesen war, den Scheißkerl einfach abzustechen. Aber dann hätte er nach der Tat nicht problemlos fliehen können, weshalb er sich zu etwas Geduld zwang. Er würde ihn schon erwischen, diesen arroganten Drecksack, der sich hier bewegte, als würde ihn das gar nichts angehen! Als hätte er keine Angst, obwohl er sich schon häufig umdrehte, wenn er über die Straße ging. Diese Tatsache erboste ihn mehr als alles andere. Als nähme er ihn nicht ernst! Als wüsste er nicht, dass sein Leben verwirkt war, nachdem sich sein Sohn erhängt hatte! Stöhnend lud er die Ski ab, baute sein Gewehr zusammen, schraubte den Schalldämpfer an und goss sich anschließend etwas Tee aus der mitgebrachten Thermoskanne ein.

29

Am späten Nachmittag fuhr Briamonte nach Menzenschwand. Das letzte Mal, denn vor nicht einmal zwei Stunden hatte er von seiner Chefin die Instruktionen erhalten, die es brauchte, um irgendwo im Norden ein neues Leben beginnen zu können. Auf dem Land, das hatte er sich ausbedungen, denn auf seine Tiere wollte er nicht verzichten. Drei Orte standen zur Auswahl, da musste Kristina mitentscheiden. Wenn Sie mitging. Wenn nicht … Er wagte es kaum, den Gedanken zu Ende zu denken. Strittmatters Erkenntnissen bezüglich Volker Schätzle sowie Bettina und Jochen Wenk hatte er nur noch mit halbem Ohr zugehört. Auch der Hypothese, dass Schätzle die Drohbriefe ebenso gut an sich selbst geschickt haben könnte, um dem

Wenk zu schaden. Die hatten nämlich wohl noch eine alte Rechnung offen, wie die junge Beamtin berichtet hatte. Hätte er sich denken können. Aber das interessierte ihn jetzt nicht mehr, denn diesen Fall würde jemand anderes übernehmen, was er seiner Kollegin allerdings nicht einmal mitteilen durfte. Ihm war so elend, dass er kaum auf die Straße achtete und nicht bemerkte, wie der Wagen seiner Eskorte mit einem Reh kollidierte und anschließend in den Straßengraben fuhr.

30

Volker Schätzle hatte einen schlechten Tag. Der Besuch dieses düsteren Polizisten hatte ihn stärker beunruhigt, als er gedacht hatte, wobei der ihm gar nichts konnte. Und Bettina? Betty? Deren Tod ging ihm nahe, aber nicht so sehr, dass es ihn niedergeschmettert hätte, wie damals, bei seiner Frau. Gott sei Dank hatte er seine Tochter mit ihrer Freundin vorgestern nach Hasliberg geschickt, so war sie wenigstens außen vor. Seine Bürodamen hatten heute nichts zu lachen, ebenso wenig wie seine Bauleiter, aber Herrgott noch mal, man durfte doch wohl noch einen schlechten Tag haben! Er ließ sich einen Ersatzwagen kommen, telefonierte lange mit einer Sicherheitsfirma und beauftragte einen Blumenkranz für die Hinterbliebenen der Familie Wenk. Dann brütete er lange über seinem Problem. Jetzt rächte es sich, dass er seiner langjährigen rechten Hand, Bertram Engler, gekündigt hatte, denn zu zweit überlegte es sich bedeutend leichter. Aber der Kerl hatte sich zu viel herausgenommen, hatte sich vor den Bauleitern immer häufiger aufgeplustert und sich mehr und mehr herausgenommen, als wäre er der Chef. Zum Glück hatte Engler schnell eine neue Stelle in der Schweiz gefunden und die Kündigungsschutzklage zurückgezogen. Schätzle schnaufte. Da musste er jetzt wohl alleine durch. Zur Polizei gehen konnte er nicht, denn dann wäre seine eigene Beteiligung an der ganzen Sache herausgekommen, was ihn seinen guten Ruf kosten könnte. Wobei das eventuell das geringere Übel wäre, denn er konnte sich doch nicht erpressbar machen! Oder doch? Er verfluchte den Tag, an dem er den smarten Liechtensteiner kennengelernt hatte, der ihn mit diesen sagenhaften Plänen eingeseift hatte! Die Renovierung eines alten Luxushotels, dazu ein passender Neubau, in einer der Toplagen der Schweiz! Ein Vorzeigeprojekt allererster Güte und eine perfekte Empfehlung seiner Firma für den Schweizer Markt! Blöd nur, dass er die Altlasten beim Auskernen des Hauses nicht alle ganz korrekt entsorgt hatte. Als ob das nicht jeder so machte! Aber bei Asbest hörte der Spaß auf, da kannten auch die Schweizer kein Pardon, und ungünstigerweise hatte das jemand beobachtet und dokumentiert. Jetzt hatte er ein Problem. Anzeige und Selbstanzeige oder weitermachen, als wäre nichts geschehen? Die vom Auftraggeber verlangten Verstöße gegen den Denkmalschutz waren das eine, aber das allein wäre noch nicht einmal das Schlimmste: Der sukzessive Austausch seiner Leute durch billige Kräfte aus Osteuropa erboste ihn derart, dass er mit dem Bauherrn massiv in Streit geraten war. Sein Objekt, seine Arbeiter. Das waren seine Bedingungen, aber leider sah das der Auftraggeber anders. Schätzle wusste mittlerweile aus sicherer Quelle, dass ein großer Teil der Männer keine korrekte Arbeitserlaubnis hatte. Da wurde also schwarz malocht, auf *seiner* Baustelle! Was sollte er tun? Der Gassner, dieser windige Liechtensteiner, hatte ihn in der Hand! Einen Vertrauten hatte er nicht, den er hätte fragen können. Nie gehabt. Schätzle grübelte übel gelaunt vor sich hin. Wieso eigentlich nicht? Er war doch kein schlechter

Kerl? Er schweifte wieder einmal ab, zu dem unseligen Klassentreffen vor zwei Monaten, das er sich besser hätte sparen sollen, aber er hatte ja unbedingt hingehen müssen! Hatte unbedingt beweisen müssen, dass er, die einstige Zielscheibe, das Mobbingopfer, wie man heute sagen würde, es zu etwas gebracht hatte! Dass er all die dumpfsinnigen Wälder hinter sich gelassen und Karriere gemacht hatte! Dass *er* die meiste Kohle gescheffelt hatte und dass *er* das teuerste Auto im Landkreis fuhr! Aber ihm war dieselbe Verachtung und Geringschätzung entgegengeschlagen wie damals, während Jochen Wenk, dieser Versager, es sich nicht hatte verkneifen können, die alten Scherze auf seine Kosten zum Besten zu geben – obwohl der dickliche, ungeschickte, unvorteilhaft gekleidete Junge mit der Topffrisur schon lange Geschichte war. Sogar Betty hatte über die tumben Witze gelacht, sich anschließend aber immerhin entschuldigt. Dass diese alten Geschichten immer noch so schmerzten? Wieso stand er da nicht mittlerweile drüber? Er wusste doch, von wem sie kamen. Vielleicht hatte seine Tochter doch recht, und er sollte mal einen Therapeuten konsultieren. Minderwertigkeitskomplex hatte sie das genannt, nun ja, so schlau war er auch.

Es klopfte, und er zuckte zusammen. »Ich will nicht gestört werden!«

Die Tür ging zaghaft auf: »Herr Schätzle, bitte entschuldigen Sie, aber ein Herr Gassner möchte Sie sprechen! Es tut mir wahnsinnig leid, aber er hat sich nicht abwimmeln lassen …«

Schätzle straffte sich. Gassner?! Wie konnte er es wagen! »Er soll hereinkommen. Bringen Sie bitte Kaffee, und dann möchte ich *wirklich* nicht mehr gestört werden!«

31

Finster brütend fuhr Briamonte die Dorfstraße entlang und hielt vor seinem Elternhaus. Wie brachte er es nur seiner Mutter bei? Dass ihn seine Personenschützer nicht mehr verfolgten, war ihm gar nicht aufgefallen. Als er die Hand hob, um den Klingelknopf zu drücken, wurde die Tür aufgerissen. »Da bist du ja endlich! Warum gehst du nicht an dein Telefon, verdammt?!«

»Was ist denn los?«

Seine Mutter schien ziemlich aufgeregt, der Hund winselte hinter der verschlossenen Dielentür. »Das erzähle ich dir später! Komm! Wir müssen los!« Sie zog hastig ihren Mantel an, schlüpfte in ihre Stiefel und schlug dann die Haustür hinter sich zu.

»Mama!«

Frau Briamonte stürmte mit Riesenschritten die Straße entlang, dass ihr Sohn kaum folgen konnte. »Mama, so warte doch! Was ist denn los?!«

Als sie in die Straße einbog, in der der Joos Hof lag, beschlich ihn eine ungute Vorahnung. »Mama! Ist was mit Oma Resi?! Jetzt renn doch nicht so!«

Tatsächlich marschierte seine Mutter schnurstracks auf das wohlbekannte Wohnhaus zu, stiefelte energisch die drei Stufen hoch und stand kurz darauf in Oma Resis Stube.

»Da isser!«

Briamonte schloss die Tür hinter sich und erfasste mit einem Blick, dass Oma Resi zwar am Leben, aber in keiner guten Verfassung war. »Was ist passiert?!«, fragte er alarmiert, ging vor der alten Bäuerin in die Hocke und nahm ihre Hände in seine. Sie waren eiskalt. »Oma Resi, jetzt sag doch, was ist los? Mama wollte es mir nicht sagen.« Er fing einen Blick zwischen den beiden Frauen auf und runzelte die Stirn.

»S'isch ebbis bassiert. Du muesch mer helfe! Ich will nit ins Gfängnis!« Briamonte blickte fragend zu seiner Mutter, die nun näher trat und beschwichtigend ihre Hand auf die Schulter der alten Frau legte. »Am besten ich gehe mit ihm nach hinten, einverstanden?«

Oma Resi nickte nur, und Frau Briamonte bedeutete ihrem nun endgültig irritierten Sohn mitzukommen. Sie verließ das Haus, überquerte den Hof, er immer hinterher.

»Mama, würdest du mir *bitte* sagen, was hier los ist?! Ich habe einen furchtbaren Tag hinter mir und keine Nerven mehr für irgendwelche Spielchen! Außerdem muss ich dir noch etwas Wichtiges sagen. *Mama?!* Hörst du mir überhaupt zu?!«

Seine Mutter durchquerte eilig den winterlich verschneiten Garten und ging den kleinen Pfad zwischen den Beeten hindurch zu den Hasenställen. Mittlerweile war es stockdunkel. Briamonte stolperte hinterher.

»Bitte, Mama, sag mir jetzt nicht, dass wir wieder Hasen einfangen müssen!«

Frau Briamonte knipste schließlich die mitgebrachte Taschenlampe an, machte ihm ein Zeichen, den Mund zu halten, und umrundete die Ställe. Sie stoppte so abrupt, dass Briamonte beinahe in sie hineinlief.

»Hier!«

Briamonte zuckte erschrocken zusammen, als er erkannte, was das war.

»Großer Gott!«

Seine Mutter sah ihn ernst an, und er wiederholte nur »Großer Gott!«.

Im Lichtkegel der Taschenlampe lag ein Mann im Schnee, auf der Seite, aus dessen Hals eine Mistgabel ragte. Sein linker Fuß steckte in einer Fuchsfalle. Neben ihm lagen ein Gewehr mit Schalldämpfer und ein Paar Langlaufski samt Stöcken. Sein im Todeskampf verzerrtes Gesicht war zu einer Fratze erstarrt. Totenstarr oder gefroren, der Mann war zweifellos tot. Und der Mann war ohne Zweifel Dimitar Hristov, auch wenn Briamonte ihn nie anders als im Maßanzug gesehen hatte. Er war wie vor den Kopf gestoßen und drehte sich fragend zu seiner Mutter um, die ihn besorgt ansah. »Du kennst also den Mann?«

»Ja. Das ist Dimitar Hristov.«

»Der, der dich umbringen will?«

»*Mama!* Um Himmels willen! Was weißt du über diese Geschichte?!«

»Alles«, erwiderte sie nun merkbar erschüttert. »Oma Resi hat mir alles erzählt ... nachdem sie ihn umgebracht hat ... Johann, warum hast du mir nichts davon erzählt? Das ist ja furchtbar!«

Briamonte sah, dass sie weinte, und legte seinen Arm um sie. Tröstende Worte fand er keine. »Hat *sie* das getan?!« Er blickte immer noch schockiert auf die grauenhaft aussehende Leiche.

»Ob sie ihm die Mistgabel in den Hals gerammt hat? Ja, hat sie. Und das in ihrem Alter! Aber jetzt ist sie ein bisschen in Sorge.«

»Scheiße, das ist ...«, Briamonte hob hilflos die Arme, »mindestens Totschlag! Wir müssen die Polizei rufen!«

»Das habe ich doch gemacht.«

»Mama, werd jetzt bloß nicht spitzfindig! Das ist kein Spiel! Der Mann ist tot!«

»Das sehe ich selbst«, konterte seine Mutter wütend und wischte sich die Tränen weg. »Aber ich denke: besser er als du! Ich finde, du solltest Oma Resi dankbar sein und ihr helfen, dass sie nicht ins Gefängnis kommt.«

»Aber ich kann doch nicht ...« Briamonte war so überfordert, dass er sich die Haare raufte »Wie hast du dir das vorgestellt? Ich bin die Polizei!«

»Das weiß ich, Herrgott! Aber wir werden das regeln,

du musst dich nicht so aufregen! Resi und ich werden das regeln.« Frau Briamonte schien sich wieder etwas gefangen zu haben.

»Was soll das heißen: ›Ihr werdet das regeln‹?«

»Wir werden ihn entsorgen, und du wirst in Sicherheit sein.«

»Mama, ihr seid doch verrückt! Wie wollt ihr denn eine Leiche entsorgen?!«

»Mach dir keine Gedanken, wir haben das schon besprochen. Du musst jetzt lediglich vergessen, was du hier gesehen hast, und mir schwören, dass du Oma Resi nicht anzeigst. Versprochen?!«

Briamonte wollte etwas erwidern, aber seine Mutter schnitt ihm das Wort ab. »Schluss jetzt! Je weniger du weißt, desto besser. Ich schlage vor, du gehst jetzt deinen Hund holen und wartest zu Hause auf meinen Anruf, bei dem ich dir mitteilen werde, dass Tante Uschi wohlbehalten auf Kreta gelandet ist. Oma Resi werde ich in deinem Namen viele Grüße ausrichten und ihr mitteilen, dass alle Hasen sicher im Stall sind, einverstanden? Trink einen Whisky, das wird dir guttun!«

»Mama!«

32

Eine Stunde später hatte sich Briamonte immer noch nicht beruhigt. Wie ferngesteuert verrichtete er die Stallarbeit, trug zwei Körbe Holz ins Haus, räumte die Küche auf und warf geistesabwesend ein paar Spielmäuse für die beiden Kater. Gismo wich ihm nicht von der Seite, als spürte er, dass sein Herrchen in Not war. Die Verabredung mit Kristina hatte er vorsichtshalber um eine Stunde nach hinten verlegt. Verdammt, verdammt, verdammt! Gerade noch hatte er sich gewünscht, dass der Bulgare tot wäre. Und jetzt?! Jetzt hatte sich sein Wunsch auf wundersame Weise erfüllt, aber dafür hatte er einen schier unlösbaren Gewissenskonflikt am Hals! Er konnte doch nicht Mitwisser dieses … Totschlags sein und weitermachen, als wäre nichts geschehen! Großer Gott! Er mochte sich das Szenario gar nicht vorstellen! Hristov in der Fuchsfalle gefangen, um Hilfe rufend … Andererseits konnte er doch unmöglich Oma Resi oder seine Mutter wegen Mitwisserschaft ans Messer liefern. Was gäbe er darum, mit seinem Kollegen Schopferer zu sprechen! Dessen Pragmatismus bräuchte er jetzt dringend, doch das war natürlich unmöglich. Er durfte ihn da auf keinen Fall mitreinziehen. Briamonte fluchte. So ein gottverdammter Schlamassel! Der Mord und das Verschwindenlassen von Hristovs Leiche war das eine, das andere war die Tatsache, dass Hristovs Tod gar nicht bekannt werden durfte! Niemand, absolut niemand durfte erfahren, dass der Clan-Boss ums Leben gekommen war, schon gar nicht unter welchen Umständen, denn dann hätte er garantiert einen von dessen gierigen kleinen Bluthunden am Hals, die es immer schon auf Hristovs Thron abgesehen hatten. Leider war die Realität nicht so unterhaltsam makaber wie in *Achtsam Morden* von Karsten Dusse, dessen Protagonist dem ermordeten Boss einen Daumen abtrennt und dem Clan weismacht, dass der Chef noch lebt. Briamonte hatte herzhaft gelacht und dem Autor in Gedanken auf die Schulter geklopft, aber das hier, das war bittere Realität. Er konnte Hristov nichts abschneiden, um zu beweisen, dass er noch am Leben war. Das Einzige, was er tun konnte war, zu vergessen, was er vorhin gesehen hatte. Oder? Aber wie begründete er dann den Verzicht auf die neue Identität *und* den Personenschutz? Vielleicht könnte er mit Georg reden, dem Lebensgefährten seiner Mutter? Der war ihm in den letzten anderthalb Jahren ein verlässlicher Ratgeber gewesen. Aber war der überhaupt eingeweiht in diesen Irrsinn? Wenn nicht, würde er möglicherweise etwas anrichten, das nicht mehr zu kitten war. Er wusste nicht, wie der pensionierte Orthopäde auf solche Enthüllungen reagieren würde, auch wenn er ein stabiles Nervenkostüm und einen guten Humor mitbrachte. Briamonte stöhnte.

33

Auf dem Wenk Hof herrschte derweil Weltuntergangsstimmung. Als die beiden Söhne am Nachmittag von der Schule heimkamen, waren sie mitten in die Hausdurchsuchung geplatzt. Sie hatten ihren tobenden Vater erlebt, als das Gewehr im Stall gefunden worden war, hatten Fingerabdruckabnahme und Schmauchspurentests über sich ergehen lassen müssen, nur um schließlich zu erfahren, dass ihre Mutter tot war. Erschossen. In Volker Schätzles Wagen. Das Gewehr und Lukas' Mofa waren beschlagnahmt worden. Jetzt war der Spuk vorbei, und sie saßen alle drei schweigend um den Küchentisch. Die Jungen mit verquollenen Augen, Jochen Wenk mit zornesrotem Kopf.

»Ich will jetzt ein für alle Mal wissen, wer das Gewehr aus Opas Zimmer genommen hat!«

Die Jungen wechselten einen Blick, der ihrem Vater nicht entging: »*Was!?* Raus mit der Sprache! Und wieso haben die dein Mofa mitgenommen?«

»Woher soll ich das wissen!«, greinte Lukas verheult, ohne seinem Vater in die Augen zu sehen.

»Ich sag euch ganz ehrlich, am liebsten würde ich euch ins Heim stecken! Ich hab die Schnauze voll!«

»Aber Papa ...«, jammerte Noah. »Bitte ... Ich sag dir, wer ...«

»Du hältst sofort dein dreckiges Maul, du kleiner Pisser, sonst ...«, fuhr ihm der große Bruder über den Mund, aber Noah ließ sich nicht mehr einschüchtern. Wütend sprang er auf und brüllte: »*Du* warst das! *Du* hast die Mama erschossen! Ich weiß das genau, denn du bist heute Nacht mit dem Gewehr auf dem Mofa weggefahren!«

Jochen Wenk langte blitzschnell über den Tisch und packte seinen älteren Sohn am Kragen: »Stimmt das?!«

Doch noch bevor er antworten konnte, schrie der jüngere vollkommen außer sich: »Ja, das stimmt! Lukas war das! Er hat mir das Gewehr weggenommen! Dabei hab ich es gefunden! Der Lukas hat die Mama umgebracht! Ich *hasse* ihn! Und ich hasse *dich*! *Ich hasse euch alle beide! Am liebsten wäre ich auch tot!*«

Er rannte Türe schlagend davon, und Jochen Wenk fixierte aus blutunterlaufenen Augen seinen ältesten Sohn, der sich vor Angst beinahe einnässte. »Ich schwör dir Papa ... ich war es nicht!«

»*Lüg mich nicht an!*«, brüllte nun auch Jochen Wenk.

»Ich lüg nicht ... Papa, ich schwöre, dass ich nur den Schätzle umbringen wollte. Du musst mir das glauben.« Seine Stimme kiekste. »Ich war das nicht! Ich war da, das stimmt, aber der Schneepflug kam angefahren und kein Schätzle! Ich schwöre bei Mamas Seele, ich war das nicht!« Der Junge wurde von Schluchzern geschüttelt und wischte sich mit dem Ärmel über das verrotzte Gesicht, als ihn sein Vater schließlich losließ.

»Geh auf dein Zimmer! Hausarrest bis auf Weiteres! Dein Handy und deinen Computer samt dem ganzen Dreck kannst du gleich hier auf den Küchentisch stellen!«

Der Junge wollte aufmucken, doch dann schluckte er den Protest runter und trollte sich.

Eine halbe Stunde später hockte Jochen Wenk am Küchentisch und suhlte sich in Selbstmitleid – inmitten von

Dutzenden Videospielen samt Konsole und Bildschirm, den Kopf in den Händen vergraben. So weit war er also gekommen. Der Vater tot, das Erbe weg, die Frau tot, der Job mäßig, die Söhne faul und aufmüpfig und jetzt auch noch unter Mordverdacht! Wenn er heute Morgen nur besser gesucht hätte, hätte er jetzt keine Sorgen mehr. Aber sein Vorhaben von heute Vormittag mit anderen Mitteln umzusetzen, dazu fehlte ihm jetzt doch der Mut. Selbst dafür taugte er nicht! Und wer war schuld an der ganzen Misere? Der Schätzle! Dieser Sauhund! Er hätte ihn damals einfach im Wald verrecken lassen sollen, dann wäre das alles nicht passiert! Jochen Wenk lachte bitter auf. Zumindest ein bisschen Dankbarkeit hatte er sich erhofft, aber der Scheißkerl dachte nicht mal daran! Dabei hätte das echt übel ausgehen können. Er hatte sich damals als Einziger erbarmt und war noch mal zurückgekommen, um diesen Loser von Schätzle loszubinden. Die anderen wussten bis heute nicht, dass er das gewesen war. Gott, was hat er geheult, der kleine Schisser. Und heute hatte er eine so große Klappe! Wenks Gesicht verzerrte sich vor Wut. Und ausgerechnet dieser Wicht hatte ihm dann doch noch die Frau ausgespannt! Ein schwacher Trost, dass er jetzt auch nichts mehr von ihr hatte. Ob er sie auch gewollt hätte, wenn er gewusst hätte, dass sie damals ebenfalls beteiligt gewesen war? Zwar hatte sie protestiert, als sie ihn mit Stöcken traktiert hatten, aber sie war es gewesen, die ihm die Hosen heruntergezogen hatte, bevor sie ihn, den winselnden Feigling, mit verbundenen Augen im Wald zurückgelassen hatten. Zwar war's kaum null Grad, aber er hatte abends im Bett dann doch Gewissensbisse bekommen und war noch mal zurückgekehrt. Und zum Dank dafür nahm er ihm zwanzig Jahre später alles weg, was ihm wichtig war? Lukas hatte den richtigen Plan gehabt – da konnte er eine gewisse Bewunderung nicht verhehlen, aber das Ganze war zu kurz gedacht. Dem aufgeblasenen Scheißkerl musste man es ganz anders zeigen! Dieser Gedanke ließ ihn in seinem hässlichen Gedankenkarussell innehalten. Vielleicht sollte er seinem Sohnemann zeigen, wie man das richtig machte? Jochen Wenk hob den Kopf und blickte sich um. Immerhin würden sie dann nicht so schnell ihr Zuhause verlieren, wenn dieser großkotzige *Mössjöö* das Zeitliche segnete. Er grinste böse, erhob sich schwerfällig und nahm die Flasche Kirsch aus dem Buffet.

34

Als Briamonte sein Handy in die Hand nahm, um doch noch den Kollegen Schopferer anzurufen, hielt er mitten in der Bewegung inne. Was zur Hölle machte er da? Der blindwütige Aktionismus der letzten Stunde war mit einem Schlag verpufft, und die kreisende Roulette-Kugel in seinem Kopf fiel endlich ins richtige Fach. Er war Polizist, verdammt! Was, um Himmels willen, hatte ihn geritten? Es gab nur einen Weg, nur *eine* Lösung dieses Problems: Er musste seine Chefin informieren, und zwar jetzt gleich. Doch vorher musste er dringend bei seiner Mutter vorbei, bevor sie und Oma Resi ihren hirnrissigen Plan in die Tat umsetzen konnten und irgendeine irreversible Dummheit anstellten.

Er schickte Kristina eine Nachricht – *Bitte lass uns morgen treffen, es ist etwas passiert. Mach dir keine Sorgen, alles ist gut* – und saß eine Stunde später im Büro von Frau Erler, die er von einer Essenseinladung weggeholt hatte. Sein Hund lag brav zu seinen Füßen.

Petra Erler war kommissarische Leiterin des Kriminalkommissariats geworden, nachdem ihr Vorgänger, Hans-Peter Lautenspiel, im vergangenen Herbst einen unrühmlichen Abgang hingelegt hatte. Sie war nicht unumstritten, besonders bei den weiblichen Kolleginnen, agierte kühl und reserviert und ließ keinen Zweifel daran, dass Waldshut-Tiengen nur ein unliebsames, unbedeutendes Zwischenspiel auf ihrem Weg zur Polizeipräsidentin war. Ihr norddeutscher Dialekt und das damit einhergehende hohe Sprechtempo schafften zusätzlich Distanz zu den Einheimischen, die es als echte Schwarzwälder gerne etwas gemütlicher angingen.

»Briamonte, ich hoffe *sehr,* dass es wichtig ist!«

»Dimitar Hristov liegt mit einer Mistgabel im Hals bei meiner Nachbarin im Garten …« Wichtig genug?, dachte er gereizt.

»Was sagen Sie da?« Seine Chefin war so überrascht, dass sie einen Augenblick lang ihre kühle Distanz vergaß, mit der sie als Interims-Leiterin des Kriminalkommissariats auftrat.

»Hristov ist tot. Erstochen. Mit einer Mistgabel. In Menzenschwand, nicht weit von meinem Haus.«

»Woher haben Sie diese Information?«

»Ich hab ihn gesehen.«

»Und es ist ohne Zweifel Hristov?«

»Ja.«

»Haben Sie etwas damit zu tun?«

»Nein.«

»Wissen Sie, wer es war?« Sie nahm ihn regelrecht ins Visier.

Er seufzte. »Ja, aber ich werde nicht sagen wer. Jetzt nicht und in Zukunft nicht.«

Sie hob die Augenbrauen, als wartete sie, ob da noch mehr käme.

»Das ist mein voller Ernst«, unterstrich Briamonte seine Ansage deshalb ruhig, aber eindringlich: »Bei allem Respekt … wenn Sie auf einem Namen bestehen, händige ich

Ihnen meinen Dienstausweis und meine Waffe aus und quittiere mit sofortiger Wirkung meinen Dienst.«

Frau Erler überging seine Worte ohne erkennbare Emotionen. »Sie haben nicht die Kollegen informiert? Warum?«

Briamonte holte tief Luft und wählte seine Worte sorgfältig. »Nein, das habe ich nicht. Das ist auch der Grund, warum ich Sie an Ihrem Feierabend stören musste. Was mir übrigens sehr leidtut! Hören Sie … Es ist vorerst *ungeheuer* wichtig, dass nicht publik wird, *dass* und vor allem *wie* und *wo* dieser Mann zu Tode gekommen ist. Bitte glauben Sie mir, dass ich als ehemaliger Leiter der Abteilung für deliktübergreifende organisierte Kriminalität bestens mit den Gepflogenheiten dieser Clans vertraut bin …«

»Ich kenne Ihre Akte.«

Briamonte verlor kurz den Faden. »Ähm … Ja … also ich will Ihnen in keiner Weise vorschreiben, wie Sie diese Angelegenheit behandeln sollen, und es liegt mir fern, etwas Illegales zu tun, aber ich würde in Kenntnis der Umstände *dringend* dazu raten, das Ganze zunächst geheim zu halten. Möglicherweise ist es nach einer Weile ratsam, dass Dimitar Hristov eines natürlichen Todes stirbt oder möglicherweise bei einem Autounfall ums Leben kommt … Sie verstehen, was ich meine?«

Petra Erler blickte ihn stirnrunzelnd an. »Ihnen ist klar, was Sie da vorschlagen? Das ist äußerst …«

Briamonte sah sich genötigt, noch etwas nachzulegen: »Frau Erler«, fuhr er beschwörend fort, »ich nehme jegliche Verantwortung auf mich! Wie auch immer diese Sache ausgehen sollte, aber bitte … bitte lassen Sie die Leiche dieses Mannes ohne Aufsehen bergen und notfalls für eine Weile in den Kühlfächern der Gerichtsmedizin verschwinden. Es ist gut möglich, dass Sie dadurch das Leben der beiden Zeugen retten. Kontaktieren Sie Frankfurt, Kriminalhauptkommissar Karl Neumann wird Ihnen mehr dazu sagen können …«

»Gut.« Sie rückte ihre Brille zurecht und griff nach dem Telefon. »Warten Sie bitte draußen.«

Kurz nach Mitternacht war Briamonte auf dem Weg zurück nach Menzenschwand. Es hatte wieder zu schneien begonnen, und die großen Flocken wirbelten im Scheinwerferlicht. Die Scheibenwischer kamen kaum nach. In der Hinterdorfstraße angekommen, widerstand er der Versuchung, zum Joos Hof zu fahren und nachzusehen, ob die Leiche noch da war. Stattdessen fuhr er direkt zu seinem Elternhaus. Seine Mutter hatte auf ihn gewartet, wie versprochen. Keine Infos am Telefon.

»Wie lief's?«, fragte seine Mutter verstohlen, als Georg drei Whiskys einschenkte.

Briamonte sah seiner Mutter eindringlich in die Augen. »Sieht so aus, als wäre Tante Uschi auf Kreta gelandet. Mit Turbulenzen zwar, aber gelandet.«

Frau Briamonte versuchte ein schiefes Lächeln, und Georg hob fragend die Augenbrauen.

»Ein kleiner interner …«, winkte sie ab. Ihr Lebensgefährte war offenbar nicht eingeweiht worden. Besser so.

Nach einer halben Stunde seichten Geplauders übers Skifahren fuhr Briamonte die paar Häuser weiter nach Hause. Er stellte den alten Defender neben seinen Traktor in die Scheune, schloss das Tor und legte den Holzriegel vor. Anschließend lief er mit dem Hund noch eine Runde in Richtung Krunkelbach. Es schneite ununterbrochen, friedlich, still und schön. Er atmete tief die klare Luft ein und ahnte nicht, dass es noch ganz schlimm kommen sollte.

35

Nachdem Briamonte Kristina am Samstagmorgen eine kurze Nachricht geschickt hatte – *Frühstück um zehn bei mir?* –, führte ihn sein erster Gang zu Oma Resi, die er im Stall fand. »Darf ich dich umarmen?«, fragte er zaghaft, und als sie nicht antwortete, nahm er ihr kurzerhand die Mistharke aus der Hand, stellte sie an die Wand und nahm sie in den Arm. Wie ein Vögelchen fühlte sie sich an.

»Danke! Für alles! Für alles, alles!«, war das Einzige, was ihm einfiel. Das aber aus tiefstem Herzen.

»Scho guet, kannsch mi widder loslo! Gern gschehe … Ins Gfängnis muess i also nit?«

»Natürlich nicht!«, versicherte er im Brustton der Überzeugung. Wegen Totschlags? Iwo! Doch er durfte nicht kleinlich sein. Sie hatte ihn gerettet und verdiente seine Dankbarkeit.

Er drückte ihr die Harke wieder in die Hand, schenkte ihr ein zuversichtliches Lächeln und eilte davon, ohne in Richtung der Hasenställe zu schauen.

Auf dem Weg nach Hause hatte er seine Gefühle wieder unter Kontrolle. Eins hatte Chefin Erler gestern noch angeordnet: *Business as usual* und kein Wort zu niemandem, bevor nicht klar war, wie man vorgehen würde! Aber zuerst solle er das Wochenende genießen und etwas ausspannen. Wieder zu Hause, räumte er auf, legte ein paar tiefgefrorene Croissants in den Backofen und kochte Kaffee.

Endlich sah er sie wieder! Sein Herz machte einen Hüpfer, doch irgendetwas stimmte nicht. Sie hatten sich zur Begrüßung in den Arm genommen, aber nicht geküsst, was Briamonte zutiefst beunruhigte. Er machte Milch für den Espresso warm, während sie wartete, als wäre sie ein Gast, dann setzten sie sich an den alten Tisch in der Stube.

Große Scheite loderten hinter der gläsernen Kachelofentür, während es draußen ununterbrochen schneite. Briamonte fasste vorsichtig nach Kristinas Hand. Er spürte ihre Zurückhaltung, aber sie zog sie nicht zurück. Dann erzählte er ihr alles, was sich in der Zwischenzeit ereignet hatte, inklusive Hristovs grausamem Ende bei den Hasenställen. Sie hörte zu, angespannt, und er dachte die ganze Zeit: *O Gott, bitte mach, dass sie das jetzt nicht beendet!*

»Und der Mann ist ganz sicher tot?«

»Ja.«

»Und die anderen? Seine … Handlanger?«

»Kriminaldirektorin Erler und meine ehemaligen Kollegen in Frankfurt regeln das. Ich bin da raus.«

»Ganz sicher? Wir müssen nicht weg?«

»Nein. Ganz sicher nicht.« Er vibrierte innerlich vor Anspannung, aber er hatte bemerkt, dass sie *wir* gesagt hatte und nicht *du*.

Dann schwieg sie lange. Nur das Ticken der Schwarzwälder Wanduhr, das Bullern des Ofens und Gismos Schlafgeräusche waren zu hören.

»Kristina, bitte sprich mit mir! Ich weiß, dass ich alles falsch gemacht habe, was man nur falsch machen kann! Glaub mir! Und bitte glaub mir auch, dass mir das unendlich leidtut! Erst die Sache mit Anne und jetzt das noch …« Er konnte es gar nicht aussprechen.

Jetzt zog sie ihre Hand weg.

»*Das noch* … Siehst du? Du kannst es noch nicht einmal aussprechen! Herrgott, Johann, die wollten dich umbringen, und du hast es nicht einmal für nötig befunden, mich darüber zu informieren! Als ob mich das nichts anginge!« Jetzt kamen ihr die Tränen, die sie wütend wegwischte. »So funktioniert das nicht!«

»Das weiß ich doch auch! Theoretisch …« Briamonte rang um die passenden Worte. »Ich kann's dir nicht beschreiben … Als die Nachricht kam, es war für mich der Weltuntergang! Es hat sich angefühlt, als würde ich aus dem kleinen Paradies, das ich hier gefunden habe – mit *dir* gefunden habe – vertrieben. Als wäre mit einem Schlag alles zerstört, was mir lieb geworden war. Ich habe mir ausgemalt, wie ich alles verlassen müsste … das Haus, das Dorf, die Ziegen und am allerschlimmsten … *dich*. Ich habe befürchtet, dass du das nicht mitmachen würdest, dass das das Ende wäre. Ich hab mich dann einfach totgestellt, hab so getan, als würde ich das Problem mit Verdrängen aus der Welt schaffen können.« Er war sichtbar verzweifelt. So ehrlich reumütig, todtraurig und hilflos, dass es Kristina einen Stich versetzte. Sie ließ ihren Blick über sein Gesicht wandern, die dunklen, grau werdenden Haare, die unrasierten Wangen und den harten Zug um den Mund. Ihre Blicke trafen sich, und er umfasste zaghaft ihre Hände, die sich an der Kaffeetasse wärmten.

»Bitte verzeih mir! Du bist das Wichtigste und Wertvollste in meinem Leben, und ich mag nie mehr ohne dich sein! Ich werde versuchen, ein besserer Teamplayer zu werden! Ich werde hart daran arbeiten, das schwöre ich dir! Ich bin ein Guter, Kristina, auch wenn ich dir mit meiner Eigenmächtigkeit und meiner Dummheit sehr wehgetan habe. Lass es mich beweisen, dass ich dir ein würdiger Partner sein kann. *Bitte!* Ich schwöre dir bei allem, was mir heilig ist, dass ich das schaffe! Lass mich dein würdiger Ehemann und Vater unserer Kinder sein …«

Kristina, die seiner flehenden Rede schweigend gelauscht hatte, sah ihn lange an und lächelte dann.

36

Volker Schätzle genoss das Wochenende. Nach den furchtbaren Ereignissen am Freitag und dem unangekündigten Besuch Roger Gassners samt Anwalt hatte der Tag doch noch eine gute Wendung genommen. Irgendein Vögelchen hatte dem Schweizer Zoll etwas über unkorrekte Arbeitsbedingungen bei den Projekten einer gewissen RoGa AG gezwitschert. Nun waren alle Illegalen über Nacht verschwunden, und der Zeitplan drohte ins Schlingern zu geraten. Glück für Volker Schätzle, der sich insgeheim die Hände rieb. Da hatte offenbar nicht nur er ein Hühnchen mit dem gewandten Geschäftsmann zu rupfen. Er hatte in aller Seelenruhe seine Anwältin herbestellt, und am späten Nachmittag war, nach zähem Ringen, ein übersichtlicher, wasserdichter Vertrag über den Fortgang der Bauarbeiten erarbeitet, aufgesetzt und unterzeichnet worden. Nachdem alle gegangen waren, hatte Schätzle erleichtert Fenster und Türen aufgerissen und nach seiner Sekretärin gerufen. »Frau Vogelbacher, packen Sie meinen Koffer für ein Ski-Wochenende und buchen Sie mir eine Suite im Parkhotel Du Sauvage in Meiringen. Dann rufen Sie bitte den Gärtner an, er soll meine Skiausrüstung in den Volvo laden …«

Während Volker Schätzle zwei Tage lang die Pisten auf dem Hasliberg unsicher machte, den Nachmittag in der Sauna verbrachte und abends seine Tochter samt Freundin ausführte, stand Jochen Wenk kurz vor dem Zusammenbruch. Schon seit seine Frau den Hof verlassen hatte, lief nichts mehr rund, und jetzt, nach ihrem Tod, war er mit seinen Söhnen und dem brachliegenden Haushalt endgültig auf sich allein gestellt. Die Hilfe seiner beiden Schwägerinnen hatte er großspurig abgelehnt, eine Einmischung der beiden Superfrauchen hätte ihm gerade noch gefehlt! Doch jetzt war alles zu viel für sein strapaziertes Nervenkostüm. Schon die Essensbeschaffung gestaltete sich schwierig, denn den Haushalt hatte zu einhundert Prozent seine Frau besorgt. Also bestand das Frühstück aus Kuchen, gespendet von kondolierenden Nachbarn, die übrigen Mahlzeiten aus Ofenpommes mit Ketchup, Fertigpizza und den Nudel-Aufläufen, die die Schwestern seiner Frau vorbeigebracht hatten. Die beiden Jungen wussten nichts mit sich anzufangen und waren in ihrer Trauer sich selbst überlassen. Lukas, seiner Lieblingsbeschäftigung dem Gaming beraubt, zappte sich von früh bis spät durch das Fernsehprogramm, und Noah schloss sich aus Angst vor ihm in seinem Zimmer ein. Nur wenn der Vater zum Essen rief, wagte er sich hinunter. Es war ein Albtraum. Der neue Pfarrer aus Sri Lanka machte einen Kondolenzbesuch, der mangels ausreichender Sprachkenntnisse seitens des Trostspendenden und mangels ausreichender Höflichkeit seitens der Familie zu einer quälenden Veranstaltung wurde. Beim Sonntagnachmittagskaffee hielt es Jochen Wenk dann nicht mehr aus. Nachdem er die erbitterte Streiterei seiner Söhne um das letzte Stück Kuchen mit zwei Ohrfeigen beendet hatte, knallte er seine Tasse auf den Tisch, warf die Kuchengabel auf den Teller und verließ anschließend kommentarlos das Haus. »Papa? Wo gehst du hin?!« Die Jungen hörten das Auto, dann war es still. Nach einer verblüfften Schreckminute erhob sich Noah eilig vom Tisch, rannte hoch in sein Zimmer und verriegelte die Tür. Der Dreizehnjährige war so verzweifelt, dass er daran dachte, sich draußen in den Schnee zu legen, bis er erfroren war. Allein die Angst vor seinem Bruder hielt ihn in seinem Zimmer. Zehn Minuten später hörte er wieder die Haustür und merkte, dass das automatische Licht im Hof anging. Er stand auf, lugte durch die

Vorhänge und sah eben noch seinen Bruder um die Ecke verschwinden. Nanu? Waren die jetzt zur sonntagabendlichen Probe des Musikvereins gegangen? Ohne ihn? Hatten die sich abgesprochen, als er sich in seinem Zimmer verbarrikadiert hatte? Das Licht ging wieder aus, und ihm wurde klar, dass er jetzt alleine im Haus war. Vor Angst schlotternd prüfte er noch einmal das Türschloss, dann kroch er in die hinterste Ecke seines Betts, zog sich die Decke über den Kopf und wählte die Nummer seines Vaters. Nur die Mailbox. Dann suchte er die Nummer seiner Tante heraus und rief sie an. »Tante Ramona, kannst du mich abholen?«

37

Während Noah Wenk unter seiner Bettdecke auf seine Tante wartete, war Volker Schätzle von seinem Skiwochenende zurückgekehrt. Alle Knochen taten ihm weh, und er war müde von der Rückfahrt, aber der Kurztrip hatte ihm gutgetan. Jetzt lag er in der heißen Badewanne, nippte an einem Gin Tonic und lauschte mit geschlossenen Augen Stan Getz' Saxofon, das aus dem Wohnzimmer heraufklang. Morgen noch ein paar letzte Dinge in die Wege leiten, dann war er bald am Ziel. Er war zufrieden. Eine Viertelstunde später tappte er mit einem Bademantel bekleidet hinunter und entfachte ein Feuer im offenen Kamin, bevor er sich in der Küche ein großes Steak briet und eine Flasche Bordeaux entkorkte. In dem Moment, als er den Tisch deckte, knallte plötzlich etwas Schweres an die bodentiefen Scheiben, und er ging erschrocken in Deckung. Noch ein Schlag, heftiger als der erste, sodass er schon befürchtete, dass das Spezialglas nicht standhalten würde. Auf allen vieren, zitternd vor Schreck, linste Schätzle unter dem Esstisch hervor und sah eine dunkle Gestalt, die zu einem erneuten Schlag ausholte. Wumms!! Das war ein Spaten! Großer Gott, wer war das? So schnell er konnte, robbte er rückwärts in Richtung Tür und machte das Licht aus. Im Schutz der Dunkelheit eilte er ins Büro und holte seine Pistole aus der verschlossenen Schreibtischschublade. Dann schlich er sich zur Hintertür hinaus und umrundete, immer noch barfuß und im Bademantel, das Haus.

»Spaten weg, oder ich schieße!«

Die Gestalt fuhr herum.

»Ich sagte, Spaten weg!!«

Schätzle gab einen Warnschuss ab, und das Gartenwerkzeug flog in den Schnee.

»Kapuze runter!«, befahl Schätzle scharf.

»*Du?!!* Was machst du denn hier?! Was soll der Mist?«

Lukas Wenk ließ die Arme sinken und brach tatsächlich in Tränen aus.

»Ach du meine Güte.« Schätzle ließ die Waffe sinken und betrachtete den heulenden Teenager, der ihn so sehr an sich selbst in diesem Alter erinnerte, dass er plötzlich Mitleid mit ihm bekam. Nach einem kurzen Moment der Unentschlossenheit lachte er unvermittelt auf und gab ihm mit dem Kopf ein Zeichen. »Komm rein! Ich hab eiskalte Füße!«

38

Nach einem wunderbar versöhnlichen, faulen und erholsamen Sonntag, mit Schlittenfahren und Pläneschmieden vor dem Kachelofen, startete Briamonte glücklich und entspannt in die Woche. Kristina hatte früh rausmüssen. Er hatte ihr Frühstück und eine Thermoskanne mit heißem Kaffee gemacht, dafür brachte sie Gismo zu seiner Mutter.

Es hatte das ganze Wochenende geschneit, und Briamonte schippte eine Viertelstunde lang Schnee, bis er seinen Wagen aus der Scheune holen konnte.

Unterwegs rief er Michael Maurer von der Spurensicherung an, der Neuigkeiten zu berichten wusste. Aus der B-Säule der Fahrerseite des Unfallwagens war ein Projektil, Kaliber 6,5 entfernt worden, vermutlich aus einer Büchse für Hochwild abgefeuert. Es stammte leider nicht aus der Waffe, die im Stall des Wenk Hofs gefunden worden war. Aus der wurde zwar erst kürzlich geschossen, aber nicht auf Bettina Wenk. Volker Schätzles Gewehre kamen als Tatwaffe ebenfalls nicht infrage. Und: Die Reifenspuren am Tatort stimmten nicht mit dem Reifenprofil des beschlagnahmten Mofas überein, also hatten sie nichts.

»Und die Spuren am Tatort, was ist damit?«, fragte Briamonte.

»Nein, leider«, erwiderte Maurer, »auch da Fehlanzeige. Sie führten aus dem Wald heraus und haben sich auf der nächsten großen Straße verloren. Die war schon geräumt. Unmöglich, sie weiterzuverfolgen. Auch mit Hunden nicht, falls sie das fragen wollten.«

»Schade. Gibt es etwas zu den Drohbriefen?«

»Jein. Kcine Fingerabdrücke, außer Ihre und die von Volker Schätzle. Die Buchstaben sind aus einer Fernsehzeitschrift, die es an jedem Kiosk gibt, aber es hat drei Rechtschreibfehler. Der Absender scheint kein Intellektueller zu sein, es sei denn, das ist Absicht und gehört zum Plan.«

Was den Wagen des Opfers, den kleinen Suzuki Jeep, anging, gab es keine eindeutigen Hinweise darauf, dass er manipuliert worden wäre. Die Batterie war leer. Das Licht war eingeschaltet, doch es gab keinen Grund anzunehmen, dass nicht Bettina Wenk selbst das vergessen hatte. »Aber könnte es auch jemand anderes gewesen sein?«, fragte Briamonte.

»Sicher, aber dafür gibt es keine Belege … Wenn, dann hat der Täter Handschuhe getragen.«

»Irgendwelche Faserspuren auf dem Sitz? Oder Hautschuppen vielleicht?«

»Da sind wir noch bei der Auswertung. Ist denn sicher, dass nur sie das Auto gefahren hat? Denn die Batterie ist erst im Herbst ausgetauscht worden. Der Mechaniker …«

»Ich kläre das! Danke, Maurer!«

Der nächste Anruf galt dem Rechtsmedizinischen Institut in Freiburg. Er ließ sich mit Professor Dr. Boelke verbinden.

»Herr Kommissar, guten Morgen! Ganz schön was los bei euch da oben!«

»Zu viel für meinen Geschmack«, erwiderte Briamonte. »Und?«

»Üble Sache. Das Opfer starb an massivem Blutverlust aufgrund einer zerfetzten Halsarterie. Wahrscheinliche Ursache ist ein Schuss …«

»Und sonst irgendwelche Auffälligkeiten?«

»Nein, nichts. Eine gesunde Mittvierzigerin, die auf sich geachtet hat. Schade.«

Kurz nach neun war Briamonte im Büro und klingelte nach Miriam Strittmatter.

»Frau Strittmatter, Sie müssen entschuldigen, aber ich war letzte Woche mit dem Kopf woanders. Würden Sie so nett sein und mir noch einmal berichten, was Sie herausgefunden haben? Ich meine das, was Sie *nach* der abgeblasenen Recherche recherchiert haben …«

Die junge Kollegin ließ sich von seinem aufmerksamen Blick nicht einschüchtern. »Ja, tut mir leid Chef … wird nicht wieder vorkommen, Chef, aber ich dachte, es könnte noch nützlich sein … Und ja, ich soll nicht mehr ›Chef‹ zu

Ihnen sagen, ich weiß, auch das tut mir leid, aber Sie sollten sich anhören, was da so alles im Busch ist.« Sie redete mit einer Selbstsicherheit, Bestimmtheit und Geschwindigkeit, dass Briamonte nur staunen konnte. Genau das, was es brauchte, um es weit zu bringen. Aber das hatte er schon einmal gedacht.

»Dann schießen Sie mal los.«

»Also.« Sie rückte auf die vorderste Stuhlkante. »Das ist echt interessant. Bettina Wenk, ihr Ehemann Jochen und Volker Schätzle sind vor über zwanzig Jahren in dieselbe Klasse gegangen. Und so, wie ich das verstanden habe, hatte der Schätzle damals nichts zu lachen. Die haben ihn nämlich schikaniert. Sagt Schätzles Vater. Der alte Herr ist noch ziemlich auf Zack, aber über die Geschäfte seines Sohnes weiß er nicht viel. Schätzle junior besucht ihn wohl jede Woche, aber dann geht's meist um belanglose Themen, wie das künftige Studium der Tochter, den Kegelclub, in dem Schätzle Senior Mitglied ist, oder die Jagd.«

»Wusste der alte Herr noch, wer seinen Sohn schikaniert hat?«

»Na, alle aus der Klasse wohl. Allen voran Jochen Wenk. Der war damals offenbar der Wortführer.«

»Jochen Wenk? Ernsthaft?«

»Ja, wieso? Glauben Sie mir nicht?«

»Doch, doch … Ist nur schwer vorstellbar, wenn man den Mann kennengelernt hat. Fahren Sie fort.«

»Ja, also … Der Schätzle hat Karriere gemacht, wie wir ja wissen, und vor zwei Monaten hat es ein Klassentreffen gegeben.«

»Ach ja?«

»Ja, im Gasthof Hecht in Waldshut. Und dort scheint es zwischendurch hoch hergegangen sein, meint der Wirt.«

»Was heißt das? Gab es Streit?«

»Na ja, nicht wirklich, aber es war wohl so, dass die anwesenden Damen und Herren offenbar die alten Witzchen gerissen haben und dass es Volker Schätzle augenscheinlich nicht ganz so lustig fand. Wie gesagt, das meint der Wirt …«

Briamonte nickte bedächtig. »Sie denken, dass sich daraus ein Motiv ableiten ließe?«

»Warum nicht? Solche Hänseleien in der Schule können einem ganz schön zusetzen. Das können Sie mir glauben.«

»Hm. Gute Arbeit, Strittmatter. Wir sollten also …«

»… die alte Pfarrhaushälterin Liliane Ketterer besuchen, denn die weiß hundertprozentig noch etwas. Auch über die Umstände, unter denen die Familie Schätzle seinerzeit den Hof verlassen musste«, fiel sie ihm ins Wort und wollte sich schon erheben, als Briamonte die Hand hob: »Halt, langsam, brrr! Zu Ketterer fahre ich. Sie organisieren sich Fotos von Schätzle und den Wenks und fragen noch einmal bei dem Wirt nach, wer sich an dem Abend besonders hervorgetan und ob sich Bettina Wenk an den Witzeleien beteiligt hat. Fragen Sie, wer das Treffen organisiert hat, und besorgen Sie eine alte Klassenliste. Wir brauchen Namen!«

Sie schien enttäuscht. »Mach ich, Chef! Aber wann darf ich Sie einmal zu einer Befragung begleiten? Ich würde *so* viel lernen!«

Briamonte hob die Augenbrauen, und sie ergänzte: »Ich würde ganz still sein. Versprochen!«

»Bald. Aber nicht heute.«

Jetzt war er auf dem Weg zu Liliane Ketterer, der pensionierten Pfarrhaushälterin. Die alte Dame wohnte bei ihrem Neffen, dessen Frau und den drei Kindern in Ibach, einem Ort im Dreieck zwischen St. Blasien, Dachsberg und Todtmoos. Das weite Hochtal war zu allen Jahreszeiten ein traumhaftes Fleckchen Erde, und jetzt, mit so viel Neuschnee, ein Paradies für Langläufer. Die Lage des Hofs war überragend, im Wortsinn: An der höchsten Stelle gab er den Blick auf die Alpen frei.

Briamonte stieg aus dem Wagen und staunte. Ein glitzerndes und gleißendes Winterparadies unter strahlender Sonne, dazu eine fantastische Sicht auf die Alpenkette. So nah und klar wie nie. Von den verstreuten Höfen stiegen senkrechte Rauchsäulen in den tiefblauen Himmel, aber der magische Augenblick dauerte nicht lange. Schon beim Zuschlagen der Autotür hörte er den Hofhund und war froh, dass er Gismo nicht dabeihatte. Es war ein Rottweiler, der wie besessen um die Ecke geschossen kam und ihn so wild verbellte, dass er einen Moment lang versucht war, ins Auto zu flüchten. Briamonte verstand nichts von Hunden. Seinen hatte er vor eineinhalb Jahren aus dem Tierheim geholt und wahrscheinlich nur bekommen, weil er Polizist und Gismo ein Ladenhüter war. Doch dann versuchte er es mit einem scharfen »Aus!«, was bei seinem Hund immer wirkte, und siehe da, der Köter ließ von ihm ab und trollte sich mit leisem Knurren.

Anschließend wagte sich Briamonte ein paar Schritte in Richtung Haustür vor. »Herr und Frau Ketterer?! Hallo? Ist jemand zu Hause?«

In dem Moment klingelte sein Telefon, und er zuckte tatsächlich zusammen. Blöder Köter!

Es war der Kollege Holz vom LKA Stuttgart, mit dem er im letzten Fall zusammengearbeitet hat. »Stefan! Was gibt's Neues? Ein gutes Neues übrigens!«

»Dange äbaso! A baar freie Däg zom Schifahra langats ...«, schwäbelte Holz vergnügt. »Wie siehds bei eich am nägschda Wochaend aus? Mei Mädle ond I kommod fir a baar Dag zu eich in da Schwarzwald ...«

»Fantastisch! Du meldest dich, wann ihr kommt?«

Sie beendeten das Gespräch, Briamonte legte auf und

freute sich. Stefan Holz, der tiefenentspannte Kollege mit dem schwarzen Humor und den ungewöhnlichen Outfits war ihm echt ans Herz gewachsen. Dessen Gemütsruhe würden Balsam sein für seine strapazierten Nerven, auch wenn ihm vorm Skifahren graute. Als er das Telefon in die Jackentasche steckte, kam endlich jemand aus dem Haus. Wurde auch Zeit, murrte er in Gedanken ungnädig. Der Höllenhund hätte ihn mittlerweile locker fressen können.

»Wer sind Sie?« Altbekannter Schwarzwälder Charme.

Briamonte zückte seinen Ausweis. »Kriminalhauptkommissar Briamonte. Mordkommission. Ich möchte gerne mit Liliane Ketterer sprechen.«

»Die hät kein umbrocht!«

Herrgott, ging das schon wieder los? »Habe ich das gesagt? Und wer sind Sie?«, schoss er bissig zurück.

Der Mann hob provozierend das Kinn. »Herbert Ketterer.«

»Der Neffe, nehme ich an? Und? Ist Frau Ketterer nun zu sprechen oder nicht?«

»Was wolle Sie von ihr?«

»Das werde ich ihr persönlich erzählen, wenn's recht ist.« Briamonte war kurz davor, aus der Haut zu fahren. Er hatte sie so satt, diese bockigen Sturschädel! Um ihn ging's doch gar nicht! Ihm gelang dennoch ein einigermaßen neutrales Gesicht: »Ich höre …?«

»Sie isch drinne …« Sprach's, drehte sich wortlos um und lief ins Haus.

Briamonte folgte ihm, ebenso wortlos, und betrat hinter ihm den Hausflur. Der Bauer brachte ihn mit einem Blick dazu, stehen zu bleiben, und rief: »Tante Lilli?!! Bsuch für dich! Polizei!«

Im oberen Stockwerk ging eine Tür. »Wa schreisch denn so? I bin nit taub! I kumm jo scho!«

Tante Lilli war eine robuste, ältere Dame, genau der Typ Frau, den man sich als Pfarrhaushälterin vorstellte. Alterslos, altjüngferlich, kinderlos.

»Frau Ketterer, ich bin Kriminalhauptkommissar Johann Briamonte und ich habe ein paar Fragen zu Bettina Wenk, der Frau von …«

»Jochen Wenk, ich weiß. Der Sohn vom Wenk Josef. Was ist passiert?«, fragte sie ihn auf Hochdeutsch. Dialekt schien ihr angesichts der Polizei offenbar nicht passend.

»Wie lange waren Sie im Pfarrhaushalt in Dachsberg, wenn ich fragen darf?«, wich Briamonte aus.

Sie lächelte. »Mein ganzes Leben lang. Als Achtzehnjährige bin ich vertretungsweise dort in Stellung gegangen und anschließend bis zur Rente geblieben. Also siebenundvierzig Jahre lang.«

»Das heißt …«, Briamonte rechnete zurück, »das heißt, Sie haben im Jahr … wann genau begonnen?«

»Neunzehnhundertsechzig. Ich bin jetzt zweiundachtzig. Ja, ja. So lange ist das her!« Die alte Frau bekam einen verklärten Gesichtsausdruck.

»Die Arbeit hat Ihnen Spaß gemacht, stimmt's?« Briamonte, der hölzerne Small-Talk-Killer, bemühte sich um einen freundlichen Plauderton.

»Ja sicher! Hochwürden Schmiedlin war so ein feiner Mann! Leider ist er lange vor meiner Pensionierung verstorben. Sein Nachfolger, Pfarrer Häberle, war noch sehr jung. Seine erste Stelle. Jetzt ist ein Pfarrer aus Sri Lanka da. Zeiten sind das! Niemand will mehr Priester werden!«

Kein Wunder, dachte Briamonte, aber er wollte sich nicht auf eine Diskussion über die Entwicklung der katholischen Kirche in Deutschland einlassen und fragte: »Da haben Sie sicher so einiges mitbekommen? Gewissermaßen als *die* Instanz im Dorf …«

»Natürlich. Dem Pfarrer und mir ist nichts entgangen!«

Frau Ketterer war immer noch sichtlich stolz auf ihre frühere Stellung im Dorf.

»Dann kennen Sie sicher auch die Geschichten, die man sich über den Wenk Hof erzählt … Ich meine, dass der Wenk Josef eigentlich Wehrle hieß und gar nicht der leibliche Sohn war? Und dass der alte Wenk ein Verhältnis und ein Kind mit seiner Magd hatte …« Ein Schuss ins Blaue. Und Treffer, wie er erleichtert feststellte, denn die alte Frau schien zwar nicht allzu erfreut zu sein über dieses Thema, aber sie dementierte auch nicht: »Oje! Das ist so lange her! Wen interessieren die alten Geschichten noch?«

»Also stimmt es?«

»Schon.«

»Das hat also jeder gewusst?«

»Offiziell ja nicht … Was hätte es gebracht, so alte Geschichten aufzuwärmen?«

»Hat denn niemand protestiert, als Josef Wenk die Familie Schätzle vom Hof gejagt hat? Die Eltern haben immerhin ihre Arbeit verloren, nach jahrzehntelanger Treue sicher nicht die feine englische Art!«

»Ja nun, jeder hat sei Päckle ze trage …«

Briamonte erwiderte darauf nichts und räusperte sich: »Ich habe nur noch eine Frage, dann lasse ich Sie wieder in Ruhe … Bettina Wenk, Jochen Wenk und Volker Schätzle …«

»Ach, wegen Bettina Wenk sind Sie ja eigentlich hier.« Die alte Frau lachte auf. »Wie schnell man sich verplaudert … Wollen Sie eigentlich einen Kaffee?«

»Wenn Sie so fragen, gerne.«

Während Frau Ketterer in der großen Wohnküche den Wasserkessel aufsetzte und Instantkaffee in eine Tasse gab, sah sich Briamonte um. Der Hof war alt. Niedrige Decken, kleine Fenster. Leider hatten die Bewohner offenbar keine Ambitionen oder nicht die finanziellen Mittel, um ihr Heim etwas wohnlicher zu gestalten. Der Boden bestand aus billigem graubeigem Linoleum, das schon bessere Tage gesehen hatte, die Küche war ein bunt zusammengewürfeltes Sammelsurium aus altem Holzofen, steinernem Schüttstein und nebendran gestelltem Elektroherd sowie Kühlschrank aus den Siebzigern. Die Eckbank mit dem Resopaltisch war vermutlich ähnlich alt, und den Herrgottswinkel zierte eine hölzerne Muttergottes, mit einem hässlichen Jesuskind im Arm. An der fensterabgewandten Wand stand ein gewaltiges dunkles Buffet mit geschliffenen Scheiben, und gegenüber der Eckbank, auf einem kleinen Sideboard mit Zierdeckchen, thronte ein riesiger Flachbildfernseher.

»Bitte schön ... nehmen Sie Milch und Zucker?«

»Ja, danke.«

Sie stellte ihm ein Paket Würfelzucker und ein Glas Kaffeeweißer hin.

»Also, Sie haben nach Bettina Wenk gefragt. Sie hieß mit Mädchennamen Brenneisen. Herrjeh! Die war ein Früchtchen!«

»Früchtchen?«

»Die hat allen Jungen und Alten den Kopf verdreht! Hat sich schon als Dreizehnjährige herumgetrieben. Die Brenneisens, ich sage Ihnen ... Die ganze Familie war ein bisschen, na ja, wir haben alle gedacht, dass es mit dem Maidle ein schlimmes Ende nehmen würde, aber dann hat sie den Jochen geheiratet.«

Briamonte nippte an dem grässlichen Kaffee und nickte. »Gab es jemanden, dem das nicht gefallen hat? Also damals? Die Heirat?«

»Hä jo! Was denken Sie! Der Jochen war der begehrteste Junge im Dorf, mit dem größten Hof und dem meisten Land. Und hübsch war der auch noch! Den haben alle Maidle haben wollen. Die Bettina hat sich einiges anhören müssen.«

»Können Sie sich vorstellen, dass jemand heute noch wütend auf sie ist?«

»Auf die Bettina? Ich weiß nicht ... Die zeigt zwar heute noch gerne, was sie hat, aber wütend ... Es sei denn, sie würde jemandem den Mann ausspannen.«

»Frau Ketterer, Sie sind doch noch auf dem Laufenden, was das Dorfleben in Dachsberg angeht. Ich frage geradeheraus: Fällt Ihnen jemand ein, der einen Grund haben könnte, Bettina Wenk umzubringen?«

»Wieso fragen Sie das? Isch ebbis passiert?« Sie fiel immer wieder in den hiesigen Dialekt.

»Kann man so sagen. Bettina Wenk ist getötet worden.«

»Wa? Sie isch umbrocht worre?«

»Ja. Umgebracht. Haben Sie eine Idee, wer so einen Hass auf sie gehabt haben könnte, dass er sie töten will? Eine gehörnte Ehefrau vielleicht? Ihr Ehemann womöglich? Oder vielleicht Volker Schätzle?« Das war so ziemlich gegen alle Regeln einer Befragung, aber er musste ihr Redebedürfnis bei Laune halten. Briamonte beobachtete die alte Dame genau. Als er den Namen des Bauunternehmers nannte, erhellte sich ihr Gesicht. Es war offensichtlich, dass sie in ihrem Element war. Das betagte Gossip Girl aus dem Schwarzwald.

»Jetzt, wo Sie's sagen ... also der Schätzle, dem haben die ganz schön übel mitgespielt. Damals, meine ich. Die Familie war arm, und dem Bub blieb nichts erspart.«

»Jochen und Bettina Wenk, meinen Sie?«

»Die beiden auch. Seine Mutter hat manchmal Hochwürden Schmiedlin um Hilfe gebeten. Der hat dann schon das eine oder andere Mal die Übeltäter einbestellt, genützt hat's aber offenbar nicht viel. Aber der arme Bub ist jetzt ein erfolgreicher Mann geworden, hat ihm also nicht geschadet. ›Was nicht tötet, härtet ab‹, hat Hochwürden Schmiedlin immer gesagt, und: ›Gott hilft denen, die sich selber helfen‹. Da hatte er recht, der selige Hochwürden Schmiedlin, nicht wahr? Möge er in Frieden ruhen und mit den Engelein singen!«

Amen, dachte Briamonte seufzend, schob die Tasse weg und erhob sich. »Frau Ketterer, ich habe Ihre Zeit schon über Gebühr beansprucht. Sie haben mir sehr geholfen, vielen Dank. Falls Ihnen noch etwas einfallen sollte, können Sie mich jederzeit anrufen.« Er holte einen Kugelschreiber aus der Jackentasche, sah sich um und griff nach der Zeitung, die unordentlich gefaltet auf dem Tisch lag.

Anschließend fuhr er zurück, in Richtung St. Blasien. Volker Schätzles Informationen rund um die Erbfolge des Wenk Hofs stimmten also! Briamonte war sauer. Auf die schwatzhafte pensionierte Pfarrhaushälterin und den ›ehrenwerten‹ Pfarrer Schmiedlin. Und überhaupt auf das ganze Dorf. Da wussten alle um eine alte Schweinerei, doch keiner machte den Mund auf, als es darauf ankam! Und Volker Schätzle landete auf Platz eins der Verdächtigen. Wenn das kein Motiv war! Rache an seinen Peinigern. Bei dem würde er gleich noch einmal vorbeischauen. Aber vorher musste er etwas essen. Da er lange nicht mehr im Klosterhof war, beschloss er Biagio, dem Wirt, einen Besuch abzustatten und etwas italienisch zu plaudern. Nicht nur eine Tagliata di Manzo, sondern auch *una piccola chiacchierata,* ein kleines Schwätzchen, täten ihm jetzt gut! Gestern hätte sein Vater Geburtstag gehabt – wenn er nicht vor vierunddreißig Jahren bei einem Arbeitsunfall ums Leben gekommen wäre. Die Trauer um diesen Verlust kam in Wellen, auch weil sich Briamonte dann unweigerlich an seine einsame Kindheit und Jugend erinnert fühlte, als er sich, das verstummte ›Itakerkind‹, in seine eigene Welt zurückgezogen und ganz viel verpasst hatte, was eine unbeschwerte Kindheit auf dem Land ausmachte. Italienerkind! Obwohl sein Vater aus St. Blasien stammte, fünf lange Generationen schon. Einmal Italiener, immer Italiener. Aber er hatte sich an die neugierigen Nachfragen bezüglich seines Nachnamens gewöhnt und vor knapp drei Jahren sein Italienisch wieder aufgefrischt – als Reminiszenz an seinen Vater, der nach so vielen Generationen im Schwarzwald zwar auch nicht mehr allzu gut Italienisch sprach, seinem Sohn aber noch ein paar Brocken der Muttersprache seiner Vorfahren weitergegeben hatte. Für seinen Vater damals ebenso ein Weg, die emotionale Verbundenheit mit seinen Wurzeln zu pflegen.

39

In Urberg traf er am Nachmittag einen aufgeräumten Geschäftsmann an, der die Ereignisse der vergangenen Woche erstaunlich schnell verdaut zu haben schien.

»Herr Kommissar, was kann ich für Sie tun?«

»Sie könnten mir noch ein paar Fragen beantworten.«

»Bitte.« Volker Schätzle bedeutete ihm, Platz zu nehmen. »Gibt es etwas Neues bezüglich der Drohbriefe?«

Briamonte überging die Frage. »Herr Schätzle, man hat mir erzählt, dass Sie, Jochen und Bettina Wenk in dieselbe Klasse gegangen sind.«

»Ja. Das ist richtig.«

»Und mir wurde auch berichtet, dass Sie es nicht leicht gehabt haben.«

»Wie meinen Sie das?« Sein Lächeln verschwand.

»Mobbing würde man das heute nennen. Meine Quelle hat mir auch gesagt, dass sowohl Jochen als auch Bettina Wenk daran beteiligt gewesen waren und dass es erst vor zwei Monaten zu einer unschönen Neuauflage der Niederträchtigkeiten gekommen ist. Ein veritables Mordmotiv, finden Sie nicht?«

»Ein Mordmotiv?! Sie meinen an Bettina Wenk? Das ist lächerlich! Hätte ich sie sonst gebeten, mit mir zu leben? Wohl kaum!«

Briamonte sah ihn aufmerksam an. »Vielleicht war das ein Teil Ihres Plans?«

»Welcher Plan? Es gibt keinen Plan!«

»Wo hat sie gewohnt?«, fragte er übergangslos.

»Wer? Bettina Wenk? Bei mir natürlich.« Volker Schätzle war irritiert über den abrupten Themenwechsel.

»Kann ich es sehen?«

»Sie meinen das Gästezimmer?«

»Wenn Sie im Gästezimmer gewohnt hat, dann das, ja.«

»Also ...« Schätzle zögerte.

»Sie können selbstverständlich auch den Durchsuchungsbeschluss abwarten.«

»Durchsuchungsbeschluss? Wozu das denn?!«

»Sie sind der Hauptverdächtige in einem Mordfall. Da ist das so üblich.« Briamonte hob die Augenbrauen und beobachtete den Mann aufmerksam. Entspannt war er nicht mehr, das war offensichtlich.

»Aber ich habe Ihnen doch die Briefe gezeigt. Jemand will mich umbringen! Ich finde es empörend, dass Sie jetzt *mich* verdächtigen! *Ich* hätte am Freitag erschossen werden sollen! Es war purer Zufall, dass Bettinas Auto an dem Tag nicht anspringen wollte!«

»Kann ich das Zimmer jetzt sehen?«

»Äh ... ja ...« Vor dem Zimmer zögerte er kurz, klopfte und stieß dann die Tür auf.

Briamonte trat ein und stutzte. »Was machen *Sie* denn hier?!«

40

Für Jochen Wenk bildete der Montagmorgen eine Fortsetzung der Katastrophen. Am späten Sonntagabend war er sturzbetrunken nach Hause gekommen und auf dem Sofa eingeschlafen, weil er die Treppe hoch ins Schlafzimmer nicht mehr schaffte. Dass seine Söhne nicht da waren, hatte er gar nicht bemerkt. Erst das penetrante, nicht aufhören wollende Klingeln des Festnetztelefons riss ihn am Montagmorgen aus seinem alkoholumnebelten Schlaf.

»Herr Wenk? Gurtweil Schule, Sekretariat. Lukas und Noah sind heute nicht zum Unterricht erschienen. Sind Sie krank?«

»Äh …« Jochen Wenk versuchte, seine lähmende Schlappheit abzuschütteln. »Ja, sozusagen. Ihre Mutter ist am Freitag gestorben.«

»Was sagen Sie da?! Das ist ja furchtbar! Mein aufrichtiges Beileid! Kann ich etwas für Sie tun?« Die Sekretärin war erschüttert.

»Nein, danke. Wir haben alles, was wir brauchen. Die beiden werden so bald wie möglich wieder zur Schule kommen. Normalität … Sie verstehen?«

Nachdem er aufgelegt hatte, besaß er gerade noch so viel Energie, um seinen Arbeitgeber anzurufen und sich weiter krankzumelden. Auch dort war man betroffen und wünschte ihm viel Kraft. Anschließend schlurfte er in die Küche. Nach zwei Tassen Kaffee und einer Kopfschmerztablette lichtete sich der Nebel in seinem Kopf, und im gleißenden Licht des Wintermorgens wurde ihm schmerzhaft bewusst, dass er sich in einer ausweglosen Lage befand. Wenn er nicht ganz schnell etwas unternahm, verloren er und die Söhne ihr Zuhause. Jetzt, wo seine Frau nicht nur weggelaufen, sondern tot war, gab es keine Chance mehr, dass sie doch noch auf dem Hof bleiben konnten. Bei dem Gedanken, dass er mit seinem Lohn künftig eine Mietwohnung würde zahlen müssen, wurde ihm beinahe schlecht. Der Schätzle musste weg, und zwar so schnell wie möglich! Doch noch bevor seine mörderischen Gedanken konkret Gestalt annehmen konnten, klingelte es an der Tür. »Was denn noch?!«, schimpfte er und bequemte sich erst, als das Schrillen nicht aufhörte. Ungnädig riss er die Tür auf: »Was gibt's?!«

»Herr Wenk?«

»Ja.«

»Ein Einschreiben für Sie.«

Der Postbote drückte dem verdatterten Wenk einen Umschlag in die Hand, drehte sich um, stieg ins Auto und fuhr vom Hof.

41

Am späten Montagnachmittag saßen Briamonte und Miriam Strittmatter im Büro, um zusammenzutragen, was es an diesem Fall Neues gab.

»Sie zuerst.« Briamonte gab ihr ein Zeichen.

Die junge Beamtin zog ihre Notizen heran. »Der Wirt des Hechts sagt aus, dass der Wortführer der Sticheleien an dem Abend eindeutig Jochen Wenk war. Bettina Wenk hat wohl gelacht, sich ansonsten aber zurückgehalten. Somit wissen wir, dass Volker Schätzle durchaus ein Motiv hätte, den beiden Wenks zu schaden.«

»Und wer hat das Klassentreffen organisiert?«

Miriam Strittmatter blickte auf ihren Aufschrieb. »Eine gewisse Angelika Vögele. Ich habe schon mit ihr telefoniert …«, sie sah kurz auf. »Wir können ausschließen, dass sie bei dem Mobbing damals mitgemacht hat. Sie hat davon gewusst, natürlich, aber war damals froh gewesen, dass es nicht sie getroffen hatte.«

Briamonte nickte nachdenklich. »Können Sie sich vorstellen, dass die Rachegelüste über die Aneignung des Hofs hinausgehen? Immerhin hatte er Bettina Wenk gebeten, bei ihm zu leben«, gab er zu bedenken. »Wir haben ja zwei unterschiedliche Motive. Seine ums Erbe betrogene Familie und sein Martyrium in der Schule.«

»Schon, aber beide Sachverhalte betreffen die Familie Wenk. Der alte Wenk ist inzwischen tot, wie genau das passiert ist, ist nicht klar, und seine Schwiegertochter jetzt auch. Jochen Wenk hat ›seinen‹ Hof verloren. Ganz schön viel Unglück für eine Familie, finden Sie nicht? Also ich fresse einen Besen, wenn der Schätzle nicht die Ursache für das alles ist.«

»Sie meinen, er hat Bettina Wenk umgebracht? Obwohl er sie nach zwanzig Jahren endlich für sich gewinnen konnte?«

»Warum nicht? Ihr ›gönnt‹ er einen schnellen Tod, die anderen quält er bis zum Sankt Nimmerleinstag …«

Briamonte rieb sich nachdenklich das Kinn. »Ich weiß nicht. Ist das nicht ein bisschen weit hergeholt? Wobei … hm … Ich war vorhin noch bei ihm, und raten Sie, wen ich im Gästezimmer vorgefunden habe?«

»Wen?«

»Lukas Wenk!«

»Der ältere Sohn? Was hatte der dort zu suchen?«

»Tja, das frage ich mich auch. Dem Schätzle war das sichtlich unangenehm, aber er sagte, der Junge habe das Zimmer sehen wollen, in dem seine Mutter zuletzt gewohnt hatte. Er meinte, er habe ihm den Wunsch nicht abschlagen wollen. Aber wenn Sie mich fragen, hat der Junge dort übernachtet.«

»Was?! Das ist ja komisch. Woran machen Sie das fest?«

»Das war wirklich komisch! Genau kann ich es nicht sagen, es war mehr eine Ahnung … Ich bilde mir ein, er hätte frisch geduscht gerochen, und die Klamotten, die er trug, waren garantiert nicht seine.«

»Wirklich?! Ob er vielleicht der leibliche Sohn von Schätzle ist? Wo die sich alle schon so lange kennen?«

»Ich weiß nicht …«, erwiderte Briamonte zögerlich. »Wenn das so wäre, hätte Bettina Wenk sicher dafür gesorgt, dass Schätzle ordentlich Unterhalt zahlt, wenn das schon nicht bekannt werden sollte. Sie hat wohl immer schon gewusst, wo ihr eigener Vorteil liegt, das habe ich in den letzten Tagen bereits mehrfach gehört. Und in den Bankunterlagen gibt es keinerlei Hinweise, dass Volker Schätzle irgendetwas bezahlt hat. Auch kein Sparbuch oder so …«

Jetzt machte Miriam Strittmatter ein nachdenkliches Gesicht. »Wenn das so ist, kann ich mir nur vorstellen, dass es so etwas ist wie Schätzles ultimative Rache an seinem ehemaligen Peiniger ist – er wirbt ihm den Erstgeborenen ab.«

Briamonte musste lachen. »Strittmatter, Sie haben echt Fantasie!«

»Aber Chef, das ist gar nicht so blöd! Also wenn *ich* meinen Feind so richtig fertigmachen wollte, würde ich ihm erst seinen gesamten Besitz wegnehmen, dann die Frau und zum Schluss die Kinder. Da man die ja schlecht umbringen kann – schlecht fürs Karma, Sie wissen schon –, wirbt man sie ab. Ganz einfach! Überlegen Sie mal: Der Schätzle hat Geld wie Heu. Er kann einem Jugendlichen alles bieten, was dessen Herz begehrt. Et voilà! Jochen Wenk ist erledigt! So was nennt man psychologische Kriegsführung.«

Briamonte betrachtete nachdenklich die lebhafte, junge Kollegin. Vielleicht hatte sie recht? Weibliche Intuition. Die sagenhafte Fähigkeit, die nur den Wesen vom anderen Geschlecht vergönnt war.

»Hm …«, brummte Briamonte wage. »Angenommen, Sie haben recht. Wie hat er das gemacht? Bettina Wenk erschossen? Es gab außer ihren keinerlei Spuren rund ums Haus. Geflogen wird er nicht sein …«

»Er hat jemanden dafür bezahlt. Ganz einfach«, konterte die junge Kollegin schlagfertig. »Da wäre er nicht der Erste.«

»Was, wenn Sie damit richtig lägen.« Briamonte wählte seine Worte mit Bedacht. »Nur mal angenommen … wie würden Sie weiter vorgehen?«

Die junge Beamtin konnte ihr Hochgefühl kaum verbergen und zählte eifrig auf: »Ich würde zwei Dinge tun, nein drei. Zuerst würde ich einen Vaterschaftstest anordnen, dann würde ich Lukas Wenk zur Befragung vorladen, und als Letztes würde ich, sicherheitshalber, noch einmal Schätzles Finanzen und seine Geschäftspartner genauer durchleuchten. Nicht, dass wir in dieser Richtung etwas versäumen. Vielleicht trachtet ihm ja wirklich jemand nach dem Leben. Ach ja, außerdem würde ich die beiden Schwestern von Bettina Wenk noch befragen. Die können vielleicht noch ein paar Puzzleteile beitragen.«

Briamonte nickte zustimmend. »Gut, dann machen wir das so, wir beginnen mit den Schwestern. Sie können mich bei der Befragung begleiten, aber dann checken Sie den Schätzle.«

Miriam Strittmatter konnte ihr Glück kaum fassen. Eine halbe Stunde später saß sie strahlend auf dem Beifahrersitz des alten Geländewagens, gründlich beschnüffelt von Briamontes Hund, der auf den Rücksitz ausweichen musste.

Ramona Kunz, geborene Brenneisen, wohnte mit ihrer Familie in dem Örtchen Häusern. Ein adrettes Reihenhäuschen mit Carport, Steinfiguren auf den Treppenstufen und Welcome-Türschild. Sie war zu Hause, und es roch nach Mittagessen.

Briamonte zeigte seinen Ausweis. »Dürfen wir hereinkommen?«

Wenn sie irritiert war, versuchte sie es mit Geschäftigkeit zu überspielen. Sie wurden in die Küche gebeten, wo sie sich erst für die Unordnung entschuldigte, dann einen Kaffee anbot und schließlich vor Aufregung die Milch verschüttete.

Miriam Strittmatter hatte das nötige Feingefühl und sprang sogleich auf: »So was passiert mir andauernd, ich bin immer wahnsinnig ungeschickt … Darf ich Ihnen etwas abnehmen? Die Tassen vielleicht?«

Briamonte betrachtete unterdessen schweigend die blitzsaubere glänzendweiße Küche. Seine Blicke wanderten über den Thermomix, den Wasserkocher, die Kaffeemaschine und die Mikrowelle, dann über den ebenfalls weißen Fliesenboden, die rustikale Sitzecke aus Eichenholz, das Fenster mit Halbgardinen aus Spitze und die Orchideen auf dem Fensterbrett. An der Wand hing ein Ölgemälde mit einem Hirsch. Auf den Oberschränken stand eine Sammlung unterschiedlicher Elefantenfiguren. Die Kühlschranktür zierte ein bunter Familien-Planer.

»Sie haben Kinder?«, fragt er unvermittelt.

Frau Kunz wandte den Kopf. »Äh ja … drei … Zwei Töchter und einen Sohn. Wieso?«

»Nur so. Wie alt?«

»Siebzehn, fünfzehn und acht.«

Endlich hatten alle einen Kaffee und saßen am Tisch. Frau Kunz versuchte ein entspanntes Lächeln, und Miriam Strittmatter warf ihrem Chef einen fragenden Blick zu.

»Frau Kunz«, begann Briamonte endlich. »Wir sind hier, weil wir im Mordfall Ihrer Schwester ermitteln und ein paar Fragen haben.«

Die Schwester von Bettina Wenk schien nicht übermäßig

niedergeschmettert zu sein, was ihm schon bei der Begrüßung aufgefallen war.

»Was wollen Sie wissen?« Er bemerkte, dass sie immer wieder einen Blick in Richtung der Küchentür warf. »Erwarten Sie jemanden?«

»Äh, nein«, erwiderte sie ertappt und nippte an ihrem Kaffee. »Was wollen Sie wissen?«

»Wie war Ihr Verhältnis zu Ihrer Schwester? Sie war das Nesthäkchen, soviel ich weiß?«

»Ja. Fünf Jahre jünger als ich und sieben Jahre jünger als unsere älteste Schwester Angela.«

»Und ihr Verhältnis?«

»Wieso fragen Sie das? Ich bin die Patentante von Noah, ihrem jüngeren Sohn.«

»Haben Sie sich gut verstanden? Haben Sie sich oft gesehen? Wissen Sie, wer ihre Freunde waren? Gab es jemanden, der ihr hätte Böses wollen?« Briamonte setzte nach, weil er merkte, wie sie mauerte. »Sie machen auf mich nicht den Eindruck, als wären Sie von Trauer überwältigt, wenn ich das so anmerken darf.« Sie wurde rot und sah auf ihre Finger. Briamonte wechselte einen raschen Blick mit seiner jungen Kollegin und insistierte weiter: »Frau Kunz, Sie müssen sich keine Sorgen machen ... wir glauben natürlich nicht, dass Sie für den Tod Ihrer Schwester verantwortlich sind, aber wir sind dabei, Bettina Wenks Leben und ihr Umfeld näher zu beleuchten, weshalb wir so viele Informationen wie möglich sammeln. Alles, was Sie uns erzählen, wird selbstverständlich vertraulich behandelt.«

Jetzt stand sie auf und schloss nach einem kurzen Blick in die Diele die Küchentür. »Noah ist hier bei uns«, erklärte sie und setzte sich wieder. Sie kämpfte sichtlich mit sich. »Man soll über Tote nichts Böses sagen.«

»Gäbe es denn etwas Böses zu sagen?«, hob Miriam Strittmatter vorsichtig an, mit einem schnellen Seitenblick zu Briamonte. »Es ist ungeheuer wichtig für uns zu wissen, was für ein Mensch Ihre Schwester gewesen ist. Ganz besonders auch die weniger schönen Seiten, falls es solche gegeben haben sollte. Denken Sie an Ihren Neffen. Der wird sicher wissen wollen, wer für den Tod seiner Mutter verantwortlich ist, glauben Sie nicht auch?« Strittmatter hatte mit sanfter, eindringlicher Stimme gesprochen und war froh, dass sich ihr Vorgesetzter zurückhielt. Schlimm genug, dass er so grimmig aussah.

Ramona Kunz knetete unentschlossen ihre Hände und gab sich dann einen Ruck. »Unser Verhältnis war nicht besonders gut. Meine Schwester hatte die geradezu zwanghafte Angewohnheit, gefallen zu wollen, besonders Männern gefallen zu wollen, und hat auch vor den Freunden und späteren Ehemännern ihrer Schwestern und Freundinnen nicht zurückgeschreckt.« Jetzt war's raus.

»Wollen Sie damit sagen, dass sich Frau Wenk auch an *Ihren* Mann herangemacht hat?«

Die Frau holte tief Luft. »Ja. Schon als wir noch Teenager waren, hat sie sich für unsere ... ich meine Angelas und meine Verehrer interessiert. Dabei war sie erst dreizehn. Und dann, vor neun Jahren, bei einem Dorffest, war sie plötzlich verschwunden. Und mein Mann auch.« Jetzt kamen ihr die Tränen. »Wir wollten uns scheiden lassen, aber unserer Töchter wegen haben wir versucht, unsere Ehe zu retten. Sie hatte dann Hausverbot, und ich habe sie nur noch an Noahs Geburtstagen gesehen.«

Miriam Strittmatter sah sie mitfühlend an. »Das muss furchtbar für Sie gewesen sein! Können Sie sich vorstellen, dass eine betrogene Ehefrau oder ihr Ehemann, Jochen Wenk, sie aus diesem Grund hätte töten wollen?«

Ramona Kunz zuckte die Schultern. »Also ich war's nicht, das schwöre ich!«

»Wissen Sie, dass Ihre Schwester vergangene Woche erst

ihre Familie verlassen hat und zu Volker Schätzle gezogen ist?«, schaltete sich Briamonte in die Befragung ein.

»Das habe ich erst von Noah erfahren, aber wirklich überrascht hat mich das nicht. Es war klar, dass irgendwann so etwas kommen würde.«

»Kennen Sie Volker Schätzle?«

»Den Bauunternehmer? Ja. Aber nur flüchtig. Er war damals mit Bettina, meinem Schwager und Jochen in einer Klasse.«

»Können Sie sich erinnern, wie damals das Verhältnis gewesen ist?«

»Nicht mehr so wirklich, aber der Jochen war damals ganz anders. Ein richtiges Großmaul, wenn ich das so sagen darf. Jetzt ist er ja eher ein Jammerlappen geworden. Er hat den Hof seines Vaters buchstäblich verkommen lassen, wobei er sich als junger Mann immer damit gebrüstet und sich regelrecht als Großgrundbesitzer aufgeführt hat. Er hat Bettina damals enorm imponiert, aber das war alles nur heiße Luft. Die Lehre hat er seinerzeit nur mit Ach und Krach geschafft, das weiß ich noch, und als er den Job bei dieser Fertighausfirma bekommen hat, ist dann nicht mehr viel mit ihm los gewesen. Bettina hätte den Hof gerne ausgebaut und Ferienwohnungen vermietet, aber der Jochen, der hat den Allerwertesten nicht hochgekriegt. Das war immer ein riesiges Streitthema gewesen zwischen den beiden.«

»Wissen Sie eigentlich, dass der Hof gar nicht Josef Wenk gehört hat, sondern Volker Schätzle?«

»Was?! Nein …« Ihre Überraschung war echt. »Wie kann das sein?«

»Nun, Josef Wenk war gar nicht der leibliche Sohn von Karl Wenk.« Weiter wollte er nicht ins Detail gehen. »Eine letzte Frage noch, dann sind Sie uns wieder los … Trauen Sie Jochen Wenk zu, dass er Ihre Schwester ermordet hat?«

»Jochen?!« Sie machte große Augen, hob dann aber die Schultern. »Keine Ahnung. Er kann sehr aggressiv werden, deshalb ist auch Noah gerade hier … Ich weiß es wirklich nicht. Vielleicht schon.«

»Danke, Frau Kunz, Sie haben uns sehr geholfen. Ach, eines noch: Ist das Jugendamt eigentlich informiert, dass Noah gerade bei Ihnen wohnt?«

»Nein. Sollte ich?«

»Das würde ich Ihnen empfehlen. Das wird kein Problem sein, aber er sollte psychologische Unterstützung bekommen. Guten Tag, Frau Kunz und danke für den Kaffee!«

42

Am frühen Abend war Briamonte auf dem Weg zurück nach Menzenschwand, um Elisabeth Kaiser zu treffen, dynamische Direktorin des Winterhaltermuseums und Institution in der Gegend. Sie kannte Gott und die Welt und konnte ihm sicher noch das eine oder andere über Volker Schätzle berichten. Nach den aufregenden letzten Tagen hatte er die Fäden endlich wieder in der Hand. Die Befragung von Lukas Wenk am späten Nachmittag war ganz interessant gewesen, hatte den Fall aber nicht weitergebracht. Der Teenager war an dem Freitagmorgen tatsächlich losgezogen, um Volker Schätzle mit dem Gewehr des Großvaters zu erschießen, hatte sein Unterfangen jedoch aufgeben müssen, weil Schätzle nicht aufgetaucht war. Und ja, er habe ihm seit vier Wochen Drohbriefe geschickt. Aber er habe nur seinem Vater helfen wollen. Warum er in Urberg gewesen sei, hatte Briamonte wissen wollen, und der Jugendliche gab unter Schluchzern zu, dass er gestern mit dem Traktor nach Urberg gefahren sei, um ›den Schätzle plattzumachen‹. Aber der habe ihn erwischt und dann davon überzeugt, dass seine Mutter recht getan habe, den Papa zu verlassen. Ja sicher, er und sein kleiner Bruder hätten schon kapiert, dass die Mama nicht glücklich gewesen sei, aber jetzt wisse er immerhin, dass seine Mutter ihn und seinen Bruder hatte nachholen wollen. Zum Schätzle ins Haus. Weil sie ja vom Hof müssten. Also der Papa dann. Ob er jetzt wirklich zurück nach Hause müsse? Briamonte hatte daraufhin mit dessen Patin telefoniert, Bettina Wenks ältester Schwester, und es dann seiner Kollegin überlassen, die Unterbringung der beiden Jungen zu klären.

Elisabeth Kaiser war beschäftigt. »Grüess di Johann, wa gitts? Kasch üs grad helfe …« In dem kleinen, aber feinen Museum herrschte nach Feierabend rege Betriebsamkeit. Briamonte grüßte die anwesenden Vereinsmitglieder und drehte unwillkürlich den Kopf nach dem Mädchenporträt, das in seinem ersten Fall hier eine Rolle gespielt hatte. Mittlerweile waren eineinhalb Jahre vergangen, und der Winterhalter Verein hatte einige neue Originale ersteigern können, die heute Abend aufgehängt werden sollten. Eine kleine Ölstudie zu Franz Xavers *Florinda,* ein zauberhaftes Bleistiftporträt der Baronin Gudin, sowie, ganz aktuell, ein Porträt der Léopoldine Berthier von Hermann Fidel Winterhalter.

»Hast du eine Minute für mich?«, fragte Briamonte und versuchte, nicht allzu sehr im Weg zu stehen »Es geht um Volker Schätzle, den Bauunternehmer …«

Plötzlich waren alle Ohren gespitzt.

»Ah dä … wieso? Ischer umbrocht worre?«, fragte sie ungeniert, und Briamonte registrierte die plötzliche Stille im Raum. Es schien, als wüsste jeder, wer Volker Schätzle war, und es lag eine gewisse Schadenfreude in der Luft. Aha. Miriam Strittmatters lakonisches ›so lala‹ bezüglich Schätzles Beliebtheitswerten war offenbar zutreffend.

»Nein, ist er nicht. Mehr kann ich dazu nicht sagen, du verstehst sicher … Was weißt du über ihn? Wollen wir nicht nach nebenan gehen, wo wir ungestört sind?«

»Hä nei! Des isch nit nötig! Do kenne mer alli dä Kerli. Willschdi höflichi oder die ehrlichi Variante höre?«

Briamonte musste unwillkürlich grinsen. Elisabeth Kaisers unverblümte Kommentare waren legendär. Und unterhaltsam.

»Die ehrliche bitte.«

»Also, dä Schätzle, des Schätzli, darf sich bi manchne nümmi blicke lo. Dä hät so vill Hüser uffkauft un in Luxushüser verwandlet, dass es nümmi luschdig isch. Un dert hät sich so manche au als Inveschdor probiert un isch uf d' Schnauze keit.«

»Aber das ist ja nicht Schätzles Schuld, wenn sich jemand finanziell übernimmt«, wandte Briamonte ein.

»Natürlich nit«, meinte Elisabeth Kaiser vergnügt, »aber sag des emol einem vo dene schture Schwarzwälder Dickschädel … Hät ebe nit jeder des Händli un die nötig Infraschtruktur wie dä Schätzle …«, sie machte eine vielsagende Bewegung mit Daumen und Zeigefinger, »weisch, wani mein? Also ich het mi jetz nit gwundert, wenn der irgendwo innere Güllegrueb glandet wär.«

»Hast du ja jemanden Speziellen im Sinne, wenn du an die Güllegrube denkst?«

»Nai, natürlich nit. Aber do sin alli ä weng empfindlich, wenn's um dä Schätzle goht. Apropos Güllegrueb, Mischthuufe un Burehof … weisch du, wa dört uffem Joos Hof los gsi isch am Samschdig?«

»Joos Hof?« Briamonte gelang ein einigermaßen unschuldiges Gesicht. »Was war dort?«

»Des frog ich dich! Häsch nix mitkriegt? En Transporter uffem Hof un främdi Lütt, mitts i dä Nacht.«

»Keine Ahnung. Hast du Oma Resi gefragt?«

»Hä jo! Sie hät gsait, dass dä Michi ä neui Sofagarnitur kriegt hät.«

»Dann ist ja alles klar«, erwiderte Briamonte insgeheim aufatmend.

»Hä nai! Des glaubsch doch selber nit! Do hät sie mir en Bäre uffbunde, die Resi, des Füchsli. Des hät nit usgsäh, als däte sie ebbis bringe, viel meh, als däte sie ebbis furttrage ... Ebbis iipackts ... ä Leich ...«

Briamonte lachte bemüht. »Haha! Eine von Oma Resis Leichen im Keller? Das wäre ja höchste Zeit! Die müssen sich dort stapeln! Elisabeth, du schaust zu viele Krimis! Aber sei mir nicht böse, ich muss weiter ...« Er drehte sich zu den Männern um, die ihrem Gespräch aufmerksam gelauscht hatten: »Noch irgendwelche Infos zu Volker Schätzle, die ich wissen sollte?«

Als er wieder draußen auf der Treppe vor dem Museum stand, wischte er sich die Stirn. Das fehlte noch, dass irgendwelche Gerüchte über Leichen auf Oma Resis Hof umgingen! Immerhin wusste er jetzt ein bisschen mehr über Volker Schätzle. Er sah auf die Uhr. Kristina müsste bald nach Hause kommen. Er beschloss, ihr ein heißes Bad einzulassen und Käsespätzle mit Röstzwiebeln zu machen. Genug für heute.

43

Während Briamonte den Montag über die Ermittlungen vorantrieb, spielte sich auf dem Wenk Hof ein Drama ab. Nachdem Jochen Wenk das Einschreiben von Schätzles Anwaltskanzlei über die bevorstehende Räumung bekommen hatte, hakte es bei ihm aus. Seinem Tobsuchtsanfall fiel alles zum Opfer, was ihm im Weg war. Er schmetterte die Haustür so fest zu, dass die Scheibe barst. Und als ließe das Klirren alle Dämme brechen, begann er rasend vor Zorn sein zerstörerisches Werk. Er riss alle Kleider von der Garderobe, schmiss die Schuhe und Stiefel durch die seitlichen Fensterchen des Vorhäuschens und setzte die Spur der Verwüstung in der Küche fort. Das feine Sonntagsgeschirr der Großmutter musste ebenso dran glauben wie die Scheiben und die alten geschliffenen Weingläser im antiken Küchenkänsterle, dem Lieblingsstück seiner Frau. Die Kirschwasserflasche flog in die Kuckucksuhr. Als alles kurz und klein geschlagen war, hielt Jochen Wenk einen Moment inne. Sein blindwütiges Zerstörungswerk hatte niemanden aus den Betten geholt. Nanu? Wo waren seine Söhne? Schwer atmend stapfte er die Treppe hoch und fand zu seiner grenzenlosen Verwirrung beide Zimmer leer. »Lukas?! Noah?!« Als hätten sich die beiden herausgewagt, nach dieser Gewaltorgie. Doch er wollte es nicht wahrhaben und durchsuchte brüllend das ganze Haus. Nichts. Beide Vögel ausgeflogen. Diese Feiglinge! Der größte Affront überhaupt, seine eigenen Söhne, vor ihm geflüchtet! Plötzlich durchzuckte ein niederträchtiger Gedanke sein immer noch umnebeltes Gehirn, und mit einem Mal wusste er, was zu tun war. Schnaubend rannte er in die Scheune, um das Beil und die Treibstoffkanister zu holen. Wo war der Traktor, Herrgottsack?! Das konnte doch nicht wahr sein!!! Heulend vor Wut schnappte er den ersten der drei großen Zwanzigliterkanister und überschüttete in der folgenden Stunde die Einrichtung im ganzen Haus und die Scheune mit Diesel. Um den schwer entflammbaren Treibstoff zum Brennen zu bringen, drapierte er ganz zum Schluss getränkte Küchenhandtücher auf dem Gasherd, stellte einen leeren Topf darauf und entzündete die Flamme. Dann nahm er das große Beil, stieg in sein Auto und fuhr mit quietschenden Reifen davon. Wenig später erschütterte eine gewaltige Explosion den Hof, und als die Feuerwehr anrückte, stand das ganze Haus mit Nebengebäuden unrettbar in Flammen. Ein Inferno.

44

Als Briamonte am Dienstagmorgen um acht ins Büro kam, erwarteten ihn schlechte Nachrichten. Der Wenk Hof samt Stallungen und Wirtschaftsgebäuden war gestern Abend bis auf die Grundmauern niedergebrannt. Die Spurensicherung hatte Kanister gefunden und ging aktuell von vorsätzlicher Brandstiftung aus. Zum Glück keine Toten und Verletzten, aber Jochen Wenk galt als vermisst. Briamonte war sauer. Wieder ein historisches Denkmal zerstört, unwiederbringlich verloren! Das war ein Thema, da konnte er sich richtig hineinsteigern. »Lassen Sie Jochen Wenk sofort zur Fahndung ausschreiben. Suchen Sie sich Automarke, Farbe und Kennzeichen aus dem Register! Und Strittmatter … Der Mann ist durchgedreht! Geben Sie eine entsprechende Warnung heraus!«, befahl er barsch und griff zum Telefon, um Volker Schätzle zu informieren. Wenn Jochen Wenk den Hof niedergebrannt hatte und verschwunden war, hieß das wahrscheinlich nichts Gutes.

Kurz darauf saßen sie im großen Konferenzraum. Miriam Strittmatter wollte ihn auf den neuesten Stand der Ermittlungen bringen und brauchte Platz. Auf dem Tisch lagen diverse Stapel mit Unterlagen, und vor sich hatte sie einen eng beschriebenen Collegeblock. Die junge Kollegin hatte ganze Arbeit geleistet. Sie hibbelte unruhig auf ihrem Stuhl und konnte es kaum erwarten, ihre Neuigkeiten loszuwerden.

»Legen Sie los. Sie haben heute Nacht nicht viel geschlafen, oder?« Briamonte schlug einen versöhnlichen Ton an.

Die junge Kollegin konnte schließlich nichts für seine Unzufriedenheit.

»Nein«, erwiderte sie stolz, »aber es hat sich gelohnt. Sehen Sie ... Ich habe hier alle Bankunterlagen von Volker Schätzle und weiß jetzt zu einhundert Prozent Bescheid über seine Geschäfte.«

»Wie haben Sie das gemacht?«, fragte Briamonte. »Ohne richterlichen Beschluss? Oder habe ich was verpasst?«

»Ich weiß, ich weiß ...«, antwortete die junge Frau. »Sie müssen sich keine Sorgen machen. Ich habe einen Bekannten, der bei Schätzles Bank arbeitet ... na ja, wir sind ein paarmal miteinander ausgegangen.«

»Sie haben *was*?! Aber das widerspricht allen ...«

»Chef, das weiß ich, aber *er* riskiert seinen Job, nicht ich, oder? Kommen Sie, Chef, jetzt schauen Sie nicht so grimmig! Das, was ich da habe, ist ziemlich interessant!«

Briamonte schwieg und beschränkte sich auf einen warnenden Blick.

»Darf ich? Also mein Bekannter hat nicht nur Schätzles Finanzen gecheckt, sondern auch sein Firmengeflecht für mich verständlich aufgedröselt sowie die Insolvenzen im Südschwarzwald in den vergangenen sechs Monaten überprüft ...« Sie hob den Blick von ihrem Aufschrieb und begegnete Briamontes stirnrunzelndem Blick. »Das wird Sie interessieren, Chef. Also, in den letzten sechs Monaten mussten zwei Kunden Insolvenz anmelden, die noch vor einem Jahr genügend solvent gewesen waren, einer ist kurz davor. Soll heißen, dass sie Haus und Grund besessen haben, um sie als Sicherheit für Bauprojekte der BFL Black Forest Luxury GmbH zu hinterlegen, einer Investmentfirma für Luxusimmobilien, die zu einhundert Prozent dem Schätzle gehört. Gehört hat, vielmehr, denn der hat die Firma vor einem Dreivierteljahr an einen Schweizer Investor verkauft, der sie dann relativ schnell in den Sand gesetzt hat, weil das Bauvorhaben aus irgendeinem Grund nicht realisiert werden konnte. Was genau da passiert ist, vor allem warum der Schätzle die Firma abgestoßen hat, konnte mir mein Bekannter nicht sagen, aber sicher ist, dass die Hobbyinvestoren aus der Gegend alles verloren haben.«

Briamonte staunte. Das war ungefähr das, was ihm Elisabeth gestern schon erzählt hatte. Nicht wirklich Schätzles Schuld, aber wer weiß, was er den Anlegern alles versprochen hatte.

»Aber ich bin noch nicht fertig.« Miriam Strittmatter hob den Finger. »Das Beste kommt erst noch. Ich habe alle Namen, die im Umfeld von Schätzles Geschäften vorkommen, mit der Klassenliste von damals verglichen. Und siehe da, es gibt zwei Treffer!«

»Lassen Sie mich raten … die Insolvenzen?« Briamonte versuchte Strittmatters Aufzeichnungen zu entziffern.

»Ganz genau! Und ich glaube, dass wir dort den Täter finden werden.«

»Und die dritte Person?«

»Der Name taucht nicht in der Klassenliste auf, eine Frau, aber die können wir uns später ansehen. Ich finde, dass das meine Theorie untermauert, nach der sich der Schätzle an seinen ehemaligen Peinigern rächen wollte. Und jetzt hat einer zurückgeschlagen, weil er den Schätzle, den er für seine Pleite verantwortlich macht, beseitigen will. Versehentlich erwischt er Bettina Wenk, die zur falschen Zeit am falschen Ort war.«

»Heißt das, dass ihre andere Theorie, nach der Volker Schätzle den Mord an ihr beauftragt hat, vom Tisch ist?«, fragte Briamonte freundlich spottend.

»Ja. Leider. Ich gebe ungern zu, dass ich falschlag, aber in Schätzles Unterlagen findet sich nicht der kleinste Hinweis darauf, keine höheren Bargeldabhebungen oder sonst irgendetwas Auffälliges. Auch wenn ich davon ausgehe, dass er eine Schwarzgeldkasse hat, finde ich die Rachetheorie überzeugender.«

»Gute Arbeit, Strittmatter, ich gratuliere! Was Ihre Informationsbeschaffungsmethoden angeht, drücke ich ausnahmsweise ein Auge zu, aber das muss eine einmalige Aktion bleiben! Sind wir uns einig?« Sie senkte den Blick, aber echte Reue sah anders aus. Briamonte hob warnend die Augenbrauen, aber insgeheim zog er den Hut vor der Tatkraft und der Kombinationsgabe der jungen Kollegin.

»Dann brauchen wir nur noch die Alibis der beiden Verdächtigen und einen Abgleich mit dem Melderegister …«, hob er an, als sie ihn triumphierend unterbrach. »Hab ich vorhin schon gemacht! Alle beide haben einen Waffenschein und besitzen ein Gewehr. Wann legen wir los? Ich hab die Adressen schon parat!«

45

Während Briamonte und Strittmatter nach St. Blasien fuhren, ging in Volker Schätzles Firma die Angst um. Der Chef instruierte seine Mitarbeiterinnen und stellte ihnen frei, nach Hause zu gehen, bis die potenzielle Gefahr gebannt war. Eine der Sekretärinnen machte von dem Angebot sofort Gebrauch, während die anderen die Tür abschlossen und beunruhigt hinter dem Empfangstresen ausharrten, den Parkplatz und den Eingangsbereich aufmerksam im Blick. Volker Schätzle telefonierte zuerst mit seiner Tochter, die er bat, ein paar Urlaubstage anzuhängen, und dann mit dem Sicherheitsdienst, den er letzten Freitag bereits kontaktiert hatte. Angebot hin oder her, jetzt mussten schnell und unbürokratisch zwei Wachleute her, sonst würden seine Mitarbeiterinnen nicht mehr zur

Arbeit kommen, und er müsste den Betrieb vorläufig auf Eis legen. Hatte er's doch gleich gewusst, dass ihm dieser Idiot von Wenk nach dem Leben trachtete, auch wenn die Drohbriefe von dessen grenzdebilem Sohn gekommen waren. So eine verfluchte Sauerei, dass der Volltrottel den Hof abgefackelt hatte! Das traf ihn hart. Ein echtes Herzensprojekt, das da in Rauch aufgegangen war, aber es war ja nicht das erste Mal, dass er eine Niederlage verkraften musste. Er würde auch diesen Tiefschlag wegstecken und weitermachen. Wenn der Irre erst geschnappt war.

Briamonte war während der Fahrt, trotz der interessanten Ermittlungsergebnisse, unzufrieden mit sich selbst und noch schweigsamer als sonst. Der Haftrichter hatte einen Haftbefehl gegen Jochen Wenk ausgestellt, und der Staatsanwalt würde einen richterlichen Durchsuchungsbeschluss für Hans-Joachim Thoman beantragen, trotzdem ließ ihn der Fall an seinem Instinkt zweifeln. Schätzle war für ihn nach wie vor eher Täter als Opfer, aber so wie sich die Lage aktuell darstellte, hatte der Unternehmer tatsächlich allen Grund, sich um sein Leben zu sorgen, wie er zugeben musste.

Der erste der Investoren, die eine Bauchlandung hingelegt hatten, war Versicherungsagent, wie ein Schild neben der Haustür verriet. Hans-Joachim Thoman hatte sein Büro im Haus und öffnete nach dem zweiten Klingeln. Sein freundliches Lächeln erstarb, als sie sich auswiesen, und er bat sie sichtlich unwillig herein. Der Bungalow lag am Waldrand und versprühte den Charme der frühen Siebziger. Thoman bat sie ins Wohnzimmer, da sich sein Büro ›gerade im Umbau befinde‹. Die große Fensterfront erlaubte einen freien Blick auf die Terrasse und den tief verschneiten Garten, der von einer kahlen Buchenhecke umgeben war. An einem Obstbaum hingen zwei Vogelfutterhäuschen, die gut frequentiert waren. Während der Hausherr einen Kaffee holte, ließ Briamonte den Blick über die dunkellederne Sitzgarnitur, die Mahagonischrankwand und den terrakottafarbenen, rau gebrannten Fliesenboden schweifen, der im Sitzbereich von einem Perserteppich in Rot- und Blautönen bedeckt war. Auf dem rauchgläsernen Couchtisch lagen Fernsehzeitschriften, Reiseprospekte, die Zeitung von heute und ein Fernglas. Das Haus schien eher das Zuhause eines Rentners zu sein.

»Leben Sie allein hier?«, fragte Briamonte, als der Hausherr mit einem Tablett im bogenförmigen Durchgang erschien.

»Ja. Es ist das Haus meiner Eltern.« Er verstummte unvermittelt, als wäre ihm eben eingefallen, dass dem ja nicht mehr so war, und stellte unbeholfen die Tassen auf dem Couchtisch ab.

Als sie sich schließlich gegenübersaßen und jeder seinen Zucker in die Tasse gerührt hatte, beendete Briamonte das gespannte Schweigen und fiel gleich mit der Tür ins Haus: »Herr Thoman, Sie haben vor einem halben Jahr Insolvenz angemeldet. Wir möchten von Ihnen gerne wissen, wie es dazu gekommen ist.«

Die Frage traf den Mann unvorbereitet. Was er auch immer gedacht hatte, warum die Polizei bei ihm vor der Tür stand – das war es nicht. Sofort ging er in Abwehrhaltung. »Warum wollen Sie das wissen? Das ist eine Privatangelegenheit! Woher haben Sie überhaupt die Information?«

Briamonte bemerkte aus den Augenwinkeln, dass Miriam Strittmatter unruhig wurde, und hob die Stimme: »Herr Thoman, die Fragen stellen wir, mit Verlaub! Ich frage also noch einmal: Wie ist es dazu gekommen?«

Es war offensichtlich, dass der Mann den aufbrechenden Groll kaum kontrollieren konnte. Er lief puterrot an, schluckte ein paarmal und zog den Krawattenknoten lockerer. Briamonte beobachtete interessiert die Wandlung des adretten Mittvierzigers mit Seitenscheitel hin zu einem zornroten Wüterich, und wartete geduldig, bis sein Gegenüber sich wieder unter Kontrolle hatte.

»Ich habe mich verspekuliert. Das kann passieren«, verkündete der schließlich knapp.

»Verspekuliert? Wie darf ich mir das vorstellen? Sie sind als Versicherungsvertreter doch hinreichend vertraut mit Sparverträgen, Rentenversicherungen und Anlagemöglichkeiten?«

»Schon.«

»Sie haben Ihr Haus und Grund als Sicherheit hinterlegt, um achthunderttausend Euro in ein Immobilienprojekt zu stecken? Das kann ich kaum nachvollziehen, wenn Sie meine Direktheit erlauben.«

Hans-Joachim Thoman wurde noch röter. »Volker Schätzle hatte mir dazu geraten.«

Jetzt mimte Briamonte den bass Erstaunten: »Volker Schätzle? Der erfolgreiche und schwerreiche Bauunternehmer?«

»Ja, genau der. Ich bin davon ausgegangen, dass er weiß, was er tut.«

»Wie darf ich mir das genau vorstellen? Volker Schätzle hat Ihnen explizit dazu geraten, in seine Firma zu investieren? Wann und wie hat das stattgefunden?«

»Er hat mich kontaktiert und mir eine sagenhafte Rendite versprochen …«

»*Er* hat Sie kontaktiert?«, warf Briamonte dazwischen.

»Ja, genau. Das war vor einem Jahr. Ich hatte gerade das Haus geerbt, meine Frau hatte mich verlassen, und ich wollte raus aus meinem Alltagstrott. Ein bisschen mehr finanziellen Spielraum, wenn Sie verstehen, was ich meine … Da habe ich mich beraten lassen und investiert. Der Fehler meines Lebens. Jetzt ist alles weg. Sogar meine Kunden scheinen mich zu meiden!« Der Mann schien kurz vor einem Nervenzusammenbruch.

»Wer hat Sie beraten?«

»Na, mein Bankberater. Silvio Hennemann.«

Briamonte warf einen raschen Seitenblick auf seine Kollegin, die ein betretenes Gesicht machte.

»Und dann?«

»Was, dann?! Nichts dann! Der Schätzle ist fein raus, wie ich erfahren musste, und ich stehe vor dem Nichts!«

»Haben Sie sich nie gefragt, warum Volker Schätzle Ihnen zu mehr Geld verhelfen wollte? Ausgerechnet Ihnen, der ihm in der Schulzeit das Leben zur Hölle gemacht hat?«, fragte Briamonte, beugte sich leicht vor und sah dem Mann direkt in die Augen: »Herr Thoman, wo waren Sie letzten Freitag zwischen sechs und sieben Uhr morgens? Haben Sie vergangenen Freitag auf Volker Schätzles Wagen geschossen?«

Thoman schnellte wutentbrannt vom Sofa hoch, als im selben Augenblick die Türglocke ging. Er fuhr herum, aber Briamonte erhob sich gelassen: »Gehen Sie nur aufmachen. Wir sind vorerst fertig.«

»Mannomann, den haben Sie ganz schön gegrillt«, bemerkte Miriam Strittmatter bewundernd, als sie wieder im Auto saßen. »Ich bin gespannt, was die Durchsuchung ergibt. Alibi hat er jedenfalls keines …«

Briamonte dachte hingegen an den Bankberater. Silvio Hennemann. Er drehte sich zu seiner Beifahrerin: »Ihr Bekannter, dieser Bänker …«

»Ich weiß, das hat mich auch geschockt.«

»Können Sie sich vorstellen, dass seine Freigebigkeit bezüglich seiner Auskünfte nicht nur an Ihrem Charme liegt? Dass er möglicherweise auf Volker Schätzles Lohnliste steht und Sie mit Falschinformationen versorgt hat?«

Die junge Frau verstummte.

»Ich wollte auf gar keinen Fall Ihre fachlichen Qualifikationen infrage stellen, tut mir leid, wenn sich das so angehört hat, aber möglich wäre es doch, oder?«

»Schon. Das mit der Insolvenz hat immerhin gestimmt …«, erwiderte sie kleinlaut »Wo fahren wir eigentlich hin? Hier wäre es nach Todtmoos gegangen.«

»Zur Bank«, antwortete Briamonte knapp. Wenn die Kollegin glaubte, er hätte den Thoman ›gegrillt‹, dann würde sie jetzt gleich erleben, wie er agierte, wenn er *richtig* sauer war.

Er rauschte in die Filiale, die Kollegin im Kielwasser, die sich am liebsten unsichtbar gemacht hätte, und machte vor dem Bankschalter halt, an dem Silvio Hennemann gerade Dienst tat. Dann zog er seinen Ausweis aus der Tasche und zeigte ihn dem jungen Mann, dessen unsicherer Blick von ihm zu Miriam Strittmatter ging.

»Herr Hennemann, ich muss Sie sprechen.«

»Äh …«

»Jetzt gleich. Wo können wir uns ungestört unterhalten?«

Das Büro war klein, und der junge Mann stand sich in seiner Nervosität selbst im Weg. Briamonte, kein Freund von freundlichen Einleitungsfloskeln, legte sofort los: »Herr Hennemann, Sie haben Hans-Joachim Thoman aus St. Blasien beraten?«

»Äh … ja.«

»Der Mann musste vor einem halben Jahr Insolvenz beantragen, weil er sich verspekuliert hatte.«

»Soweit ich weiß, ja.« Der junge Mann warf Strittmatter einen fragenden Blick zu.

»Sie haben ihm zu dieser Investition geraten?!«

»Äh, schon möglich … Wieso wollen Sie das wissen?«

»Er hat sein Haus und das Grundstück bei Ihrer Bank als Sicherheit hinterlegt, das jetzt Ihrer Bank gehört.«

»War das jetzt eine Frage?«

Briamonte überging den Kommentar. »Haben Sie auch in diese Firma investiert? Die Renditen müssen ja traumhaft vielversprechend gewesen sein …«

»Äh schon, ja.« Der Mann räusperte sich nervös und fummelte an seiner Krawatte herum.

»Und? Wie viel haben *Sie* verloren?«

»Ähem … nichts. Warum fragen Sie das?«

»Haben Sie gar nicht investiert, oder haben Sie rechtzeitig verkauft? Soll ich Ihnen etwas sagen? Insidergeschäft nennt man das. Stehen Sie auf Volker Schätzles Gehaltsliste, oder haben Sie ihm nur einen Gefallen getan? Bitte überlegen Sie gut, was Sie jetzt antworten.«

Der Bankangestellte schwitzte wie ein Schwein. Er wagte es nicht mehr, Miriam Strittmatter in die Augen zu sehen, und in seinem Milchbubi-Gesicht spiegelten sich seine Überlegungen wider – eine nach der anderen. Sollte er gestehen? Was war schlimmer? Eines Insidergeschäfts bezichtigt zu werden, das Bankgeheimnis verletzt zu haben oder Volker Schätzle zu verärgern? Würde ihm dieser Polizist überhaupt glauben, wenn er behaupten würde, den Unternehmer nur vom Sehen zu kennen?

Briamonte machte den Überlegungen schließlich ein Ende. »Was werden wir finden, wenn wir die Verbindungsdaten von Ihrem Provider anfordern? Was glauben Sie?«

Okay, er war erledigt. Der junge Mann sackte in sich zusammen. Von dem selbstbewussten Jüngling mit stylishem Slim-Fit-Anzug und gegelter Frisur blieb nur noch ein Häufchen Elend mit roten Wangen und fleckigem Hals, der wusste, dass er vor seiner Angebeteten eine jämmerliche Figur abgab.

Briamonte sah, das sein Gegenüber kapituliert hatte, und wurde wieder etwas zahmer. »Hören Sie gut zu … Das verletzte Bankgeheimnis und die Insidergeschäfte interessieren mich nicht. Wir sind von der Mordkommission. Was uns allerdings brennend interessiert, ist ein Hinweis auf eine potenzielle Finanzierung illegaler Geschäfte von Volker Schätzle, vorzugsweise größere Bargeldabhebungen. Ich gehe davon aus, dass Ihre Berichte, die Sie meiner Kollegin überlassen haben, handverlesen sind? Falls nein, reicht ein Kopfschütteln, falls ja, erwarte ich morgen früh um acht die fehlenden Belege auf meinem Schreibtisch. Habe ich mich klar und deutlich ausgedrückt?!«

Silvio Hennemann nickte matt, und Briamonte gab das Zeichen zum Aufbruch.

»Sie sollten diesen jämmerlichen Mickerling nicht mehr daten. Der ist nichts für Sie.«

46

Während Briamonte und seine Kollegin nach Todtmoos fuhren, um den zweiten gescheiterten Investor Ralf Zimmermann zu befragen, war Jochen Wenks letzte Stunde angebrochen. Nachdem sein alter Passat vergangene Nacht auf einem Waldweg zwischen Dachsberg und Urberg liegen geblieben war, hatte er fluchend den leeren Ersatzkanister in den Wald geschleudert und sich dann, vollkommen erschöpft und ausgepowert, auf die Rückbank gelegt, um sich etwas auszuruhen. Ein kleines Nickerchen, dann würde er eben zu Fuß weitergehen, um dieses Arschloch zu erledigen. Im Morgengrauen war er kurz erwacht, ziemlich unterkühlt, am ganzen Körper zitternd, doch physisch und psychisch so geschwächt, dass er nicht mehr in der Lage gewesen war, die Brisanz seiner Situation zu erkennen, geschweige denn sich aufzurichten und Hilfe zu rufen. So dämmerte er wieder weg und glitt in eine tiefe Bewusstlosigkeit, während seine Körpertemperatur weiter sank.

Ralf Zimmermann war ein Giftzwerg allererster Güte, und Miriam Strittmatter durfte erleben, wie man, kurz und bündig, einem aggressiven Gegenüber Kontra bot. Auch Zimmermann hatte kein Alibi, dafür eine Riesenwut auf Volker Schätzle, zwei Jagdwaffen, ein Mountainbike und ein altes Mofa der Firma Puch.

Nach einem raschen Imbiss in einem Dönerladen fuhren Sie zurück nach Waldshut ins Büro, wo Strittmatter die Berichte schreiben wollte. Bis die Ergebnisse aus der Kriminaltechnik vorlagen, blieb nur Abwarten.

Für Briamonte ein schwer auszuhaltender Moment in einer Ermittlung. Stillstand war nichts für ihn, weshalb er sich abmeldete und nach Hause fuhr. Er holte Gismo ab, ließ sich von seiner Mutter zu einer Tasse Kaffee und frischgebackenem Apfelkuchen überreden und fing erst bei einbrechender Dämmerung an, den Stall auszumisten und anschließend die Holzscheite zu stapeln, die schon gespalten unter einer Plane lagen. Der Hund und die Ziegen jagten sich durch den Garten, und im Vogelbeerbaum schlug eine Amsel Alarm. Die körperliche Arbeit tat ihm gut und half ihm beim Nachdenken. Dieser Schätzle ging ihm nicht aus dem Kopf. So wie sich die Lage im Augenblick darstellte, hatte er offenbar seine ehemaligen Peiniger um ihr Vermögen gebracht und sich einen nach dem anderen vorgeknöpft. Ihre Geldgier ausgenutzt, um sie zu Fall zu bringen. Briamonte war überzeugt, dass Schätzle die Firma BFL GmbH nur gegründet hatte, um die Anleger um ihr Geld zu bringen. Es würde ihn nicht überraschen, wenn es überhaupt nur die drei gewesen wären. Das würden die Unterlagen morgen hoffentlich zeigen, aber war das auch zu beweisen? Aber wieso erst nach zwanzig Jahren? Warum ausgerechnet jetzt? Außerdem war das Anlagebetrug, nicht sein Ressort, darum müssten sich die Kollegen kümmern. Er war die Mordkommission. Aber was, wenn Schätzles Rachefeldzug einen Mord provoziert hatte, der ihm gegolten hatte, aber durch eine unglückliche Verkettung von Zufällen Bettina Wenk zum Opfer gefallen war?

Nun denn, immerhin hatten sie jetzt drei Personen aus Schätzles Umfeld, die ein Motiv hatten: Jochen Wenk, Hans-Joachim Thoman und Ralf Zimmermann. Fehlten nur noch die entscheidenden Beweise, die die Technik hoffentlich bald lieferte, um einen der drei mit dem Tatort in Verbindung zu bringen.

So wie es augenblicklich aussah, musste er Schätzle vom Haken lassen. Er konnte es selbst nicht festmachen, warum er den Mann am Mord für Bettina Wenk verantwortlich machte. Denn wie der Bauunternehmer ihm nachvollziehbar dargelegt hatte, wäre er kaum so dumm, in einer Nacht mit so viel Neuschnee loszuziehen, um jemanden zu ermorden. Oder einen Auftragskiller zu engagieren. Insgesamt schien die Tat in einer solchen Nacht eher auf eine Kurzschlusshandlung einer impulsiven Person zu schließen. Denn welcher Mörder war so blöd, so viele Spuren zu hinterlassen? Oder war alles ganz anders? Wusste der Täter von vorneherein, dass seine Spuren nicht auswertbar waren? Die Reifenspuren führten aus dem Wald heraus auf eine Straße und verloren sich dann. Der oder die Täterin könnte nach Hause gefahren sein oder aber den fahrbaren Untersatz in ein Auto verladen und im Schluchsee versenkt haben. Kaum eine Chance, das Gefährt zu finden.

Briamonte zog die Plane über die Beige, legte ein paar Scheite zum Beschweren darauf und streckte sich. Es war mittlerweile stockdunkel. Der warme Schein aus den Wohnzimmerfenstern fiel auf die verschneiten Zweige der Obstbäume, einzelne Sterne funkelten über der geisterhaft fahlen Silhouette der umliegenden Berge, und es roch nach Holzfeuer. Die Ziegen hatten sich in den Stall zurückgezogen, während Gismo auf einem alten Fußball rumkaute. Schluss mit Grübeln. Er sah auf die Uhr. Kristina kam bald nach Hause, Zeit, sich ums Essen zu kümmern.

Später am Abend, als er mit Kristina vorm Kachelofen saß und Pläne fürs kommende Wochenende mit den Holzens schmiedete, klingelte Briamontes Telefon. Karl Neumann aus Frankfurt.

»Kalle, hoffentlich keine schlechten Nachrichten?!«

»Nein, diesmal nicht. Im Gegenteil. Entschuldige die späte Störung, aber ich wollte dir noch mitteilen, was unsere Presseabteilung heute veröffentlicht hat, nämlich, dass der bekannte Geschäftsmann Dimitar Hristov heute Mittag bei einem schweren Verkehrsunfall ums Leben gekommen sei. Du verstehst?« Briamonte atmete hörbar aus, während er weiter lauschte. »Medizinische Ursache, kein Fremdverschulden. Das haben die gut formuliert. Die Szene ist in Aufruhr, aber nicht besorgniserregend.« Karl Neumann klang zufrieden.

»Und die beiden Zeugen?«

»Die sind safe. Die haben sich nach dem Mord an dem Richter gottlob doch noch für ein Zeugenschutzprogramm entschieden. Jetzt ist der Hristov-Clan erst mal mit der Nachfolgeregelung beschäftigt, aber du weißt ja, wie die jungen Kläffer an der Leine gezerrt haben. Ich bin erleichtert, dass es so gekommen ist, und kann jetzt besser schlafen …«

»Frag mich mal, Kalle, frag mich mal …«

Weit nach Mitternacht wälzte sich Briamonte immer noch schlaflos im Bett. Irgendetwas ließ ihm keine Ruhe, trotz der guten Nachrichten aus Frankfurt. Um drei Uhr morgens stand er schließlich auf, machte sich einen starken Espresso, schrieb Kristina einen Zettel und fuhr anschließend mit Gismo nach Waldshut-Tiengen ins Büro.

Während der Hund in seiner Ecke auf der Decke döste, suchte Briamonte den Namen der dritten Investorin, die wegen Schätzle viel Geld verloren hatte. Sehr nachlässig von ihm, dieser Spur nicht auch gleich nachgegangen zu sein. Die Unterlagen lagen zu einem großen Stapel getürmt auf Strittmatters Schreibtisch. Nach zehn Minuten wurde er fündig, sie hieß Stefanie Allgeier. Wo hatte er den Namen schon einmal gehört? Plötzlich fiel es ihm ein: die Wirtin des Auerhahns und Bettina Wenks beste Freundin! Merkwürdig, dass sich hier wieder die Kreise schlossen. Oder bildete er sich da etwas ein? Er fuhr den Computer hoch. Stefanie Allgeier war nicht in besagte Klasse gegangen, weil sie sechs Jahre älter war. Das passte nicht zur Theorie der Rache für erlittenes Mobbing in der Schule, aber ihre finanzielle Situation war schon ein starkes Motiv. Allerdings hatte er bei der Befragung letzte Woche nicht den Eindruck gehabt, dass sie einen unmäßigen Groll gegen den Bauunternehmer hegen würde. Aber angenommen, Bettina Wenk hätte sich an Stefanie Allgeiers Mann rangemacht? Wäre das ein ausreichendes Motiv? Briamonte verwarf den Gedanken wieder, denn die Wirtin hätte unmöglich wissen können, dass Bettina Wenk an jenem Morgen in Volker Schätzles Wagen unterwegs war.

Seine Konzentration ließ nach, also ging er in die kleine Kaffeeküche, ließ sich einen Kaffee heraus und durchsuchte die Schränke nach ein paar Keksen. Dann kehrte er ins Büro zurück, hielt alle bisherigen Erkenntnisse und Theorien auf dem Whiteboard fest und ging anschließend alle möglichen Szenarien im Kopf durch. Kurz nach sechs notierte er die Adresse von Bettina Wenks Arbeitgeber und rief seinen Hund.

Der ambulante Pflegedienst war in Dachsberg, und Briamonte hatte Glück, dass er die Chefin noch erwischte. Der

Verlust Bettina Wenks wog schwer, wie sie ihm versicherte, und war kaum zu ersetzen, in menschlicher als auch in arbeitsorganisatorischer Hinsicht. Die Patienten hätten sie gemocht, sie sei eine zuverlässige Mitarbeiterin gewesen, die allerdings – das wolle sie ihm nicht verhehlen – in letzter Zeit ausgebrannt und unzufrieden wirkte. Es hätte sie nicht gewundert, wenn sie sich eine andere Arbeit gesucht hätte, wobei die Pflege generell kein Zuckerschlecken sei. Nein, sie habe nichts von einer unmittelbar bevorstehenden Kündigung gewusst. Familiäre Probleme? Darüber wisse sie nichts. Über Privates habe man kaum geredet. Keine Zeit.

Anschließend steuerte er den Auerhahn an, in dem schon die ersten frühen Gäste beim Frühstück saßen. Es duftete nach Kaffee und Toastbrot. Briamonte trat an die Theke und zeigte seinen Ausweis. »Ist Ihre Frau zu sprechen?«

»Ich weiß, wer Sie sind«, brummte der Wirt unwirsch und stapelte weiter das Geschirr in die Spülmaschine. »Sie ist nicht da.«

»Wann kommt sie wieder?« Briamonte ließ seinen Blick über die bescheidene Wirtsstube schweifen und die meist älteren Gäste, die in bunter Funktionskleidung beim Frühstück saßen.

»Keine Ahnung. Kann spät werden. Um was geht's?«

»Das möchte ich sie gerne persönlich fragen.«

»Geht's um ihre Freundin?«

»Sie meinen Bettina Wenk? Kannten Sie sie gut? Ich meine … gut gut?« Briamonte hob vielsagend die Augenbrauen und beobachtete die Reaktion des Mannes, der jedoch nur gleichgültig die Schultern hob: »Nicht wirklich.«

»Und Volker Schätzle? Wie gut kennen Sie den? Ihre Frau scheint einiges Vertrauen in ihn gesetzt zu haben.« Jetzt huschte eine Bewegung über das mürrische Gesicht von Jürgen Allgeier, aber Briamonte war einen Moment lang abgelenkt, weil eine Dame in knallroter Skihose energisch mehr Butter verlangte. Als er sich wieder umdrehte, verschwand der Wirt gerade in der Küche, um das Gewünschte zu holen.

Briamonte wandte sich kurz darauf zum Gehen. »Ich komme später wieder!«

47

Volker Schätzle saß um diese Zeit bereits im Büro und versuchte, in den Alltag zurückzufinden. Jochen Wenk hatte sich bisher nicht blicken lassen, aber seit zwei martialisch aussehende, vollbärtige Personenschützer vor dem Haus patrouillierten, war die Furcht vor dem rachelüsternen Gegenspieler nicht mehr ganz so groß. Die Arbeiten auf den Baustellen kamen einigermaßen planmäßig voran, und der Anruf seines Bankberaters verursachte ihm kein großes Kopfzerbrechen. Er hatte nichts zu verbergen und nichts mehr zu befürchten. Sowohl Buchhalterin als auch Anwältin hatten ihm versichert, dass man ihm nichts nachweisen könne. Es gab weder Hinweise darauf, dass er Anleger zu einer riskanten Investition überredet, noch darauf, dass er von den Plänen des Denkmalamtes gewusst hatte, die bestehenden Gebäude unter Denkmalschutz zu stellen. Das war Berufsrisiko, und er war nicht der Erste und sicher nicht der Letzte, der auf den Abriss einer alten Immobilie gesetzt hatte und bruchgelandet war. Die Gründung der Firma sowie Ankauf und Verkauf des Grundstücks hatte er damals seinem ehemaligen Geschäftsführer überlassen, damit er im Notfall behaupten könne, er wisse von nichts. Aus der Richtung sollte er nichts zu befürchten haben. Jetzt musste nur noch der irre Wenk hinter Gitter, dann konnte er wieder ruhiger atmen. Volker Schätzle lächelte.

Um drei würde sein Coach kommen, und wenn alles nach Plan lief, wäre er im Sommer am Ziel.

Während Volker Schätzle in Zukunftsvisionen schwelgte, saß Briamonte im Büro seiner Chefin, die ihm die neuesten Entwicklungen in Frankfurt mitteilte und auf den neuesten Stand der Ermittlungen im Mordfall Bettina Wenk gebracht werden wollte. Zufrieden war sie nicht, zumindest nicht was die Ergebnisse im aktuellen Mordfall anging.

»Frau Erler, wir arbeiten mit Hochdruck an dem Fall!«

»Wenn Sie zusätzliche personelle Ressourcen benötigen …«

»Dann würde ich mich sofort melden, darauf können Sie sich verlassen.«

»Und die junge Kollegin, wie macht sie sich? Ist sie dem Fall gewachsen? Mir scheint, sie besitzt viel Ehrgeiz. Nicht, dass sie …«

»Die junge Kollegin ist äußerst kompetent«, fiel ihr Briamonte ins Wort. »Sie hat zweifellos große Pläne, aber sie weiß, wann sie sich Unterstützung holen muss, keine Sorge. Ich habe ein Auge auf sie. Ihr Instinkt, ihre Klugheit und ihre Hartnäckigkeit sind außergewöhnlich. Sie wird es sicher weit bringen.«

»Dann deckt sich das mit ihren bisherigen Beurteilungen. Sie ist hervorragend geeignet, und ihr Aufnahmetest für die Polizeihochschule war sehr gut. Kurzum, sie ist für das Studium in Villingen angenommen. Wussten Sie das?«

Als er wenig später sein Büro betrat, war Miriam Strittmatter in Schätzles Unterlagen vertieft, die Silvio Hennemann offenbar vorhin gebracht hatte. Also doch. Sie blickte auf: »Hier … zweimal zehntausend Euro Barabhebung. Das finde ich merkwürdig, Sie nicht? Heutzutage zahlt doch niemand mehr in bar, es sei denn er kauft ein gebrauchtes Auto, oder? Ich bin gespannt, wie er das erklärt!«

»Sie wollen studieren?«, fragte Briamonte unvermittelt.

»Ja. Ich will Kriminalhauptkommissarin werden. So wie Sie.« Ein rosa Hauch huschte über ihr Gesicht. »Hat sie mich verraten? Ich hätte es Ihnen schon noch gesagt.«

»Seien Sie nachsichtig. Sie kann nicht anders«, beschwichtigte Briamonte die junge Frau. »Sie sieht Ihr Studium wohlwollend, das ist das Wichtigste. Über allem anderen stehen Sie doch drüber, oder nicht?« Briamonte staunte gerade über seine väterlichen Worte, als das Telefon klingelte. Er lauschte mit gerunzelten Augenbrauen und legte dann auf.

»Jochen Wenk ist tot! Gerade wurde er gefunden.«

»Wirklich? Wo? Hat er sich umgebracht?«

»Keine Ahnung. Waldarbeiter haben seine Leiche in einem abgestellten Wagen entdeckt, auf einem Waldweg zwischen Dachsberg und Urberg.« Briamonte schnappte seinen Parka. »Ich fahre schnell hin und gehe nachher noch einmal im Auerhahn vorbei. Sie erreichen mich mobil, falls etwas ist.«

Der Tote war zweifelsfrei Jochen Wenk. Briamonte kam dazu, als die Leiche in den Krankenwagen geschoben wurde. Die Kollegen von der Spurensicherung waren noch bei der Arbeit, und der Notarzt winkte ab. Nichts mehr zu machen. Äußere Verletzung seien auf den ersten Blick keine zu erkennen, aber was genau zum Tod geführt habe, müsse er dem Kollegen aus der Rechtsmedizin überlassen. Zum Todeszeitpunkt könne er nur vage Aussagen machen, irgendwas zwischen gestern früh und gestern Abend. Als Briamonte zum Auto zurückstapfte, fühlte er plötzlich Mitleid mit Jochen Wenks Söhnen, die noch gar nicht wussten, dass sie innerhalb von nur einer Woche Vollwaisen geworden waren. Das war das, was er an seinem Beruf am meisten hasste – das menschliche Leid, mit dem er so häufig konfrontiert war und das ihm in den letzten Monaten seltsamerweise näherging als in all den Jahren vorher. Lag das am fortschreitenden Alter oder daran, dass er seine Schutzmauern Stück für Stück abtrug? Das war zumindest die Theorie seiner Mutter, die sich freute, dass er immer mehr Nähe zulassen konnte – auch auf die Gefahr hin, verletzbarer zu werden. Gismo winselte. Briamonte schob sich hinters Lenkrad, kraulte seinen unruhigen Hund und fuhr in Richtung Häusern. Die Nachricht vom Tod ihres Vaters wollte er den beiden Jungen persönlich überbringen. Den Wagen, der ihm seit heute Morgen folgte, bemerkte er nicht.

48

Als Briamonte das Häuschen von Ramona Kunz verließ, war er so niedergeschlagen, dass ihm sein aufgeregter Hund gar nicht auffiel. Die Nachricht vom Tod seines Vaters und dem Verlust seines Zuhauses hatte den Dreizehnjährigen vollkommen durchdrehen lassen, da half alle Einfühlsamkeit nichts. Eine Katastrophe war eine Katastrophe, unmöglich, so eine Tragödie irgendwie schonend zu überbringen. Briamonte hatte der überforderten Patentante sein Beileid ausgedrückt, ihr eine Trauerbegleitungsstelle für Kinder empfohlen und dann fluchtartig das Haus verlassen. Er legte den ersten Gang ein und machte sich auf den Weg nach Herrischried, wo Angela Vogt lebte, Bettina Wenks älteste Schwester, die aktuell ihren Patensohn Lukas beherbergte. Vor einer Bäckerei machte er kurz halt, um einen Kaffee zu trinken und den Hund herauszulassen, der sich immer noch merkwürdig gebärdete. In dem Moment, als er den Wagen wieder starten wollte, klingelte sein Telefon. Stefan Holz. »Mir ibernachdad em Kaiser und hen au scho reserwird, dann hen ihr koin Stress. Am Freidag dädad mir so gega dreie zum Kaffee komma. Mei Mädle dääd au an Kuacha bacha …«

Fantastisch! Briamonte schickte eine kurze Nachricht an Kristina. Die Aussicht auf ein gemütliches Wochenende mit lustigem Besuch hob seine Laune, auch wenn er später noch beim Skiverleih vorbeimusste – der einzige Wermutstropfen. Briamonte war ein lausiger Skifahrer, schon immer gewesen. Und ängstlich dazu. Schon der Gedanke an verhakte Ski im Schlepplift beschleunigte seinen Puls, aber da musste er wohl oder übel durch. Zumal Kristina eine überragende Skifahrerin war und er im Vorfeld geblufft hatte. Morgen dann. Bevor er startete, wählte er Michael Maurers Nummer.

»Briamonte hier. Gibt's schon etwas Neues?«

»Sie haben Glück«, erwiderte der Leiter der Spurensicherung. »Ich bin gerade fertig, aber das Ergebnis wird Ihnen nicht gefallen. Keinerlei Übereinstimmungen. Weder bei den Waffen noch bei den Reifenprofilen. Sie werden weitersuchen müssen, tut mir leid!«

Im Ernst jetzt?! Damit hatte er nicht gerechnet. Briamonte legte auf. Das hieß im Klartext, dass sie wieder ganz von vorne anfangen mussten. Das durfte doch nicht wahr sein! Er startete den Motor und fuhr vom Parkplatz. Nur etwa einen Kilometer weiter fiel ihm auf, dass das Bremspedal ungewöhnlich weich nachgab. Beunruhigt umfasste er das Lenkrad fester, ging vom Gas und trat probeweise auf die Bremse, die sich jetzt bis zum Bodenblech durchtreten ließ. »Was zum Teufel …« Schlagartig brach ihm der Schweiß aus, denn der Wagen wurde immer schneller. Das Lenkrad mit der Linken fest umklammert, versuchte er den zweiten Gang einzulegen. Das Getriebe ratschte grässlich. Doch der zwei Tonnen schwere Wagen hatte bergab schon so viel Schub, dass die Motorbremse kaum noch Wirkung zeigte. Briamonte schlingerte laut fluchend durch die nächste Kurve, und in dem Augenblick, in dem er entschied, den Wagen in den sicheren Hang zu steuern, verlor er vollends die Kontrolle. Der Defender krachte gegen die Leitplanke, wurde durch die enorme Wucht über den Metallholm geschoben und schlitterte dann, mit abgerissenen Vorderrädern, den steilen Hang hinunter, bis er hundert Meter weiter unten von einem Hindernis im Schnee abrupt gebremst wurde, sich überschlug und auf dem Dach zum Liegen kam.

49

Briamonte lauschte. Alles still. Nur ein entferntes Plätschern. Wo war Gismo? Aufmerksam spürte er in sich hinein und versuchte sich zu orientieren. Er hing kopfüber im Gurt, aber er fühlte keine nennenswerten Schmerzen. Etwas schwindelig, aber nicht allzu schlimm. Vorsichtig tastete er nach dem Gurtschloss, überlegte kurz, wie er fallen würde, drückte dann den Schnapper und befreite sich aus dem Gurt. Die Tür klemmte, weshalb er die Scheibe hinunterkurbelte und sich ächzend durchs Fenster zwängte. »Gismo?!« Auf wackligen Beinen umrundete er das Autowrack und riss dann die hintere Klappe auf. Sein Hund lag auf dem Fahrzeughimmel und winselte leise, aber er hob den Kopf. »Gismo! Alter Freund! Alles gut? Ich hol dich raus! Nicht abnippeln, okay?!« So behutsam er konnte, zog er seinen Hund aus dem Wrack und stellte ihn auf die Füße. Dann tastete er ihn ab, während er ihm gut zuredete, ihn kraulte und sachte klopfte: »Na, alter Knabe, das hat ganz schön gekracht, was? Aber wir sind zäh wir beide, stimmt's? Uns haut so schnell nichts um!« Der Hund schien unverletzt, wirkte jedoch etwas benommen und schaute ihn scheel von der Seite an. Briamonte richtete sich auf und besah sich das Wrack und die Spur der Verwüstung, die es hinterlassen hatte. Dass er da unverletzt herausgekommen war, grenzte an ein Wunder. Vermutlich hatte ihm der hässliche, nachträglich eingebaute Überrollbügel das Leben gerettet. Oben am Straßenrand hatte sich eine Menschentraube gebildet, und einzelne Passanten rutschten gerade den Abhang herunter, um zum Unfallort zu gelangen. Briamonte winkte und suchte dann sein Handy.

Am Nachmittag saß er wieder in seinem Büro und versuchte sich zu sortieren; vor ihm standen ein Becher Cappuccino to go und ein Stück Schwarzwälder Kirschtorte, das ihm die Kollegin extra aus der Bäckerei um die Ecke geholt hatte. Seine Mutter war mit Georg gekommen und hatte Gismo abgeholt. Sie hatte ihm nicht glauben wollen, dass ihm nichts fehlte, war aber abgezogen, den immer noch belämmerten und leicht humpelnden Gismo an der Leine. Das Wrack wurde gerade von einem Spezialkran geborgen, und Miriam Strittmatter beharrte darauf, dass der Wagen von den Kollegen der Kriminaltechnik untersucht wurde. »Chef, das war doch kein Zufall!«

»Strittmatter, der Wagen war uralt. Mein Fehler. Ich hätte ihn häufiger durchchecken lassen sollen. Diese Autos sind für die Wüste gemacht und nicht für nasskalte mitteleuropäische Winter.«

»Aber Chef«, insistierte die junge Frau. »Nach dem, was die letzten beiden Wochen passiert ist, sollten Sie wirklich ein bisschen misstrauischer sein! Vielleicht habe ich zu viel Fantasie, aber ich würde lieber auf Nummer sicher gehen! Nicht, dass dieser Volker Schätzle noch einen Killer auf Sie angesetzt hat!«

»Was hätte er davon? Er weiß, dass ich ihn verdächtige.«

»Meinen Sie? Aber trotzdem. Bitte!«

»Meinetwegen«, lenkte Briamonte ein. »Aber organisieren Sie doch bitte einen Ersatzwagen für ... sagen wir in einer halben Stunde. Ich muss nach Herrischried zu Angela Vogt, und anschließend sollte ich dringend mit Stefanie Allgeier reden. Außerdem will ich von Volker Schätzle wissen, wozu er die zweimal zehntausend Euro gebraucht hat.«

»Alles klar. Aber Chef, ich komme mit ... Sie sehen nicht allzu fit aus, bei allem Respekt. Bitte!«

50

Am Abend saß Briamonte ziemlich zerschlagen am Esstisch und stocherte in seinem Spiegelei. Er hatte leichte Kopfschmerzen und Verspannungen in Nacken und Schultern. Kristina war mit einer Freundin im Kino – er hatte darauf bestanden, dass sie ging –, und Gismo lag regungslos vorm Kachelofen, während die kleinen Kater auf ihm herumturnten. Er musste wirklich einen Knacks abbekommen haben, denn normalerweise ließ er sich das nicht so ohne Weiteres gefallen. »Gismo? Alles klar, alter Kumpel?« Der Hund klopfte zaghaft mit dem Schwanz auf den Boden, rührte sich aber nicht. Nachdenklich ließ Briamonte den Tag Revue passieren. Lukas Wenk hatte die Nachricht vom Tod seines Vaters ohne sichtbare Emotionen aufgenommen. Briamonte hatte ihm sein Beileid ausgesprochen und seiner Tante, eine erfrischend pragmatisch wirkende Frau, die Adresse einer Trauerberatung für Kinder dagelassen. Sie schien sich keine Illusionen über ihren Neffen zu machen, aber war bereit, sich nach Unterstützungsmöglichkeiten für den Jungen umzuhören.

Die beiden vielversprechenden Kandidaten Hans-Joachim Thoman und Ralf Zimmermann waren aus dem Kreis der Verdächtigen ausgeschieden, und Stefanie Allgeier hatte ihm versichert, dass sie nie in ihrem Leben in irgendetwas investiert hätte. Das fehlte noch! Als Gastronomin musste sie zusehen, dass sie in der heutigen Zeit überhaupt einigermaßen über die Runden kam. Das Geld saß bei den Gästen nicht mehr so locker wie früher. Außerdem hatte sie ein altmodisches Haus, das dringend einer Renovierung bedurfte. Zimmer mit Toilette auf dem Gang waren nur noch schwer vermittelbar. Dass laut Bankauskunft ihre finanzielle Lage besorgniserregend sein sollte, hatte sie sich nicht vorstellen können. Ebenso wenig, wie ihre Daten bei der BFL GmbH auftauchen konnten. Doch hatte er den Eindruck gehabt, als würde sie diese Information nachdenklich stimmen. Er hatte nicht weiter nachgebohrt, denn sie hatte ihm glaubhaft versichert, dass sie keinen Groll gegen Volker Schätzle hege – wieso denn auch? Sie kenne den Mann doch kaum, und Bettina Wenk sei tatsächlich ihre beste Freundin gewesen. Seit fünfzehn Jahren schon. Den Gedanken, dass sie sich eventuell an ihren Mann herangemacht haben könnte, hatte sie lachend zurückgewiesen. »Bettina und mein Jürgen?! Niemals! Nichts für ungut, Herr Kommissar«, hatte sie amüsiert versichert. »Bettina wusste immer genau, was sie wollte. Bei aller Liebe. Ein mittelloser Ehemann einer mittelmäßigen Gastwirtin hätte sie nicht interessiert. Und wie Brad Pit sieht er halt auch nicht aus, mein lieber Jürgen.«

Und Volker Schätzle hatte er gar nicht angetroffen. Er war in Winterthur, bei einem Kunden, und wurde erst morgen Nachmittag zurückerwartet. Immerhin waren die Empfangsdamen erleichtert zu erfahren, dass Jochen Wenk keine Bedrohung mehr darstellte. Und jetzt? Briamonte war unzufrieden. Wer zur Hölle hatte Bettina Wenk erschossen? War sie wirklich Ziel des Anschlags gewesen, oder eigentlich Volker Schätzle?! Nicht einmal das hatten sie bisher zweifelsfrei ermitteln können! War es möglich, dass dieser Fall der erste wurde, den er im Laufe seiner Karriere nicht aufklären konnte?! Er spielte einen Moment lang mit dem Gedanken, Schopferer anzurufen. Ein kurzer Austausch mit dem pragmatischen, analytisch denkenden Kollegen hätte ihm entschieden gutgetan, doch er hielt sich zurück. Es wäre nicht fair, ihn in seiner Elternzeit zu stören. Aber vielleicht könnte er nächste Woche einmal auf dessen Angebot zurückkommen und auf einen Kaffee vorbeischauen?

Schwerfällig erhob er sich vom Tisch, räumte das Geschirr in die Küche, nahm dann den Parka vom Haken, schlüpfte in die Gummistiefel und ging hinaus, um die Stalltür zu schließen. Gismo blieb vor dem Ofen liegen, statt wie sonst wilde Freudensprünge zu vollführen, und Briamonte machte sich langsam Sorgen. Wenn es morgen nicht besser war, musste er mit ihm zum Tierarzt.

Kristina fand ihn kurz vor Mitternacht vor dem Fernseher, tief schlafend, die beiden Kater im angewinkelten Arm. Bei dem friedlichen Anblick schossen ihr unvermittelt die Tränen in die Augen: Um ein Haar wäre er nicht mehr nach Hause gekommen.

51

Währenddessen war im Auerhahn die Hölle los. Nachdem die resolute Wirtin die übliche Herrenrunde hinauskomplimentiert und die Tür zum Gastraum geschlossen hatte, rauschte sie in die Küche. Seit dem Besuch des Kommissars hatte sie sich ihre Wut verkneifen müssen, aber jetzt waren die alten Süffel weg, die Gäste auf ihren Zimmern, und sie konnte ihr jahrelang antrainiertes Wirtinnenlächeln ablegen.

»Jürgen?!«

Ihr ebenso jahrelang trainiertes, durchdringendes Wirtinnenorgan ließ keinen Zweifel daran, dass der häusliche Segen schief hing.

»Ich bin hier«, tönte es hinter der offenen Kühlschranktür.

»Das kannst du nachher versorgen, ich muss mir dir reden!«

»Was gibts, mein Tigerchen?« Als ahnte er nicht, was die Stunde geschlagen hatte, aber Jürgen Allgeier wusste genau, wann er aus der Eskalationsspirale aussteigen musste, beziehungsweise gar nicht erst hineingeraten sollte.

»Du weißt sehr gut, um was es geht!«, keifte Steffi Allgeier. »Ich will alles wissen, sonst gehe ich *jetzt gleich* zur Polizei und zeig dich an!«

Der Wirt schluckte. Damit hatte er nicht gerechnet. Bisher hatte sie ihm immer alle Dummheiten verziehen: die finanzielle Bruchlandung mit seiner Autowerkstatt, die Spielschulden, das viel zu teure Auto und sogar den kleinen Seitensprung mit einer Urlauberin aus Dortmund. Nichts, was eine kleine Charmeoffensive nicht wieder hatte gutmachen können. Sie war so dankbar gewesen, mit über vierzig noch einen Ehemann abzubekommen, noch dazu einen, der sich in einem altbackenen Gasthof bereitwillig in die Küche stellte, dass er immer leichtes Spiel gehabt hatte. Aber jetzt? Ins Gefängnis würde er auf keinen Fall gehen! Eher würde er …

»Und?! Was hast du mir zu sagen?! Ich warne dich!«

Jetzt ging's um alles. Jürgen Allgeier senkte schuldbewusst den Blick und griff Verzeihung heischend nach der Hand seiner Frau: »Steffi, meine Löwenkönigin, mein Ein und Alles, verzeih … Ich habe eine Riesendummheit gemacht!« Sie hob zu einer Erwiderung an, aber er ließ sie nicht zu Wort kommen: »Ich weiß, du bist sauer, stinksauer, und du hast alles Recht der Welt, auf mich sauer zu sein, aber glaub mir: Ich hab das nur für uns gemacht! Nur für dich! Ich sehe ja, wie du dich jeden Tag abrackerst, wie du schuftest, immer lächelnd, und das ohne je einen Tag Urlaub zu haben oder gar eine Woche oder zwei. Mir hat es fast das Herz zerrissen bei dem Gedanken, dass wir unser Leben vergeuden, hier in diesem kleinen Kaff, ohne Hoffnung, dass es finanziell je besser wird. Im Gegenteil! Die Zimmer können wir nicht mehr lange vermieten. Noch sind's die niedrigen Preise, die uns unsere Stammkunden erhalten, aber das wird nicht ewig so gehen. Die Beckmanns kommen schon nicht mehr, die Schmids sind heuer auch das letzte Mal da, und dann? Von den paar Stammtischbrüdern und drei Dutzend Essen pro Woche können wir nicht leben!« Er merkte, dass ihr seine flammende Rede den Wind etwas aus den Segeln genommen hatte, denn das war ihr wunder Punkt. »Ich wusste genau, dass du nie in irgendetwas investieren würdest, deshalb habe ich dir die Entscheidung abgenommen.«

»Du hast meine Unterschrift gefälscht!«

»Ja, das habe ich, aber das war gewissermaßen Notwehr! Sieh mal, der Volker Schätzle ist doch ein steinreicher Mann geworden mit seinen Geschäften! Der hat doch immer den richtigen Riecher gehabt! Jeden Euro, den der in die Hand genommen hat, hat er verdreifacht! Was sage ich … vervierfacht, verfünffacht! Die Sache *konnte* gar nicht schiefgehen!«

»Ist sie aber!«

»Du hast recht«, jetzt verdüsterte sich sein Gesicht. »Und ich sage dir auch warum.«

»Das würde mich allerdings *wirklich* interessieren.«

»Der Schätzle hat mich reingelegt.«

»Reingelegt?! Der Schätzle? Warum sollte er das tun? Er hätte sich doch nicht ins eigene Fleisch geschnitten?«

»Hat er auch nicht, denn *er* hat rechtzeitig verkauft.«

»Das verstehe ich nicht. Warum hast *du* das nicht getan?«

»Ganz einfach: Weil ich nicht gewusst habe, dass es Probleme gibt. Die Sache war eigentlich bombensicher! Es konnte keiner ahnen, dass die Gebäude unter Denkmalschutz gestellt werden sollten.« Jürgen Allgeier machte ein zerknirschtes Gesicht. »Ich schwöre dir bei meinem Leben, dass ich nur das Beste für meine wunderbare, tüchtige Frau wollte! Es tut mir so wahnsinnig leid, aber ich mache das wieder gut. Das verspreche ich dir hier und jetzt. Und wenn es das Letzte ist, was ich tue.«

Steffi Allgeier betrachtete ihren feurigen Mann und war schon beinahe wieder eingewickelt, als sie noch einmal nachhakte: »Wie bist du überhaupt an diese Anlage gekommen?«

»Der Schätzle ist doch immer wieder zum Essen hier gewesen. Da hat er mir davon erzählt.«

»Und warum hast du vorhin gesagt, dass er dich damit reinlegen wollte? Warum sollte er das tun? Ihr seid doch in dieselbe Klasse gegangen, du und der Schätzle?«

»Schon, aber …«

»Aber was?«

»Na ja, damals haben wir uns nicht so gut verstanden. Wir waren Kinder, du weißt …«

»Nein, nicht wirklich. Hatte er mit dir noch eine Rechnung offen?«

»Sieht so aus«, erwiderte Allgeier brüsk und konnte nicht verhindern, dass ihn der alte Groll überrollte. Der Schätzle, die verdammte Drecksau! Diese humorlose, nachtragende Drecksau!

»Und das hast du nicht gewusst, als du bei ihm eingestiegen bist?«

Seine Frau verstand offenbar noch immer nicht. »Nein, verdammt! Woher hätte ich das wissen sollen? Dieser Geldsack hat schlicht und einfach vergessen, wo er herkommt und wer seine Freunde sind!«

»Schatz, warum regst du dich so auf? Er hat das sicher nicht absichtlich gemacht!« Steffi Allgeier, die ihrem Mann schon beinahe verziehen hatte, war irritiert und geradezu erschrocken über den blanken Hass, den der Name Volker Schätzle bei ihrem Mann auslöste. So kannte sie ihn gar nicht. Was hatte er denn auf einmal? Und dann durchzuckte sie ein furchtbarer Gedanke.

»Jürgen, sag, hast du …« Sie verstummte, weil ihr seine kalten Augen plötzlich Angst machten.

»Ja, mein Schatz?« Er lächelte mechanisch.

»Ach nichts … lass uns zu Bett gehen.«

»Verzeihst du mir?«

»Das tue ich doch immer …«, antwortete sie matt und erschauerte. Morgen sollte sie zur Polizei gehen.

52

Am Donnerstagmorgen wurde Briamonte vom Handyklingeln geweckt, das schier nicht aufhören wollte. »Was denn? Ich hab doch gesagt, ich komme um zehn!«, fauchte er ungnädig, ging aber dran. »Strittmatter, ich hoffe, es ist wichtig!«

Die junge Frau war aufgeregt. »Chef, die Ergebnisse aus der Technik sind eben gekommen … Ihre Bremsleitungen sind angeschnitten worden! Das war kein Unfall, das war ganz klar ein Mordversuch!«

»Wie bitte?!« Briamonte war schlagartig wach. Ein unangenehmes Gefühl machte sich in der Magengegend breit. »Ich rufe Sie gleich zurück!«

»Kalle, Johann hier … Sag mal, ich muss etwas wissen …«

Kurze Zeit später saß er nachdenklich vor seinem Milchkaffee. Dem Kollegen Neumann war nichts von einer erneuten Bedrohung aus Frankfurt bekannt. Es gab einen neuen Boss im Clan, ein Neffe des Alten, der sich gegen die anderen ›Mitbewerber‹ durchgesetzt hatte, ansonsten war es einigermaßen ruhig. Vermutlich seien die Herren gerade in der ›Findungsphase‹, wie Neumann gefrotzelt hatte. Das mit den Bremsleitungen sei wirklich übel, aber mit an Sicherheit grenzender Wahrscheinlichkeit nicht in Frankfurt angeordnet. Gismo kam angetrottet und schob seine Schnauze unter seine Hand. Briamonte lächelte erleichtert. Immerhin ging es *ihm* heute besser, sein Hund schien beinahe wieder der Alte zu sein. Ihm selbst taten heute alle Knochen weh. Wie ein schwerer Muskelkater. Aber Gismo ging's wahrscheinlich nicht anders.

Nach einem Spaziergang in Richtung Krunkelbach, bei dem er sich andauernd umsehen musste, brachte Briamonte den Hund zu seiner Mutter.

»Brauchst du heute dein Auto?«

»Nein, wieso?«

»Kann ich's mir heute ausleihen?«

»Ich dachte, du hättest einen Dienstwagen?«

»Schon, aber der springt grad nicht an …«

Frau Briamonte betrachtete ihren Sohn: »Du hast schon überzeugender gelogen, Johann Briamonte, aber hier … der Garagenschlüssel ist der da.«

»Danke, Mama!« Briamonte küsste seine Mutter tatsächlich auf die Wange und verschwand, während sie noch eine Weile in der Tür verharrte.

Auf dem Revier sprach er zuerst mit seiner Chefin, anschließend berief er eine Krisensitzung ein, an der auch Bülent Yilmaz teilnahm, der junge Kollege, der ihn im letzten Fall bereits unterstützt hatte.

»Yilmaz, Sie nehmen sich bitte einen Kollegen aus der KFZ-Abteilung, fahren nach Menzenschwand und sehen sich den Dienstwagen an, der vor meiner Haustür steht. Wenn mit dem alles in Ordnung ist, bringen Sie ihn bitte hierher zurück. Hier ist der Schlüssel. Melden Sie sich, wenn Sie wieder da sind!«

Als der junge Mann gegangen war, wandte er sich an die Kollegin: »Strittmatter, Sie helfen mir bitte herauszufinden, bei welcher Gelegenheit mein Wagen hätte manipuliert werden können und wer einen Vorteil daraus ziehen könnte, mich ins Jenseits zu befördern. Es muss jemand sein, mit dem wir in den letzten Tagen zu tun gehabt haben! Irgendetwas übersehen wir, verdammt!« Frankfurt erwähnte er gar nicht. Sie hatte von der Bedrohung durch Dimitar Hristov nichts gewusst, und dabei sollte es bleiben.

Miriam Strittmatter war heute blasser als sonst. Angespannt. Bis jetzt war für sie alles ein Spiel gewesen, eher ein Abenteuer. Aber jetzt? Ihr Vorgesetzter war gestern nur durch eine glückliche Fügung nicht ums Leben gekommen, und der Schreck saß tief. Sie hatte den zerbeulten Defender gesehen. Wer machte so etwas?! Und warum? Irgendwem musste er auf die Füße getreten sein. »Irgendjemand müssen Sie gewaltig auf die Füße getreten sein«, sagte sie nun laut. »Nur wem? Und mit was? Heißt das nicht, dass wir der Lösung des Falls nähergekommen sind, als wir dachten?«

Kluges Kind, dachte Briamonte. Genau das fragte er sich auch seit gestern. Er griff nach seinem Telefon: »Maurer, Briamonte hier …«

»Ach, Sie sind's! Ich habe Ihren Anruf schon erwartet. Meinen Glückwunsch! Sie scheinen da oben noch nicht eingeplant zu sein!«

»Nein, offenbar nicht«, erwiderte Briamonte trocken. »Sagen Sie, was ich mich die ganze Zeit frage …«

»Ob die Bremsleitungen schon länger angeschnitten waren? Nein. Sie sind mit einer scharfen Zange beinahe vollständig durchgeknipst worden, damit wären Sie hier in der Gegend nicht weit gekommen.«

»Verschleiß ausgeschlossen?«

»Definitiv ausgeschlossen.«

»Und das heißt, dass das gestern passiert sein muss?«

»Wenn Sie gestern aus Menzenschwand gekommen sind, dann ja. Noch etwas: Die Person muss Fachkenntnis haben. Bei der alten Klapperkiste ist es nicht schwer, an die Leitungen heranzukommen, aber man muss wissen, wo man schneidet. Vor allem wenn man wenig Zeit hat, wovon man ausgehen muss.«

Briamonte legte auf und betrachtete seine Kollegin, die ihn aufmerksam ansah. »Ich hab's mitangehört. Wo waren Sie gestern überall, bevor der Unfall passiert ist?«

»Ich war um vier Uhr morgens hier im Büro, dann bei Bettina Wenks Arbeitgeber, dem Pflegedienst in Dachsberg, dann im Auerhahn, anschließend wieder hier, bis Jochen Wenk gefunden wurde, zum Schluss bei Ramona Kunz in Häusern … ach ja, irgendwo im Nirgendwo noch in einer Bäckerei. Danach, auf dem Weg nach Herrischried, ist's dann passiert.«

»Hat niemand gewusst, wo Sie hinfahren?«

»Nein. Nicht einmal Sie, aber Sie haben recht. Irgendjemandem sind wir zu nahegekommen, nur wem? Lassen Sie uns alles noch einmal von vorne durchgehen. Irgendetwas haben wir übersehen.«

»Der Obduktionsbericht von Jochen Wenk ist übrigens auch schon gekommen. Er ist erfroren. Keine Fremdeinwirkung.«

53

Zwei Stunden lang gingen sie alle Unterlagen noch einmal durch. Drehten sprichwörtlich jeden Stein um. Plötzlich schlug sich Briamonte mit der Hand an die Stirn. »Gott, ich bin so blöd!«

»Was ist?« Strittmatter blickte auf.

»Wir haben etwas elementar Wichtiges übersehen! Der Schlüssel zu der ganzen Geschichte ist die Schulklasse von damals, da bin ich mir ganz sicher! Natürlich! Hier … Angelika Vögele, die das Klassentreffen organisiert hat …«

»Was ist mit der?«

»Die weiß doch sicher noch genau, wer damals am Mobbing gegen Volker Schätzle beteiligt gewesen ist. Sie haben doch gesagt, dass sie froh gewesen sei, dass es sie nicht getroffen habe. Erinnern Sie sich?«

»Ja, schon …«

»Rufen Sie sie an und vereinbaren Sie, wenn's geht, für jetzt gleich einen Termin! Sie soll alle Fotos und Unterlagen bereitlegen, die sie von früher noch hat.« Briamonte stand plötzlich unter Strom. Er spürte, dass er der Lösung ganz nah war, konnte sie allerdings nicht packen.

Strittmatter hatte in der Zwischenzeit telefoniert und legte gerade auf. »Sie ist krankgeschrieben und erwartet Sie zu Hause.«

Briamonte nahm seinen Parka vom Haken: »Sie bleiben hier und suchen weiter nach Unstimmigkeiten. Wenn etwas sein sollte, rufen Sie mich an …«

Angelika Vögele lebte in Waldshut-Tiengen, nur einen Steinwurf von seiner Dienststelle entfernt, und Briamonte ging zu Fuß, aber nicht, ohne sich gefühlt jede Sekunde umzudrehen. Die Person, die seine Bremsschläuche durchgeschnitten hatte, wusste sicher, dass der Anschlag missglückt war. Und bei der Dichte an Jagdwaffen hier im Schwarzwald musste er jeden Augenblick auf einen Heckenschützen gefasst sein. Er schnaufte tief. Morgen war endlich Freitag, und er würde um drei zu Hause sein! Koste es, was es wolle!

Angelika Vögele lebte in einer kleinen Zweizimmerwohnung im Stadtzentrum, im zweiten Stock eines Neubaus mit Ladengeschäft im Erdgeschoss. Sie bat ihn herein, und er sah sofort, warum sie krankgeschrieben und zu Hause war – ihr linker Fuß steckte in einer Unterschenkelschiene. Sie schüttelte ihm die Hand, bat ihn ins Wohnzimmer und bedeutete ihm, sich zu setzen. »Darf ich Ihnen einen Kaffee anbieten, oder ein Wasser?«

»Gerne ein Wasser, aber bitte keine Umstände …«

Sie humpelte in die Küche, Briamonte sah sich um. Eine adrette, kleine Wohnung. Hellbeige Wände, weißes Sofa mit passendem Couchtisch, diverse hübsche Deko-Gegenstände aus Holz, orientalische Windlichter und ein großes Wandtattoo mit Sinnspruch. Auf einem rustikalen weiß lasierten Sideboard stand ein Fernseher neben einer üppigen Pilea. Vor dem Fenster zum Balkon nahm ein großer Katzenkratzbaum das halbe Fenster ein. Im obersten Bettchen lag eine riesenhafte, langhaarige Katze, die seine Annäherungsversuche stoisch ignorierte. Die Wohnung war ebenso adrett wie die rundliche, in einen farbenfrohen Kaftan gewandete Hausherrin, die eben mit einer Karaffe und passenden Gläsern auf einem Tablett hereinkam. Frau Vögele schenkte ein und setzte sich ihm gegenüber auf einen weißen Schaukelstuhl aus Rattan. »Was führt Sie zu mir? Wie kann ich helfen? Ich habe letzte Woche schon mit einer Kollegin von Ihnen telefoniert … Geht's um Bettina? Ich meine Frau Wenk? Ich habe es in der Zeitung gelesen. Das ist wirklich furchtbar!«

»Indirekt ja. Wir wissen immer noch nicht, wer sie erschossen hat und warum. Deshalb sammeln wir alle Informationen, die wir bekommen können. Denn möglicherweise liegt das Motiv in der ferneren Vergangenheit.«

»Sie meinen, dass eigentlich Volker Schätzle hätte tot sein sollen? Ich habe gehört, dass sie die letzten Tage bei ihm gewohnt hat und es sein Auto gewesen ist, in dem sie erschossen wurde.« Sie schien ehrlich betroffen.

»Frau Vögele, Sie haben doch dieses Klassentreffen organisiert und können sich sicher noch daran erinnern, was damals, also vor zwanzig Jahren vorgefallen ist?«

»An manches schon. Was wollen Sie denn wissen?«

»In erster Linie möchte ich wissen, wer alles an Volker Schätzles Martyrium beteiligt gewesen war. Fotos wären auch ganz toll.«

Angelika Vögele beugte sich vor und zog ein Album heran: »Ich habe schon mal die Fotos hervorgeholt. Hier, das ist das Klassenfoto der Abschlussklasse.« Sie zeigte mit ihren buntberingten, perfekt manikürten Fingern auf die Abgebildeten. »Das da ist Volker Schätzle … das hier Bettina Wenk, damals noch Brenneisen, und hier ist Jochen Wenk.« Briamonte traute seinen Augen kaum. Bettina Wenk erkannte er sofort, die hatte sich kaum verändert, aber Volker Schätzle! Grundgütiger! Dieser fettleibige, brillentragende Teenager mit Topffrisur und unreiner Haut konnte sich doch unmöglich so sehr verändert haben. Und Jochen Wenk, der gut aussehende junge Mann mit wildem, lockigem Haar und der selbstbewussten Haltung eines Rudelführers – keinerlei Ähnlichkeit mehr mit dem passiv aggressiven Glatzkopf von heute.

Frau Vögele lächelte. »Unglaublich, was die Zeit aus manchen Menschen macht, stimmt's? Da bin ich!«

Briamonte erkannte eine füllige junge Frau, mit unvorteilhafter Dauerwelle und viel zu großer Brille, die sich sichtlich unwohl fühlte. »Und wer waren jetzt Volker

Schätzles Peiniger?« Aus den Augenwinkeln sah Briamonte, wie sich die Katze von ihrem Ausguck herunterbequemte und sich betont desinteressiert näherte. Er tat, als würde er sie nicht bemerken, und beugte sich über das Foto.

»Also das waren Jochen Wenk, Bettina Wenk, Ralf Zimmermann, Hans-Joachim Thoman, Jürgen Kälblin und Martin Zehner. Zehner ist aber vor drei Jahren an Krebs gestorben.«

»Jürgen Kälblin? Der stand aber nicht auf der Teilnehmerliste des Klassentreffens, wenn ich mich recht erinnere?«

»Nein, denn der hat vor fünf Jahren geheiratet und den Namen seiner Frau angenommen. Allgeier heißt er jetzt. Jürgen Allgeier. Der da …«

Briamonte schoss wie von der Tarantel gestochen vom Sofa hoch und schlug sich die Knie an. Die Katze stob davon. Großer Gott! Er nahm sein Handy und rief Strittmatter an. »Wir haben ihn! Er heißt jetzt Allgeier, es ist der Wirt vom Auerhahn! Bitte schicken Sie sofort eine Streife dorthin! Möglicherweise ist seine Frau in Gefahr. Und schicken Sie mir Yilmaz, er soll mich hier abholen.« Er schüttelte der perplexen Frau Vögele die Hand. »Danke! Sie haben mir sehr geholfen!«

Damit stürmte er aus der Wohnung.

54

Steffi Allgeier hatte die Nacht kaum geschlafen. Unruhig hatte sie das gestrige Gespräch Revue passieren lassen, wieder und wieder, bis sie sich eingestehen musste, dass sie Angst hatte. Angst vor ihrem eigenen Mann. Bei allen Krisen, die sie die letzten fünf Jahre durchstehen mussten, hatte sie ihn nie so hasserfüllt und aggressiv erlebt. Trotz seiner schmeichelnden Rechtfertigungen, die sie mittlerweile auswendig kannte. Wort für Wort. Was hatte er getan? Hatte er auf Volker Schätzle geschossen, weil er ihn reingelegt hatte? Was sie nicht verstand, warum er das hätte tun sollen, denn ihr Mann hatte nie viel erzählt von sich und seiner Vergangenheit. Er hatte sich die ganzen Jahre hindurch seinen geheimnisvollen Nimbus bewahrt, was ihn in ihren Augen noch attraktiver gemacht hatte, ein *lonesome rider;* doch anscheinend rächte sich das jetzt. Wie gut kannte sie den Mann, der so sorglos neben ihr schlief? War ihm ein Mord zuzutrauen? Ein Gewehr hatte er, das wusste sie, obwohl er schon lange nicht mehr zur Jagd ging. Was, wenn ihr Mann ein Mörder war? Der Mörder ihrer besten Freundin? Doch plötzlich kam ihr in den Sinn, dass die Bedrohung ganz woanders lauerte. Sie schauderte. Vor fünf Jahren hatte sie geheiratet. Ohne Ehevertrag. Gegen den Rat ihrer Mutter, die damals darauf gedrängt hatte, aber sie, die dumme, naive Gans wollte ihr junges Glück nicht durch das Misstrauen eines Ehevertrags trüben. Jetzt könnte ihr das zum Verhängnis werden. Wenn ihr Mann die kriminelle Energie besessen hatte, ihre Unterschrift zu fälschen, um das Haus und das Grundstück zu beleihen, war ihm einiges zuzutrauen. Dass er einen Hang zu »kreativen« Geschäftsideen hatte, wusste sie, aber das? Was hatte er sich dabei gedacht? Das war *ihr* Haus, nicht seins! Vererbt in dritter Generation! Ihr einziger Besitz und ihre einzige Sicherheit, die er aufs Spiel gesetzt hatte. Sie war so empört und enttäuscht, dass ihr die Tränen kamen. Dann aber fiel ihr ein, dass im Falle ihres Todes ihr Mann alles erben würde. Und jetzt? Sah sie weiße Mäuse? Oder war sie einfach überreizt? Überarbeitet und in Trauer um ihre beste Freundin? Unruhig wälzte sie sich herum. Die Straßenlaterne vorm Haus tauchte das altmodische Schleiflack-

Schlafzimmer in schwaches Licht, im oberen Stockwerk rauschte die Toilettenspülung. Plötzlich fuhr sie hoch und lauschte. Totenstille. Sie drehte sich nach ihrem Mann um und schreckte zurück.

Er war wach und blickte sie aufmerksam an. »Bist du schon wach, mein Tigermädchen? Hast du gut geschlafen? Bleib noch ein bisschen liegen, es ist erst fünf. Ich mache heute das Frühstück und bring dir nachher einen Kaffee ans Bett ... nein, nein, ich mach das schon ... Für meine Löwenkönigin tue ich alles.«

55

Mit Blaulicht rasten drei Streifenwagen nach Dachsberg. Briamonte verging vor Ungeduld und verfluchte sich, dass er Stefanie Allgeiers Mobilnummer nicht hatte. Im Auerhahn hob niemand ab. Schweißgebadet, fest an den Haltegriff der Beifahrertür geklammert, versuchte er die Bilder seines gestrigen Crashs zu verscheuchen und gegenüber Yilmaz seine Angst zu verbergen. Sein Untergebener war begeistert über diese seltene Gelegenheit, raste wie ein Wahnsinniger über die Landstraße und holte aus dem BMW raus, was die Straßenverhältnisse hergaben. Kurz vor dem Ortseingang bat Briamonte, den jungen Mann das Martinshorn abzuschalten. Zwei weitere Streifenwagen waren schon vor Ort. Briamonte legte die schusssichere Weste aus dem Kofferraum an, schickte drei Leute ums Haus und gab den anderen ein Zeichen mitzukommen. Angespannt trat er ins Wirtshaus und öffnete die erste Tür rechts. Der Gastraum war leer. Es war kurz nach drei, die Küche schon kalt. Briamonte zog seine Waffe, durchquerte den Raum und trat an die Theke, während ihn die Kollegen absicherten. »Herr Allgeier? *Polizei!*«

Aus der Küche kam ein Scheppern, und Briamonte hob die Waffe. »Herr Allgeier, heben Sie die Hände und kommen Sie heraus!« Als er keine Antwort erhielt, gab er den Befehl zum Zugriff. Wenig später war der Verdächtige bei der Hintertür gefasst. Briamonte sah auf den wutschnaubenden Mann herunter, der am Boden lag, das Knie eines Polizeibeamten im Rücken, während die Handschellen klickten. »Herr Allgeier, wo ist Ihre Frau?«

Der Mann spuckte verächtlich aus. Briamonte bückte sich und stellte ihn unsanft auf die Füße. »Herr Allgeier, noch einmal: Wo ist Ihre Frau?« Keine Reaktion. »Herr Allgeier, Sie sind vorläufig festgenommen wegen des Verdachts, Bettina Wenk getötet …«

Jürgen Allgeier fiel ihm aufbrausend ins Wort: »Papperlapapp! Sie haben *nichts* gegen mich in der Hand! Das hier ist reine Polizeiwillkür, ich will sofort meinen Anwalt sprechen. Haben Sie gehört? Ich habe Rechte!«

Briamonte ließ sich nicht provozieren. Er blickte dem Mann kalt in die Augen und ließ ihn abführen. Dann winkte er seinen Kollegen heran: »Nehmen Sie Ihre Leute und durchsuchen Sie das Haus! Vom Keller bis zum Dach. Wir suchen die Wirtin, Stefanie Allgeier, Ende vierzig, groß, kräftig, kurze schwarze Haare. Sie trägt möglicherweise ein Dirndl und sie könnte sich in einer hilflosen Lage befinden! Und bringen Sie mir bitte die Gäste her, sofern sie im Haus sind.« Als die Polizisten abgezogen waren, rief er Strittmatter an: »Wir haben ihn, doch seine Frau ist nicht da. Wir suchen gerade nach ihr. Bitte versuchen Sie, irgendwie an ihre Mobilfunknummer zu kommen, und schicken Sie die Spurensicherung hier vorbei. Und Strittmatter, sehen Sie nach, ob auf Jürgen Kälblin oder Jürgen Allgeier eine Waffe angemeldet ist.«

56

Während die Polizei den Auerhahn auf den Kopf stellte, war Steffi Allgeier schon seit zwei Stunden aus ihrer tiefen Bewusstlosigkeit erwacht und kämpfte verbissen um ihr Leben. Heut früh um fünf, als sich ihr Mann erboten hatte, das Frühstück zu machen, hatte sie den richtigen Instinkt besessen. Ein Kaffee ans Bett?! Sicher versetzt mit Rattengift! Sie besaßen immer noch ein paar Packungen von dem in Deutschland längst verbotenen Rattengift im Haus, das die unerwünschten Nager mit einer Überdosis Blutverdünner killte. Sobald ihr Mann das Zimmer verlassen hatte, war sie deshalb aufgestanden, hatte sich hastig angezogen und war, so leise es die knarzende Treppe erlaubte, hinuntergeschlichen, um sich ihre Jacke und den Autoschlüssel zu holen. Aus der Gaststube tönte Volksmusik und Geschirrklappern. Kaffeeduft zog durchs Haus. Ein gemütlicher, friedlicher Wintermorgen im Auerhahn. Sollte man meinen. Doch in dem Augenblick, als sie die Haustür öffnete, wurde sie von hinten gepackt und grob zurückgerissen. »Wo willst du hin, mein Tigermädchen?« Ihr Mann war zu einem Monster mutiert. Sein hassverzerrtes Gesicht glich den Fratzen der Dachsberg-Teufel, doch bevor sie erschrocken aufschreien konnte, hatte er sie schon am Hals gepackt und zugedrückt. Nur der erste Gast, der mit Gepolter oben am Treppenabsatz erschien, rettete ihr das Leben. Kurz darauf war sie in der eiskalten Kammer zu sich gekommen, in der erst kürzlich Bettina Wenk noch übernachtet hatte, den Mund mit Panzerband verklebt, Hände und Füße offenbar mit Kabelbindern verschnürt, die ihr schmerzhaft ins Fleisch schnitten. Ihre Kehle war geschwollen, das Schlucken tat weh, und sie konnte sich nicht bemerkbar machen. Heiße Tränen rollten über Nase und Wangen. So sollte sie also enden? Nach endlosen Stunden, in denen sie von Todesangst gemartert und von Harndrang geplagt langsam auskühlte und am ganzen Körper zitterte, hörte sie Schritte. Oh nein, bitte nicht!

57

Briamonte war in seinem Element, alles lief generalstabsmäßig. Vorsichtshalber hatte er auch die Suchhundestaffel in Freiburg informiert, nur für alle Fälle. Jetzt waren die fünf Gäste im Gastraum versammelt und tuschelten verunsichert. Briamonte wollte sie gemeinsam befragen, um Zeit zu sparen. Er spürte instinktiv, dass Frau Allgeier die nicht hatte.

»Mein Name ist Kriminalhauptkommissar Briamonte, und wir haben einen Notfall. Frau Allgeier wird vermisst und ist möglicherweise in einer prekären Lage. Ist einem von Ihnen gestern Nachmittag oder Abend etwas aufgefallen?«

Eine ältere Dame in hellgrüner Softshelljacke hob die Hand, wie in der Schule. »Was meinen Sie mit ›aufgefallen‹?«

»War etwas anders als sonst? Der Tagesablauf? Die Wirtsleute? Das Essen? Alles kann wichtig sein.«

»Ich habe gehört, wie Herr und Frau Allgeier gestritten haben. Das heißt, dass Frau Allgeier gestritten hat. Also laut geworden ist. Gestern Abend. Nach dem Abendessen.« Der ältere Herr in dunkelroter Strickweste blickte Beifall heischend in die Runde.

»Wann war das genau?«

»Ich habe extra auf die Uhr gesehen, wissen Sie, ich weiß das aus dem *Tatort*, da ist die Uhrzeit …«

»Wann?« Briamonte würgte den Mann ungnädig ab. Laberopas konnte er jetzt nicht gebrauchen.

»Um halb elf«, antwortete der Herr pikiert.

»Haben Sie vorher schon einmal erlebt, dass die beiden gestritten haben? Beziehungsweise Frau Allgeier ›laut geworden‹ ist?«

»Nein. Nie. Und wir kommen schon beinahe zwanzig Jahren hierher, nicht wahr, Hasimucki?« Er nickte seiner Frau zu. »Wir kennen noch Frau Allgeiers Mutter …«

»Heute Morgen hat Herr Allgeier das Frühstück gemacht«, berichtete Hasimucki gewichtig.

»War das ungewöhnlich?«, wollte Briamonte wissen.

»Ja schon. Er kam immer um sieben herunter und half in der Küche, aber für das Frühstück war sonst Frau Allgeier zuständig. Also Kaffee machen, Eier kochen und Aufschnitt richten. Denken Sie, dass er sie umgebracht hat?!«, fragte sie lustvoll schaudernd.

»Wie kommen Sie darauf? Was denken Sie, was er für einen Grund gehabt haben könnte, seine Frau umzubringen?«, fragte Briamonte zurück.

Die angesprochene Dame errötete. »Na ja, man sieht ja so was immer im Fernsehen … Er war ja viel jünger als seine Frau.«

Briamonte rollte innerlich mit den Augen. Für diese tatortgeschulten sogenannten Experten hatte er keinen Nerv, aber er blieb sachlich. »Also mal abgesehen von dem Altersunterschied, ist Ihnen etwas aufgefallen, das darauf schließen ließe, die Eheleute hätten ernsthaft Streit oder stünden gar vor der Scheidung?«

»Also wenn Sie so fragen … Nein. Eigentlich nicht.«

»Aber wir können festhalten, dass Sie alle Frau Allgeier heute noch nicht gesehen haben?«

Die kleine Gruppe nickte zustimmend, und Briamonte ahnte, dass gestern Abend etwas vorgefallen war.

»Gut, dann war's das für den Augenblick. Bitte hinterlassen Sie bei meinem Kollegen Adresse und eine Telefonnummer, unter der wir Sie erreichen können. Ach, noch etwas: Herr Allgeier ist vorhin vorläufig festgenommen worden. Sie müssten sich die nächsten Tage selbst versorgen«, informierte Briamonte knapp.

Die ältere Dame in hellgrün hob noch einmal unsicher die Hand. »Aber was ist mit der Bezahlung, die wir vorab geleistet haben?«

»Da kann ich Ihnen leider nicht weiterhelfen. Meine Aufgabe ist es, Frau Allgeier zu finden.« Möglichst lebend, hatte er noch anfügen wollen, behielt es dann aber für sich.

58

Nachdem sie mit höllischen Kopfschmerzen wieder erwacht war und sich langsam sortiert hatte, war Steffi Allgeier plötzlich klar, was ihr Mann mit ihr vorhatte. Sie lag offenbar in einer Waldhütte. Der trübe Nachmittag erhellte nur schwach die dunklen Stämme der Blockhütte. Sie lag auf der nackten Erde, vor Kälte zitternd, und blickte zu dem grob gezimmerten Tisch und den beiden Bänken auf. Es roch nach Waldboden, feuchtem Holz und kaltem Rauch. Durch das Fensterchen sah sie einen schrägen Ausschnitt des winterlichen Waldes. Immerhin war sie noch am Leben, aber sie würde hier sterben, wenn sie keiner fand! Wo war sie? Die Todesangst packte sie mit Macht, und ihr wurde klar, dass ihr Mann sie hier eingesperrt hatte, um sie erfrieren zu lassen. Anschließend würde er sie wahrscheinlich im Unterholz ablegen, um ihre Leiche dem Wildfraß zu überlassen. Als gelernter Metzger würde er ihre Überreste vielleicht noch vorher zerteilen, um sämtliche Spuren zu verwischen und es den Aasfressern leichter zu machen. Vermutlich hatte er vorhin keine Zeit gehabt sie umzubringen. Sie ahnte, was er vorhatte: Er würde traurig lächelnd den armen verlassenen Ehemann mimen, den seine Frau sitzen gelassen hatte – auf einem Berg von Schulden. Mit aller Kraft zerrte sie an ihren Fesseln und versuchte, sich in Richtung Tür zu winden, in der Hoffnung, irgendwie in den Wald fliehen zu können. Denn wenn ihr Mann wiederkäme, wäre sie verloren, so viel war ihr klar. Vorerst würde er wahrscheinlich noch den Tagesbetrieb am Laufen halten, aber dann, wenn die letzten Gäste auf ihre Zimmer gingen …

59

Briamonte stand unter Hochspannung. Die Hausdurchsuchung hatte nichts ergeben, Steffi Allgeier schien sich in Luft aufgelöst zu haben. Strittmatter, die in der Zwischenzeit im Hintergrund agierte, hatte Frau Allgeier Senior erreichen können, die ihre Tochter allerdings seit gestern Abend nicht mehr gesehen hatte. Die Handynummer ihrer Tochter hatte sie noch irgendwo notiert gehabt, aber es ging nur die Mailbox dran.

»Strittmatter, finden Sie bitte heraus, in welcher Funkzelle es zuletzt eingeloggt war! Und fordern Sie die Verbindungsnachweise ihres Mobilfunkanbieters an.«

»Mach ich, Chef! Sonst noch etwas?«

»Ja, prüfen Sie bitte auch Jürgen Allgeiers Nummer. Falls er sie fortgeschafft hat, können wir eventuell den Suchradius einschränken …«

»Soll ich denn die Hundestaffel informieren? Oder die Bergwacht?«, fragte Strittmatter aufgeregt.

»Beides schon erledigt, danke. Wenn die Kollegen im Haus nichts finden, werden wir sie anfordern.«

Eine Stunde später war klar, dass sich Frau Allgeier nicht im Haus befand. Briamonte telefonierte kurz mit der JVA.

Der Untersuchungshäftling Allgeier verweigerte weiterhin die Aussage, also Suchhundestaffel und Bergwacht. Bei den Temperaturen durften sie keine Zeit verlieren. Briamonte leitete alles Nötige in die Wege und rief dann noch einmal die Kollegin an: »Strittmatter, die Hunde sind jetzt bald vor Ort, aber Sie müssen einen gründlichen Hintergrundcheck von Jürgen Allgeier beziehungsweise Jürgen Kälblin durchführen. Ich muss alles wissen, von der Wiege an – Elternhaus, Schule, Ausbildung, Hobbys, eventuelle Vorstrafen, hat er einen Waffen- oder Angelschein, gibt's irgendwo Grundbesitz, Freunde, Stammtischbrüder, Vereinsmitgliedschaften … Das volle Programm! Und prüfen Sie bitte, ob es einen Ehevertrag gibt oder ein Testament. Ich will *alles* wissen, am besten vorgestern. Nehmen Sie sich Yilmaz, den habe ich vorhin zurückgeschickt. Haben Sie verstanden?!«

»Ja, Chef!«

60

Während der Umkreis von Dachsberg mit Suchhundestaffeln und Wärmebilddrohnen der Bergwacht abgesucht wurde, hatte sich Stefanie Allgeier so weit zur Tür vorgearbeitet, dass sie mit den Füßen dagegentreten konnte. Dumpfe Schläge hallten durch den einsamen Wald. Die Anstrengung hielt sie einigermaßen warm, aber sie sah mit wachsender Angst, wie sich allmählich die Dämmerung herabsenkte. Die Uhr tickte. Sie wusste nicht, dass ihr Mann längst verhaftet war, und trat tapfer gegen die Tür. Immer fünfmal, dann musste sie verschnaufen.

61

Die Zeit lief ihnen davon. Das Thermometer sank erneut unter null, und es wurde bereits dunkel. Briamonte hielt sich mit dem Leiter der Suchaktion im improvisierten Hauptquartier auf, das sie in der Gaststube des Auerhahns eingerichtet hatten. An der Wand hing eine große Karte, die in verschiedene Bereiche aufgeteilt war. Das kannte er schon von seinem ersten Fall, als sie nach der jungen Ukrainerin gesucht hatten.

»Der primäre Suchbereich wird in Kürze abgehakt sein, dann geht's dort weiter …« Der Mann zeigte auf die Karte, und Briamonte nickte.

Jemand brachte Kaffee und Tee und belegte Brötchen. Briamonte machte sich ernsthaft Sorgen. Die Spurensicherung hatte aus dem kleinen Fischweiher hinter dem Haus ein Gewehr und ein Mountainbike geborgen, und der Verdacht lag nahe, dass Allgeier beides nach der Tat dort versenkt hatte. Dieser mögliche Durchbruch erhöhte allerdings die Gefahr für Steffi Allgeier, die ihren Mann gestern Abend möglicherweise mit den Infos konfrontiert hatte, die Briamonte ihr geliefert hatte. Sie hatte sicher eins und eins zusammengezählt, darauf würde er wetten. Aber wenn dem so wäre – wenn *er* eins und eins zusammenzählte –, hatte Jürgen Allgeier dafür gesorgt, dass sie verschwindet.

Endlich kam ein wichtiger Hinweis. Jürgen Allgeiers Handydaten bewiesen, dass er am Vormittag in Richtung Schluchsee unterwegs gewesen war. Am helllichten Tag hatte er seine Frau hoffentlich nicht im See versenkt!

»Danke, Strittmatter!«

Der Leiter der Suche beriet sich kurz mit Briamonte und verlegte dann die Suchtrupps sowie die Wärmebilddrohnen in Richtung Schluchsee.

62

Steffi Allgeier verließen die Kräfte. Sie hatte Hunger, war vollkommen durchgefroren und spürte kaum mehr ihre Hände und Füße. Mittlerweile war es vollkommen dunkel, und sie war so verzweifelt, dass sie nicht mehr aufhören konnte zu weinen. Das hatte sie nicht verdient, alleine im Wald zu sterben, umgebracht von ihrem Ehemann, den sie so vergöttert hatte! Dem sie bis vor Kurzem blind vertraut hatte. Wie hatte sie sich so in ihm täuschen können. Sie hatte seine Liebesschwüre für bare Münze genommen und seine Unersättlichkeit für den ultimativen Liebesbeweis gehalten. Zwar hatte der glänzende Lack im Laufe der Jahre ein paar Kratzer abbekommen, aber sie hatte nie einen ernsthaften Grund gehabt, an seiner Liebe und Integrität zu zweifeln. Bittere Tränen der Reue rollten über ihr Gesicht, ihre Nase lief, ihr ausgekühlter Körper wurde von Kälteschauern geschüttelt, und der erdige Hüttenboden klebte an ihrer nassen Wange. Nachdem der Weinkrampf etwas nachgelassen hatte, konnte sie wieder klarer denken. Was konnte sie in ihrer Lage tun? Was sollte sie tun? Sich dem vergleichsweise gnädigen Erfrierungstod ergeben, oder gegen die Kälte ankämpfen und riskieren, von ihrem Mann erschlagen zu werden? Oder würde er sie einfach ihrem Schicksal überlassen? Wohl wissend, dass sie bei den Temperaturen die Nacht nicht überstehen würde? Auf die Idee, dass jemand nach ihr suchen würde, kam sie gar nicht, sonst hätte sie mehr gekämpft. Angstvoll und heftig zitternd lauschte sie in die Dunkelheit. Die Bäume rauschten leise im Wind, sonst war's still. Totenstill.

63

Briamonte konnte nichts weiter tun, als abzuwarten. Hart, aber wahr. Die Waffe und das Fahrrad waren bei der Kriminaltechnik, Jürgen Allgeier saß in Untersuchungshaft, und Steffi Allgeier hatte hoffentlich genug Überlebenswillen, falls sie noch ... Er nahm sich den Einsatzwagen, den ihm die Kollegen dagelassen hatten, und fuhr zurück nach Waldshut-Tiengen. Dort sah er kurz nach der Kollegin Strittmatter, die sich mit Kaffee und Multivitaminsaft für eine lange Nacht gerüstet hatte, und fuhr dann nach Hause. Wenn Steffie Allgeier im Umkreis Schluchsee abgelegt worden war, wäre er von Menzenschwand aus schneller vor Ort als von Waldshut aus.

Kristina war schon da. Das alte Schwarzwaldhaus lag friedlich in der Dunkelheit, der Kamin rauchte, und aus den kleinen Sprossenfenstern fiel warmes Licht in den verschneiten Garten. Die Ziegen waren bereits im Stall. Briamonte wurde von lauter Musik und wunderbarem Essensduft empfangen. Er zog die Schuhe aus, hängte seinen Parka an die Garderobe und die Hundeleine an den Haken. »Schatz, ich bin zu Hause!«

Kristina kochte und stand summend am Herd, in Jogginghose, Wollpullover und Strohschuhen. Funky Soul schallte laut aus der Wohnstube. Er umarmte sie von hinten und küsste sie auf den Nacken. Er liebte es, wenn sie ihr langes Haar zu einem Knoten hochgebunden hatte und frisch geduscht duftete. Es gab Hackfleisch-Lauch-Suppe, dazu Bauernbrot von Oma Resi und ein kühles Bier.

»Für mich nur ein Wasser, ich muss noch einmal weg.«

Kristina fragte nicht nach und schenkte sich ein Bier ein. Abgrenzen, abgrenzen, abgrenzen.

Nach dem Abwasch saßen sie noch einen Moment lang vorm Kachelofen und besprachen das Wochenende. Briamonte würde morgen Vormittag noch eine Skiausrüstung besorgen müssen, Kristinas Ski und Schuhe hatte er schon in der Diele gesehen. Morgen Abend würden sie im Roten Fuchsen essen gehen, am Samstag wollte Kristina Knödel und Gulasch machen, und am Sonntag wäre der Klosterhof in St. Blasien ganz nett.

»Freust du dich auch so aufs Skifahren? Ich kann's kaum erwarten! Das Wetter soll halten.«

Briamonte hatte bezüglich seiner Skifahrkünste zwar nie explizit geflunkert, jedoch durch klitzekleine Unterlassungen und geschickte Themenwechsel den Eindruck erweckt, dass er ein leidenschaftlicher Skifahrer sei, der leider seine Skiausrüstung in Frankfurt vergessen habe, weshalb Kristina glaubte, er könne es kaum erwarten, auf die Bretter zu steigen. Er grinste schief. »Wir werden uns ganz schön anstrengen müssen, denn Stefan soll eine wahre Pistensau sein!« In Wahrheit überlegte er die ganze Zeit, wie er sich drücken konnte, aber es sah so aus, dass am Wochenende der Moment der Wahrheit kommen würde.

Kurz nach zehn ging Kristina zu Bett, während Briamonte sich noch einen Espresso machte. An Schlaf war nicht zu denken, bevor Stefanie Allgeier nicht gefunden war. Um zwei Uhr morgens musste er trotzdem kurz eingenickt sein, denn das Telefon ließ ihn erschrocken hochfahren.

»Kommissar, wir haben sie gefunden!«

Er war mit einem Schlag hellwach. »Und? Ist sie am Leben?!«

»Sie ist lebensgefährlich unterkühlt, aber sie könnte es schaffen.«

»Ich komme! Haben Sie den Helikopter angefordert? Schicken Sie mir den Standort aufs Handy!«

Briamonte nahm den Parka vom Haken und fuhr dann mit Blaulicht zur Kohlhütte, einer Grillhütte im Wald, ganz in der Nähe des Schluchsees. Stefanie Allgeier war nicht bei Bewusstsein. Briamonte betrachtete betroffen die leichenblasse Gestalt unter der Rettungsdecke, als sie in den Hubschrauber geschoben wurde.

»Er hat sie mit Kabelbindern gefesselt. Üble Sache«, berichtete der Mann vom Suchtrupp, als der Heli abgehoben hatte.

»Danke Ihnen allen für Ihren Einsatz! Gute Nacht!« Er informierte Strittmatter und fuhr dann zurück nach Hause.

Im Ofen glommen noch dunkel die letzten Holzscheite. Gismo hob nur kurz den Kopf und schlief grunzend weiter, während die beiden Kater schlaftrunken angetorkelt kamen. Sie waren immer gleich zur Stelle, egal um welche Uhrzeit, und begleiteten ihn sogar aufs Klo, wenn er nachts mal rausmusste. Sehr süß und sehr lustig. Die kleine schwarze Wachmannschaft. In doppelter Wortbedeutung. Briamonte schenkte sich einen Whisky ein, nahm sie zu sich aufs Sofa und starrte noch lange auf die erlöschende Glut. Kurz vorm Morgengrauen ging er schließlich zu Bett.

64

Am nächsten Tag stand er Punkt neun vor dem kleinen Sportgeschäft mit Skiverleih, das dem Ortvorsteher von Menzenschwand gehörte. Er kaufte sich in einem Anfall von Wahnsinn ein Skioutfit inklusive Socken und Handschuhen, nur Ski, Schuhe, Stöcke und Helm lieh er sich aus. Dreihundert Steine, nur um nicht aufzufliegen. Ihm war nicht zu helfen. Eine Gipsbandage um den Arm wäre billiger gekommen, dachte er unleidig. So wie sich Rock Hudson alias Roger Willoughby in dem Film *Ein Goldfisch an der Leine* mit einem Gipsarm aus der Affäre ziehen wollte. Er lud alles ins Auto seiner Mutter und war um kurz nach zehn im Büro.

Michael Maurer hatte eine Nachtschicht eingelegt, so hatte Briamonte die Ergebnisse schon auf dem Tisch. Hundertprozentige Übereinstimmung bei Tatwaffe und Reifenprofil, inklusive Fingerabdruckfragmenten auf den verbliebenen Patronen, die eindeutige Übereinstimmungen mit Allgeiers Fingerabdrücken aufwiesen. Das sollte ausreichen, auch wenn die Hülse der tödlichen Patrone nicht gefunden worden war. Plötzlich stutzte er. Maurer und sein Team hatten bei der Hausdurchsuchung des Auerhahns diverses Werkzeug sichergestellt, von denen eine Zange zweifelsfrei als das Instrument identifiziert werden konnte, mit dem seine Bremsleitungen durchgeschnitten worden waren. Allgeier also! Ziemlich clever, der Maurer, auf die Idee wäre er gar nicht gekommen, aber mit einem Mal war ihm klar, wie sich alles abgespielt haben musste. Er war am frühen Morgen im Auerhahn gewesen und hatte den Mann unbeabsichtigt aufgescheucht.

Jetzt ließ sich Briamonte erleichtert in seinen Bürostuhl zurücksinken, als es klopfte. »Herein?!«

Miriam Strittmatter mit zufriedener Miene. »Guten Morgen, Chef, heute gibt's gute Nachrichten. Stefanie Allgeier ist am Leben und vernehmungsfähig, wenn Sie sie sprechen wollen … Und wissen Sie, was ich auch herausgefunden habe?«

»Nein, Sie werden's mir gleich sagen?« Briamonte lächelte. Das erste Mal seit Tagen.

»Der Kälblin ist bei uns aktenkundig … Insolvenzverschleppung und Urkundenfälschung! Zwar auf Bewährung, aber immerhin. Wenn seine Frau ihn anzeigt, und das wird sie, ist er nicht nur wegen Mord und versuchten Mordes, sondern auch noch wegen Urkundenfälschung dran. Da kann er die Aussage verweigern, solange er will!«

»Gute Arbeit, Strittmatter! Danke für die Nachtschicht.«

»Gern geschehen, Chef.« Sie errötete leicht. »Gibt es schon etwas aus der Technik?«

»Ja, Maurer hat auch eine Nachtschicht eingelegt …« Er reichte ihr den Bericht.

Sie überflog die Ergebnisse. »Wow! Der Allgeier hat also Bettina Wenk erschossen! Und um ein Haar auch Sie umgebracht! Sie haben so viel Glück gehabt, Chef! Wenn ich daran denke, wird mir immer noch ganz schlecht!«

»Fragen Sie mich mal …«

»Und jetzt?«

»Jetzt gehe ich zu Volker Schätzle und konfrontiere ihn mit den beiden Barauszahlungen. Und, na ja, ich informiere ihn auch über die Festnahme.«

»Glauben Sie denn immer noch, dass er etwas mit der Sache zu tun hat? Die Ermittlungsergebnisse sprechen ihn doch ganz klar frei, finden Sie nicht?«

Briamonte machte ein nachdenkliches Gesicht. »Schon, aber irgendetwas verheimlicht er uns. Das spüre ich. Weiß ich einfach … Aber Sie haben recht. Jürgen Allgeier hat Bettina Wenk ermordet, daran gibt es keinen Zweifel. Wir haben zwar die Schuhe nicht gefunden, die zu dem Profil am Tatort passen, aber die wird er in irgendeiner Mülltonne zwischen Urberg und Dachsberg entsorgt haben.« Briamonte rief den Staatsanwalt an, brachte ihn auf den neuesten Stand und erhob sich dann: »Ich fahre jetzt zu Schätzle und anschließend bei Frau Allgeier vorbei. Sie können nach Hause gehen und sich ausschlafen. Genießen Sie das Wochenende!«

Auf dem Weg nach Urberg machte er einen Abstecher nach Dachsberg. Die Brandruine des Wenk Hofs war eindrücklich. Briamonte stand vor den verkohlten Überresten dieses einst stattlichen Hofes und blickte über die ausgedehnten Streuobstwiesen. Die Asche hatte den Schnee bis zum Horizont gefärbt: schwarzer Schnee vor den weißen Zacken der Alpenkette. Nicht zu glauben, dass es hier vor zwei Wochen noch ein mehr oder weniger intaktes Familienleben gegeben hatte. Jetzt waren die Eltern tot, die beiden minderjährigen Söhne verwaist, und ihr Zuhause bis auf die Grundmauern niedergebrannt. Auf sie würden harte Zeiten zukommen, schließlich wusste er, wie schlimm es sich bereits anfühlte, nur ein Elternteil zu verlieren. Aber gleich beide? Er spürte, wie ihn neben dem Mitgefühl für die beiden Jungs plötzlich ein warmes Gefühl von Dankbarkeit durchströmte. Dankbarkeit dafür, eine Mutter wie seine zu haben, Dankbarkeit für eine Partnerin auf Augenhöhe, die Freud und Leid mit ihm teilen wollte, Dankbarkeit für Menschen wie Oma Resi und Elisabeth Kaiser und Dankbarkeit für fähige und sympathische Kollegen. Hatte er sich je so wohl gefühlt?

Bevor seine Emotionen ihn vollends übermannen konnten, machte er auf dem Absatz kehrt und fuhr nach Urberg. Ein paar Dinge galt es noch zu klären.

Volker Schätzle empfing ihn zurückhaltend und bat ihn in sein Büro. »Einen Kaffee für Sie, Herr Kommissar?«

»Sehr gerne. Mit Milch und Zucker bitte.«

Der Unternehmer ließ den Kaffee heraus, und Briamonte blickte sich unterdessen in dem schicken Büro um. Geschmack hatte er schon, der Schätzle, das musste man ihm lassen, das war ihm schon beim ersten Besuch aufgefallen. Alles wie aus einem Guss. Im Stil von Richard Neutra, dem österreichischen Architekten der klassischen Moderne. Bruchsteinmauern, viel Glas, dunkler Steinboden und milchkaffeefarbene USM Haller Möbel.

Schätzle stellte die Tassen auf dem Tischchen in der Besucherecke ab und nahm Platz. Sogar das Geschirr war stilechtes Midcentury.

»Was kann ich für Sie tun?«, fragte Schätzle und sah auf

die Uhr. Er schien in Eile zu sein oder vorgeben zu wollen, dass er am Wochenende Besseres zu tun hatte.

»Ich wollte Sie über eine vorläufige Festnahme informieren. Jürgen Allgeier gilt als dringend tatverdächtig, Bettina Wenk erschossen zu haben, wobei er es eigentlich auf *Sie* abgesehen hatte. Ich gehe davon aus, dass Sie den Grund dafür kennen …«

Schätzle machte ein erstauntes Gesicht. »Tatsächlich? Ich kenne ihn natürlich. Früher hieß er Kälblin, hat aber den Namen seiner Frau angenommen. Aber wie kommen Sie darauf, dass ich wüsste, warum er es auf mich abgesehen haben könnte?«

»Herr Schätzle, lassen wir doch die Spielchen. Ich weiß, dass Sie vor einem knappen Jahr Ihre Firma BFL GmbH abstießen, mit der drei Ihrer ehemaligen Schulkameraden finanziellen Schiffbruch erlitten haben. Reiner Zufall? Wohl kaum.« Schätzle wollte etwas einwenden, aber Briamonte ließ ihn nicht zu Wort kommen. »Ich gehe davon aus, dass Sie sich abgesichert haben, damit man Sie nicht wegen Anlagebetrugs belangen kann, richtig? Auch werden Sie die Verantwortung für den finanziellen Ruin dieser drei Investoren weit von sich weisen, aber einer der drei, Jürgen Allgeier, hat sich gerächt. Und an Ihrer statt musste eine Unschuldige ihr Leben lassen, eine Mutter von zwei Teenagern. So sind Sie, in meinen Augen zumindest, moralisch dafür verantwortlich, dass Bettina Wenk gestorben ist. Und um ein Haar wäre auch Stefanie Allgeier ein Opfer ihres Mannes geworden, weil Jürgen Allgeier in ihrem Namen investiert hat. Wie Sie mit dieser Schuld zurechtkommen, muss ich Ihnen überlassen. Eine Sache ist mir jedoch noch unklar … Wofür haben Sie die zweimal zehntausend Euro in bar gebraucht?«

Schätzles überlegener Habitus wirkte nun etwas bemüht. Möglicherweise hatte er nicht damit gerechnet, für

Bettina Wenks Tod mitverantwortlich gemacht zu werden. Er lehnte sich zurück und schlug die Beine übereinander: »Herr Kommissar, Sie mögen es vielleicht nicht glauben, aber mir tut der Tod von Bettina unendlich leid. Und Sie werden mir vielleicht auch nicht glauben, dass ich mich für ihre beiden verwaisten Söhne verantwortlich fühle. Tue ich aber. Gleich nach ihrem Tod habe ich zwei Sparverträge für die beiden angelegt.« Er räusperte sich kurz und fuhr dann fort. »Die zweimal zehntausend Euro kann ich Ihnen auch erklären: Meine Tochter hat ein kleines Start-up gegründet. Handbedruckte Seidenschals. Für die Ladenmiete hat sie Bargeld im Voraus geboten, um die Mitbewerber aus dem Feld zu schlagen. Vielleicht nicht ganz regelkonform, aber nicht unüblich. So einfach.«

Briamonte betrachtete den um keine Ausrede verlegenen Mann und konnte einen gewissen Respekt nicht verhehlen. Kaum vorstellbar, was es für eine Willenskraft und Energie gekostet haben muss, um es vom hässlichen, gemobbten Teenager zum attraktiven, erfolgreichen Geschäftsmann zu bringen.

»Was mich ebenfalls noch interessieren würde: Was waren Ihre Pläne mit Bettina Wenk? War das etwas Ernstes? Sie hat ja recht spontan ihre Familie verlassen, wie mir schien. Hatten Sie vor, sie zu heiraten?«

Volker Schätzle holte tief Luft. »Ich will ehrlich zu Ihnen sein … Nein. Nichts wirklich Ernstes. Immerhin war sie damals auch nicht ganz unschuldig.«

»Dann war das auch ein Teil Ihres ›Racheplans‹?«

»Rache ist ein hartes Wort. Ich muss zugeben, dass ich in erster Linie Jochen Wenk schaden wollte. Wie Sie ja wissen, habe ich immer für seine Frau geschwärmt. Es hat mir eine gewisse Genugtuung verschafft, dass ich sie doch noch für mich gewinnen konnte. Gut, ich gebe zu, nur mit gewissem Druck von außen, aber ich wollte den

Wenk Hof zu einem Ferienresort umbauen lassen und sie als Leiterin einsetzen. Damit habe ich sie geködert. Aber darüber hinaus, nein. Keine Heirat. Keine Beziehung im eigentlichen Sinn.«

»Eine allerletzte Frage habe ich noch. Warum gerade jetzt? Ihre Schulzeit ist zwanzig Jahre her?«

Ein Lächeln huschte über Schätzles Gesicht, und er wechselte erneut die Sitzposition. »Auch *das* kann ich Ihnen erklären. Im Frühjahr werde ich meine Kandidatur für den Bürgermeisterposten in Waldshut-Tiengen bekannt geben. Darauf bereite ich mich seit drei Jahren vor. Ich wollte schlicht und einfach die alten Geschichten hinter mir lassen, bevor ich in den Ring steige. Die Kandidatur wird nicht allen gefallen, und ich werde einige Energie darauf verwenden müssen, missgünstige Aktionen gegen mich abzuwehren. Deshalb habe ich mit meinen Quälgeistern von damals schon im Voraus abgerechnet. Reicht Ihnen die Erklärung?«

Eine Therapie wäre vielleicht schlauer gewesen, dachte Briamonte sarkastisch, aber Schätzle war noch nicht fertig.

»Ich wäre Ihnen übrigens dankbar, wenn Sie meine Kandidatur noch vertraulich behandeln würden.«

»Keine Sorge, von mir erfährt niemand irgendetwas. Haben Sie eigentlich Pläne für den abgebrannten Hof?«

»Das kann ich Ihnen noch nicht sagen. Vielleicht werde ich ihn wieder aufbauen, als Andenken an meine Familie, aber das wird die Zeit zeigen.«

Briamonte nickte.

»Eines noch.« Schätzle erhob sich, als Zeichen, dass ihre Unterredung beendet war. »Sie werden mir nichts nachweisen können, das nur zur Info. Aber ich versichere Ihnen, dass niemand zu Schaden gekommen ist, der es nicht verdient hatte. Niemand hat die gescheiterten Möchtegern-Investoren dazu gezwungen, ihr Geld zu geben. Die reine

Gier hat sie dazu verleitet. Ich möchte, dass Sie das wissen, bevor Sie mich verurteilen.«

Mittlerweile war es nach zwölf, weshalb Briamonte darauf verzichtete, nach Freiburg in die Uniklinik zu fahren. Er wollte unbedingt pünktlich zu Hause sein, wenn der Besuch kam, und rief stattdessen dort an, verlangte Station und Zimmernummer von Stefanie Allgeier und hielt beim nächsten Blumenladen. Ein kleiner Genesungswunsch musste für heute reichen. Erleichtert und zufrieden fuhr er anschließend nach Menzenschwand.

»Blumen?!« Seine Mutter war überrascht und berührt. »Du hast mir noch nie Blumen geschenkt! Sie sind wunderschön! Danke! Magst du einen Kaffee?«

»Nein, danke. Ich will noch rasch bei Oma Resi vorbei und dann staubsaugen. Heute kommt ein Kollege aus Stuttgart zu Besuch. Wir wollen Skifahren.«

»Skifahren? Du?«

»Na ja«, erwiderte Briamonte kleinlaut. »Vielleicht kann ich's ja noch.«

»Johann Briamonte, wenn du eines nie konntest, war das Skifahren.« Seine Mutter lachte belustigt. »Weißt du noch, als du …«

»Ja, Mama … Ich sollte dann. Grüße an Georg!«

65

Das Wochenende war perfekt. Als der Besuch am Freitagnachmittag um kurz nach drei aus dem Auto stieg, hatte Briamonte zunächst nur Augen für Holz' Outfit gehabt. Was trug ein so extravaganter Mann wohl im Winter? Ganz klar: Kutschermantel, hochgekrempelte Jeans mit braunen Doc Martens, dazu ein kastanienfarbenes Cord-

Sakko mit senfgelber Weste darunter, um den Hals einen dunkelgrünen Kaschmirschal. Briamonte wollte gerade Hände schütteln, als sein Blick auf den Gips fiel, der Holz' rechte Hand zierte. »Geschdern en dr Dusche ausgrudscht ond omghagelt«, bemerkte Holz trocken. »Des isch übrigens mei Mädle …«

Skifahren fiel also aus, und Briamonte erklärte sich großzügig zum Verzicht bereit: Sie gingen *selbstverständlich* nicht auf die Piste, wenn der Besuch nicht konnte. Von dieser großen Last befreit, war er so gelöst und witzig, wie ihn Kristina noch selten erlebt hatte. Anja und Stefan Holz waren unterhaltsame, unkomplizierte und sympathische Gäste, und man verbrachte das ganze Wochenende mit Essen, Spazierengehen und wieder Essen. Der Gesprächsstoff ging nie aus. Kristina wollte wissen, was aus Franz Marcs kleiner Ölstudie geworden war, und konnte von Holz' Geschichten aus dem Kunstressort gar nicht genug kriegen. Briamonte fragte sich einen Moment lang sogar besorgt, ob sie wieder in ihren Beruf einsteigen wollte – als Kunstermittlerin in Stuttgart. Die Gäste erzählten von ihren fünf Kindern, die an diesem Wochenende sturmfrei hätten, und Briamonte berichtete von seinem schon eineinhalb Jahre dauernden Umbau. Gismo, der Charmeur, wich Anja Holz nicht von der Seite, und die Kater waren im Glück, weil sie von morgens bis abends bespielt wurden. »Zom Glick isch onser Kloinschde ned dabei, sonschd häddad mer elle Dascha durchgucka missa …«

Am Sonntagnachmittag machte Briamonte ein großes Lagerfeuer im Garten, das erste in diesem Jahr. Sie grillten Würste und Stockbrot, tranken Tannenzäpfle und Grauburgunder. Gismo sprang aufgeregt hin und her, und die Ziegen beobachteten das Spektakel aus sicherer Entfernung. Erst als es dunkel wurde, brachen die Gäste nach Hause auf.

66

Am Montagmorgen hatte Kristina Mühe aufzustehen, und Briamonte beglückwünschte sich zu seinem Entschluss, es heute ruhig angehen zu lassen. Er holte sich noch einmal das Auto seiner Mutter, brachte die geliehene Skiausrüstung zurück, gab Strittmatter Bescheid, dass er heute den ganzen Tag außer Haus sei, und fuhr dann nach Freiburg. Die Vernehmung Steffi Allgeiers hatte keine Eile, aber er fühlte sich verantwortlich für den Mordversuch an ihr, obwohl er nicht hatte ahnen können, dass ausgerechnet ihr Mann der Täter war. Steffi Allgeier war über den Berg, aber sie wirkte teilnahmslos, beinahe weggetreten und beantwortete mit matter Stimme seine Fragen.

»Frau Allgeier, können Sie mir sagen, was am Mittwochabend beziehungsweise Donnerstag vorgefallen ist?«

Sie überlegte lange. »Nachdem Sie da waren, habe ich unsere Konten überprüft und festgestellt, dass Sie recht hatten. Am Abend dann, nach Feierabend, als die Gäste weg waren, habe ich meinen Mann damit konfrontiert. Ich habe ihm gedroht, ihn anzuzeigen …« Ihr kamen die Tränen, und Briamonte wartete geduldig, bis sie sich wieder gefangen hatte. »Er hat dann alles zugegeben, aber geschworen, dass er die Investition nur für uns gemacht hat. Sie wissen ja, wie alt unsere Wirtschaft ist …«

»Und dann?«, fragte Briamonte behutsam.

»Dann hat er sich plötzlich so hineingesteigert … Ich hab ihn nur gefragt, warum der Schätzle sich an ihm rächen wolle … ob etwas vorgefallen sei. Wissen Sie, mein Mann hat nie viel von sich erzählt. Und dann hab ich Angst bekommen, dass er etwas Dummes gemacht hat.«

»Mit ›etwas Dummem‹ meinen Sie den Schuss auf Volker Schätzle, vielmehr auf Bettina Wenk, meine ich?«

Sie nickte.

»Haben Sie ihn danach gefragt?«, wollte Briamonte wissen, weil die Frau wieder verstummte.

»Ich wollte, ich hab angefangen ... aber ich hab dann gedacht, es ist besser, wenn nicht weiter nachbohre. Denn wenn es so gewesen wäre, hätte ich ... ich weiß es nicht.«

»Wie hat Ihr Mann darauf reagiert?«

»Er hat sofort gewusst, was ich meine. Seine Augen waren auf einmal so kalt. So habe ich ihn noch nie erlebt.«

»Und dann hatten Sie Angst vor ihm?«

»Ja.«

»Frau Allgeier, ich will Sie nicht über Gebühr strapazieren, aber ich würde gerne in Ihren Worten hören, was anschließend passiert ist.«

Sie sah einen langen Augenblick lang an die Decke. »Er wollte mir am Morgen den Kaffee ans Bett bringen.«

Briamonte runzelte die Stirn. »Und das fanden Sie verdächtig?«

»Mein Mann hat nie so etwas Nettes gemacht. Ich wusste, dass er mir etwas in den Kaffee tun würde ...«

»Er wollte Sie vergiften?!«

»Ja. Na ja, ich habe es geglaubt und bin abgehauen. Aber unten an der Tür hat er mich erwischt. Irgendwann bin ich in unserer kleinen Kammer am Ende des Gangs zu den Stallungen aufgewacht. Ich war mit Kabelbindern gefesselt und zusätzlich geknebelt.«

»Und dann?« Briamonte nickte ihr aufmunternd zu, und sie fuhr fort.

»Irgendwann am Nachmittag ist er wiedergekommen. Dann weiß ich nichts mehr und bin erst wieder in der Holzhütte im Wald aufgewacht.«

»Haben Sie eine Idee, wie er Sie unbemerkt dorthin bringen konnte?«

»Man kann mit dem Auto in den Hof fahren. Jetzt flossen die Tränen in Strömen. »Ich habe gedacht, ich muss sterben!«

Briamonte legte kurz seine Hand auf ihren Arm. »Frau Allgeier, Sie sind jetzt in Sicherheit. Wenn es Ihnen besser geht, werden wir Ihre Aussagen ordnungsgemäß zu Protokoll nehmen, aber bis dahin ruhen Sie sich aus. Ihr Mann ist in Untersuchungshaft, Sie können völlig beruhigt sein.«

»Und meine Mutter? Wer kümmert sich um meine Mutter?«

»Das wird der Pflegedienst übernehmen, machen Sie sich keine Sorgen. Alles Gute für Sie!«

Briamonte verließ das Krankenhaus und beschloss, noch einen kleinen Abstecher über den Münstermarkt zu machen. Er aß eine Münsterwurst, trank irgendwo im Stehen einen Cappuccino und konnte sich nicht verkneifen, bei den ehemaligen Geschäftsräumen der Galerie Hellstein & Oehring vorbeizuschlendern. Die Schaufenster waren mit Packpapier zugeklebt. Frau Dr. von Neuburg-Hallern hatte wohl kein Interesse mehr gehabt, das Geschäft ihres Mannes weiterzuführen. Briamonte überkam ein merkwürdiges Gefühl, als er an die turbulenten Ereignisse des letzten Sommers dachte: Es fühlte sich unendlich weit weg an, obwohl es nur wenige Monate her war.

Schließlich machte er auf dem Absatz kehrt und kurvte kurz darauf über Günterstal die schöne Bergstraße zum Schauinsland hoch. Unterwegs beschloss er spontan für heute Feierabend zu machen. Er war hundemüde. Die letzten beiden Wochen und der Horrorcrash hatten ihm mehr zugesetzt, als er zugeben mochte. Morgen war auch noch ein Tag für Berichte, also fuhr er nach Hause, brachte das Auto zurück, nahm Gismo mit und ging noch eine ausgedehnte Runde spazieren.

67

Als er am Dienstagmorgen ins Büro kam, konnte er sich kaum aufraffen, den nötigen Papierkram zu erledigen. Miriam Strittmatter war schwer erkältet und hatte sich krankgemeldet. Briamonte erstattete zuerst seiner Chefin Bericht, dann holte er sich einen Kaffee und surfte anschließend im Internet nach einem Ersatz für seinen geschrotteten Defender. Er hatte sich so an die strapazierfähige, praktische Rumpelkiste gewöhnt, dass er mit dem Gedanken spielte, sich das gleiche Modell noch einmal zu kaufen. Vielleicht ein bisschen neuer?

In dem Moment klopfte es. »Herein?!«

»Kalle?! Was machst *du* denn hier? Magst du einen Kaffee? Warum hast du nicht angerufen? Geht's Katja und den Kindern gut? Wie lange kannst du bleiben?« In seiner Wiedersehensfreude bemerkte Briamonte gar nicht, wie ernst der Kollege Neumann war. Erst als er den Kaffee vor ihm auf den Tisch gestellte hatte, stutzte er: »Ist etwas passiert? Du schaust so ernst? Geht's um Hristov?« Plötzlich klammerte sich eine kalte Faust um seinen Magen.

»Indirekt«, antwortete Karl Neumann ausweichend. »Du weißt doch, dass Hristov eine ganze Kanzlei beschäftigt, die sich um nichts anderes als seine Geschäfte kümmert?«

»Ja, sicher. Wieso? Was hat das mit mir zu tun?«

Neumann seufzte, griff nach seiner Aktentasche und zog einen Stapel Papiere heraus: »Ich wollte es dir persönlich sagen …«

Briamonte griff mit fragendem Blick nach den Unterlagen. Fünf Minuten später war er weiß wie die Wand.

68

Noch am selben Abend saß er zusammen mit Karl Neumann im ICE nach Frankfurt. Das hatte irgendwie System, dachte er bitter. Am Ende eines Falles fahre ich durch die halbe Republik, doch Neumann hatte recht gehabt. Da durfte er nicht fehlen. Er lehnte Neumanns Übernachtungseinladung ab – er musste allein sein – und checkte kurz nach Mitternacht im Intercity Hotel ein, wo er die halbe Nacht lang die Abhörprotokolle las und sich die andere halbe Nacht lang schlaflos durch das Fernsehprogramm zappte. Am frühen Morgen nahm er eine ausgiebige Dusche, rasierte sich sorgfältig und zog vorsichtshalber die schusssichere Weste an. Einen Kaffee würde er nachher im Präsidium bekommen. Er ließ sein Gepäck im Zimmer und wurde Punkt acht von Neumann und drei Mannschaftswagen abgeholt. Schweigend fuhren sie durch den frühmorgendlichen Berufsverkehr. Seltsam vertraut und dennoch seltsam fremd. Mitten in der City, im Bankenviertel, in bester Lage, hielten sie vor einem Büroturm, der sich edel spiegelnd in die Morgendämmerung erhob. Die zwanzig martialisch aussehenden Männer mit Sturmhauben und Helmen begleiteten Neumann und ihn ins Gebäude. Sie fuhren ins achte Obergeschoss, wo die ganze Etage von einer einzigen Großkanzlei angemietet war. Neumann warf ihm einen aufmunternden Blick zu, dann traten sie ein.

»Wir möchten zu Anne Steffen, bitte.«

Die Empfangsdame schien unbeeindruckt. Kein Wunder, wenn man einen der schlimmsten Verbrecherclans in Hessen vertrat. »Wen darf ich melden?«

»Polizei.«

Briamontes Ex-Freundin erschien im Empfangsbereich, sie wirkte ausgeruht und entspannt. Das dunkelblaue

Schneiderkostüm saß perfekt, die High Heels waren farblich passend und die Haare zu einem strengen Knoten gesteckt. Ebenso passend zu ihrem Outfit trug sie ein kühles, überlegenes Lächeln im Gesicht. Sie blickte in die Runde, als würde sie Hof halten und als wären die anwesenden Polizisten nur Mitglieder ihres Hofnarrenstabs. Briamonte war angespannt. Plötzlich fiel ihr Blick auf ihn. Ihr Lächeln erstarrte, und als sie seinem harten, kalten Blick begegnete, drehte sie sich weg. Das war Neumanns Moment. »Frau Steffen, ich nehme Sie vorläufig fest, wegen Verrat und Begünstigung einer kriminellen Vereinigung.«

»Was soll das?! Frau Offenbacher, informieren Sie umgehend meinen Anwalt!«, verlangte sie scharf.

Neumann schob sie ungerührt vom Tresen weg und gab seiner Kollegin ein Zeichen: »Legen Sie ihr Handschellen an und bringen Sie sie weg.«

Als Anne unter lautem Gezeter im Lift verschwunden war, trat Neumann an den Empfangstresen, entfaltete den richterlichen Durchsuchungsbeschluss und winkte die Kollegen heran. »Bitte zur Razzia, verehrte Damen und Herren.«

69

Briamonte wartete nicht ab, bis der Einsatz beendet war. Er verließ das Gebäude, nahm ein Taxi zum Hotel, checkte aus und saß zwei Stunden später bereits im Zug zurück nach Freiburg. Kurz vor Karlsruhe stand er immer noch wie neben sich, konnte immer noch nicht glauben, was er seit letzter Nacht wusste. Anne arbeitete für die Kanzlei, die den Hristov-Clan vertrat! Und schlimmer noch – Anne hatte ihn verraten! Hatte ihn eiskalt ans Messer geliefert. Hatte Dimitar Hristov den Floh ins Ohr gesetzt, dass er, Kriminalhauptkommissar Briamonte, ursächlich schuld am Tod seines Sohnes sei. Hatte ihm eingeflüstert, dass der Kronprinz, hätte Briamonte ihn nicht verhaftet, noch am Leben wäre. Hatte nicht nur seine neue Adresse in Menzenschwand verraten, sondern auch dafür gesorgt, dass Hristov Senior den Tod dieses ›бик прасе‹, dieses ›Bullenschweins‹, zur Chefsache erklärt hatte. Mit allerhöchster Priorität. Alles belegt durch seitenweise verschriftlichte Abhörprotokolle.

Zu lesen, mit welcher Perfidität sie den Hass des gramgebeugten Vaters instrumentalisiert und auf Briamonte gelenkt hatte, war kaum auszuhalten gewesen. Er hatte es zunächst nicht glauben wollen – Anne doch nicht?! Sie waren acht Jahre lang ein Paar?! –, aber die Abschriften ließen keinen Spielraum für Interpretationen. Hristovs Drohung gegen die beiden Zeugen und ihn waren zwar vorher schon ausgesprochen worden, wie durch Neumanns V-Mann bestätigt wurde, aber Anne hatte ihm die Zielscheibe auf die Stirn gemalt und Hristov die Waffe in die Hand gedrückt. Und zwar an dem Abend, an dem seine Mutter sie hinausgeworfen hatte.

Pech für sie, dass ihre Kanzlei und sämtliche Angestellten seit dem Tod des Richters abgehört wurden. Zwar hätte es für Briamonte keinen Unterschied gemacht, ob er vom Chef persönlich oder einem seiner Männer ermordet worden wäre, aber zu lesen, dass sich seine ehemalige Freundin seinen Tod wünschte, war kaum auszuhalten gewesen. Unerträglich zu lesen, was sie über Kristina in einem Telefonat mit einer Freundin abgelassen hatte. Briamonte trieb es bei dem Gedanken erneut die Schamesröte ins Gesicht, wie er sich an dem Wochenende verhalten hatte, aber er hatte seine Lektion gelernt. Der einzige Trost in diesem menschlichen Desaster.

Kurz nach eins kam er in Freiburg an und schob sich

durch die Menschenmenge zu seinem Anschlusszug nach Hinterzarten, als er plötzlich am Ärmel gepackt wurde. Er fuhr herum.

»*Mama?!* Was machst *du* denn hier?«

»Ich hole dich ab, und du wirst mich zum Essen ausführen!«

»Woher weißt du …«

»Wir haben heute Vormittag telefoniert, weißt du nicht mehr?«

»Schon …«

Frau Briamonte hängte sich bei ihrem Sohn ein, der sie um Haupteslänge überragte: »Mamas haben den siebten Sinn, ich dachte, du wüsstest das. Wohin gehen wir?«

70

Noch nie hatten die beiden so viel Zeit miteinander verbracht. Und noch nie hatten sie so viel Spaß miteinander gehabt. Briamonte führte seine Mutter in eines der kleinen Restaurants am Münsterplatz, dann musste sie unbedingt ein paar neue Schuhe kaufen. Sie beriet ihn anschließend beim Kauf von Spielsachen für Schopferers Kinder und wollte schließlich unbedingt noch irgendwo einen Kaffee trinken gehen. Unterwegs blieb Briamonte spontan vor dem Schaufenster eines kleinen Juweliers mit angeschlossener Goldschmiede stehen. »Warte hier«, bat er seine Mutter. Als er wieder herauskam und seine Mutter zu einer Frage anhob, wedelte er grinsend mit dem Zeigefinger. Am späten Nachmittag kehrten sie in den Hochschwarzwald zurück. Frau Briamonte fuhr, zur CD mit Mozarts Krönungsmesse laut mitsingend, während ihr Sohn schon auf dem Anstieg zum Schauinsland eingeschlafen war.

Am Mittwochmorgen war Briamonte um acht im Büro und erledigte mit großem Elan die längst fällige Schreibarbeit. Beim Tippen der Berichte fiel ihm auf, dass nur eine einzige Sache noch nicht geklärt war. Genau genommen zwei, doch Ersteres würde er wohl nie erfahren, nämlich: Wie genau war Josef Wenk zu Tode gekommen? Mord oder Unfall? Aber genau genommen war das nicht mehr wichtig, denn wenn es Mord gewesen sein sollte, dann waren beide potenziell Verdächtigen jetzt tot. Das zweite war der anonyme Hinweis auf Bettina Wenk, aber noch während er tippe, fiel ihm ein, wie er vielleicht doch noch erfahren könnte, wer sie hatte anschwärzen wollen – auch ohne aufwendige Anfrage bei den Telefongesellschaften. Er lächelte. Heute Abend dann. Gegen zwölf beendete er den letzten Bericht und ging dann mit Georg mittagessen, der heute Vormittag in Waldshut zu tun hatte. Anschließend fuhren beide beim Autohändler vorbei, bei dem er vor eineinhalb Jahren seinen Defender gekauft hatte. Die Entscheidung war schnell gefallen, und nach einer Stunde fuhr Briamonte mit einem gebrauchten Toyota Land Cruiser vom Hof. Kein Defender, so einer stand derzeit nicht zum Verkauf, aber ebenso groß, robust und geländegängig. Und so alt, dass sein Budget die Anschaffung gerade noch hergab. Er kehrte mit einem roten Kennzeichen auf die Dienststelle zurück, wünschte Miriam Strittmatter gute Besserung, telefonierte lange mit Karl Neumann, verabredete sich für kommende Woche mit Familie Schopferer und erkundigte sich dann bei Ramona Kunz und Angela Vogt nach den beiden Jungen. Am Nachmittag schickte er Kristina eine Nachricht, dass es heute Abend später werden würde, und machte sich dann auf den Weg in den Auerhahn nach Dachsberg. Wie erwartet, stand Steffi Allgeier schon wieder hinter dem Tresen. »Schon Feierabend, Herr Kommissar?«

»Ja, machen Sie mir bitte ein Pils?«

Wie erhofft, saß die Altherrenrunde am Stammtisch beim Pokern. Briamonte nahm sein Glas und setzte sich ungefragt zu den fünf Rentnern, die so taten, als wären sie ins Spiel vertieft und ihn keines Blickes würdigten. Briamonte hatte nicht vor, sie rasch von der Leine zu lassen. Ungerührt verfolgte und kommentierte er die Spielzüge, bis die Runde spürbar genervt war.

»Schon gut«, lenkte Briamonte schließlich ein. »Ich gehe ja schon. Warum bin ich eigentlich hier?« Er fasste sich theatralisch an den Kopf, als hätte er tatsächlich den Grund seiner Anwesenheit vergessen. Das Ganze machte ihm Spaß, denn das Quintett wurde unruhig. »Ach so, jetzt fällt's mir wieder ein«, fing er an und amüsierte sich über das schlecht gespielte Desinteresse der Rentnerclique. »Ich wollte Sie was fragen. Was glauben Sie, wessen Anschluss würden wir herausbekommen, wenn wir gewisse anonyme Anrufe zurückverfolgen würden?« Er blickte in die Runde. Die alten Männer hatten die Blicke ostentativ auf ihre Karten gesenkt, und Briamonte nahm einen großen Schluck aus seinem Glas. »Wissen Sie, das funktioniert folgendermaßen …«

»Schon gut«, meldete sich Lorenz Schneider genervt zu Wort. »Wir sagen es Ihnen.«

»Ich höre?«

»Wir alle waren es. Das heißt, wir haben Streichhölzer gezogen, und ich habe verloren. Ich habe angerufen.«

»Warum haben Sie das getan? Wussten Sie etwas über den Tod von Josef Wenk?«

»Nein, nicht wirklich. Der Josef hat nur immer wieder mal betont, dass es seine Schwiegertochter kaum erwarten könne mit dem Erben und dass sie sicher ihre Finger im Spiel hätte, wenn er eines Tages das Zeitliche segnen sollte.«

»Der Mann war todkrank«, wandte Briamonte ein. »Sie alle haben Ihre Schuldscheine an Volker Schätzle verkauft … Was?! Glauben Sie, ich hätte das nicht gewusst?« Jetzt lachte er amüsiert, wurde aber gleich wieder ernst. »Haben Sie nun einen konkreten Hinweis darauf, dass Bettina Wenk nachgeholfen hat, oder sind Sie auf die Bosheiten eines Todgeweihten hereingefallen, der seiner verhassten Schwiegertochter postmortal noch eins reinwürgen wollte?«

Die alten Herren schwiegen, und Lorenz Schneider meinte dann: »Eher Letzteres … wahrscheinlich. Hat das jetzt irgendwelche Konsequenzen?«

Briamonte erhob sich. »Wenn Sie das nächste Mal jemanden beschuldigen wollen, tun Sie mir bitte einen Gefallen und nennen Sie Ihren Namen und konkrete Verdachtsmomente. Klar so weit?«

71

Nach der Beerdigung von Josef, Jochen und Bettina Wenk in einem Familiengrab auf dem kleinen Friedhof in Dachsberg konnte Briamonte noch ein paar Worte mit Bettina Wenks Schwestern und Volker Schätzle wechseln. Noah, der Jüngere, würde in Ramona Kunz' Familie bleiben, während Lukas in eine Jugendhilfeeinrichtung umziehen würde, wo er die nötige Unterstützung für seine Schulprobleme bekommen sollte.

Volker Schätzle hielt sich taktvoll im Hintergrund und teilte ihm anschließend mit, dass er beschlossen habe, den Wenk Hof wieder aufzubauen. Und zwar nicht als Luxusressort, sondern als Ferienhaus für benachteiligte Familien. Politisches Kalkül oder echtes Anliegen? Briamonte fand, dass es ihm egal war, das Ergebnis zählte.

Nach der Beerdigung fuhr Briamonte auf direktem Weg nach Hause. Endlich Wochenende! Es war noch hell, als er sich die Laufklamotten überstreifte, mit Gismo zu einer großen Runde aufbrach und kraftvoll durch die anbrechende Winterdämmerung lief. Der Hund schien wieder ganz der Alte zu sein und hielt gut mit.

Am Samstag weihten Briamonte, Kristina und Gismo das Auto offiziell ein und fuhren eine große Runde quer durch den Schwarzwald. In Triberg aßen sie in einem Landgasthof zu Mittag und kehrten über Vöhrenbach und Eisenbach zurück nach Menzenschwand. Nach einem kurzen Erholungsschläfchen machten sie sich dann zum Ausgehen bereit. Gismo musste bei Briamontes Mutter und Georg bleiben, denn heute Abend war Filmnacht in der alten Kirche. Gezeigt wurde *Der dritte Mann* von Orson Welles, einem von Briamontes Lieblingsfilmen. Die Stimmung war lustig, wie an jedem dieser Events. Elisabeth Kaiser und ihr Vereinsteam hatten wie immer für die passende Verpflegung in Form von Landjägern, Brezeln, Popcorn und Gummibärchen gesorgt, Sekt und Bier waren kühl, und die Kirche ausreichend geheizt. Das halbe Dorf war da, und Briamonte musste die eine oder andere kleine Unterhaltung über sich ergehen lassen. Endlich wurde es still, Anton Karas' Zitherklänge schwebten durch den Raum und zupften an seinen Herzfasern, als Briamonte plötzlich Kristinas Hand nahm, ihr einen Ring über den Finger streifte und mit einem Seitenblick auf die Sitznachbarn flüsterte: »Würdest du mich zum glücklichsten Mann der Welt machen und mich heiraten?«

Danksagung

Ich bedanke mich von Herzen für viele interessante, liebenswürdige und unterhaltsame Interviews, wertvolle fachspezifische Beratung und nimmermüde Unterstützung bei:

Elisabeth Kaiser, Leiterin *Le Petit Salon,* Winterhalter-Museum; Stefan Holz, Kriminalhauptkommissar; Harry Schaaf, Polizeihauptkommissar a. D.; Dr. Winfried Franke; Michael Schurrer; Georg Kurath; Evi und Walter Hehli; Barbara Baur; Kristina Müller; Gerdi und Dieter Bardelang.